A **PEDRA** *e o* **DRAGÃO**

~ SAGA ~
GUARDIÕES *dos* SONHOS

~A~ Pedra e o Dragão

KATHRYN BUTLER

Traduzido por Angela Tesheiner

Copyright © 2022 por Kathryn Butler
Publicado originalmente por Crossway, ministério da
Good News Publishers, Wheaton, Illinois, EUA.

Todos os direitos reservados e protegidos pela Lei
9.610, de 19/02/1998.

É expressamente proibida a reprodução total ou
parcial deste livro, por quaisquer meios (eletrônicos,
mecânicos, fotográficos, gravação e outros), sem prévia
autorização, por escrito, da editora.

Edição
Daniel Faria

Revisão
Ana Luiza Ferreira

Produção
Felipe Marques

Diagramação
Gabrielli Casseta

Colaboração
Guilherme H. Lorenzetti

Adaptação de capa
Jonatas Belan

CIP-Brasil. Catalogação na publicação
Sindicato Nacional dos Editores de Livros, RJ

B992p

   Butler, Kathryn
     A pedra e o dragão : saga guardiões dos sonhos /
Kathryn Butler ; tradução Angela Tesheiner. - 1. ed. -
São Paulo : Mundo Cristão, 2025.
     256 p.

     Tradução de: The dragon and the stone : the dream
keeper saga
     ISBN 978-65-5988-397-4

     1. Ficção. 2. Literatura infantojuvenil brasileira.
I. Tesheiner, Angela. II. Título.

24-94994

CDD: 808.899282
CDU: 82-93(81)

Gabriela Faray Ferreira Lopes - Bibliotecária - CRB-7/6643

Publicado no Brasil com todos
os direitos reservados por:

Editora Mundo Cristão
Rua Antônio Carlos Tacconi, 69
São Paulo, SP, Brasil
CEP 04810-020
Telefone: (11) 2127-4147
www.mundocristao.com.br

Categoria: Literatura
1ª edição: janeiro de 2025

Para Jack e Christie, meus aventureiros favoritos.
Que a imaginação de vocês desperte lembretes da luz dele.

Sumário

1. O dragão na cozinha   11
2. O cavaleiro no pátio da escola   20
3. Um intruso na fortaleza   30
4. Corrida até a Borda da Emboscada   35
5. Crepúsculo   39
6. Ogros e francelhos   54
7. O Deserto   61
8. O penhasco   68
9. Pax   81
10. Rio abaixo   87
11. As Cascatas   93
12. O lago   99
13. O tigre e a harpia   108
14. A Esmeralda Voadora   116
15. Castelo Iridyll   127
16. O Conselho   146
17. A canção   156
18. A missão começa   163
19. Fogo no ar   178
20. Perdidos no ermo   183
21. Os Esquecidos   191
22. A Caverna das Luzes   200
23. Traição   208
24. A Floresta Petrificada   214
25. As Catacumbas   225
26. Eymah   234
27. A fuga   244
28. Princípios e fins   247

Sobre a autora   255

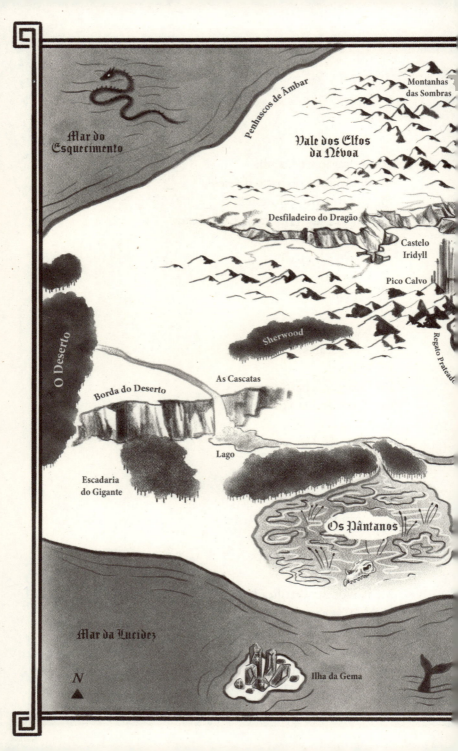

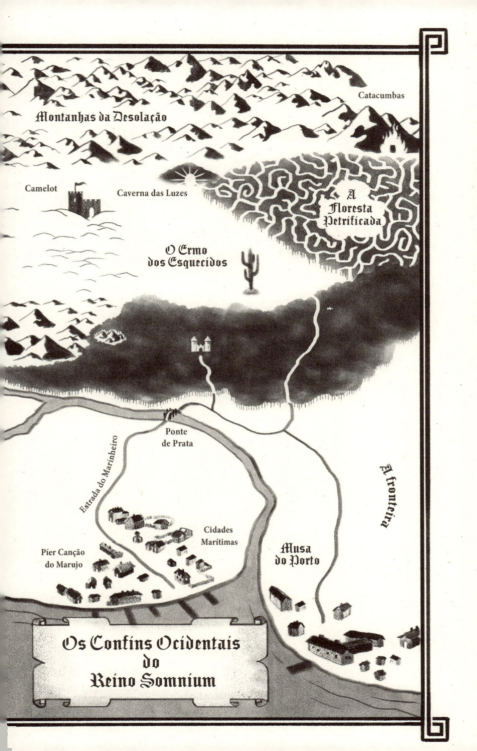

CAPÍTULO 1

O dragão na cozinha

Lily McKinley entrou em casa, seguiu com passos cansados até a cozinha e estancou. No balcão diante dela, com a cauda farpada enrolada como um ponto de interrogação, um dragão devorava o *chili* que a mãe havia deixado cozinhando na panela elétrica.

Até aquele momento, o dia havia sido uma terça-feira comum. Lily havia se esquecido de novo da prova de ciências e enfrentou com um suor de nervoso as perguntas sobre o ciclo da água. Durante o recreio, Adam Sykes lhe roubou o exemplar de *Rei Arthur e seus cavaleiros* e, com seu típico sorriso de escárnio, jogou o livro em uma poça de lama. Lily enxugou as páginas encharcadas com a bainha do casaco e sentiu um aperto na garganta quando, por acidente, acabou por rasgar um dos esboços que o pai havia desenhado na margem.

Voltou para casa com o amado livro apertado contra o peito e tropeçou de novo nos degraus da varanda. Ela parou por um momento no vestíbulo, ergueu-se na ponta dos pés para se examinar no espelho e descobriu uma mancha de banana — um vestígio da guerra de comida travada no ônibus escolar naquela manhã — ainda incrustada em seus cabelos, com uma mecha rebelde se salientando como o apêndice de um inseto.

— Passei o dia inteiro com isso no cabelo? — gemeu ela.

Ela correu os dedos pelos cabelos, mas só o que conseguiu foi arrancar alguns fios.

Na sala, a avó estava sentada na poltrona costumeira em frente à televisão.

— Oi, vovó — saudou Lily, beijando-lhe a face. — A mamãe está dormindo?

A avó murmurou algo ininteligível e Lily se ajoelhou para encará-la na altura dos olhos. Um lampejo de reconhecimento iluminou o rosto da avó, que, com a mão trêmula, segurou o rosto de Lily.

— Daniel... — sussurrou ela.

— Não, vovó. Sou eu, Lily. Mas eu também sinto falta dele.

Lily apertou a mão frágil da avó, que a fitou de volta, com olhos urgentes e suplicantes. Então, como se fosse bloqueada por uma cortina que caísse, o brilho nos olhos da avó diminuiu e sua atenção retornou à tela.

Lily beijou a avó outra vez e foi para a cozinha, para seu lanche de rotina. Ela largou a mochila no chão com um estrondo, como sempre. Massageou a dor de cabeça que latejava atrás de seus olhos, como costumava fazer depois de um dia assim.

Então ela o viu. Ele estava empoleirado no balcão da cozinha, com as escamas vermelho-sangue ondulando sob a luz do teto.

Uma onda de pânico tomou conta do peito de Lily. Ela deu um passo para trás e esfregou os olhos como se quisesse se livrar de um sonho persistente. *É minha imaginação de novo*, disse ela a si mesma. A cicatriz na palma da mão, marca de seus esforços explosivos para fazer sapatos voadores no micro-ondas, lembrou-a da última vez que seus pensamentos saíram do controle. Lily piscou, esperando que a aparição desaparecesse e o dia continuasse como sempre. Em vez disso, a fera mergulhou mais fundo na panela para sorver o resto.

Isso não pode estar acontecendo. Dragões não são reais! O coração de Lily batia forte. A criatura não era mais alta que o labrador *retriever* do vizinho, mas as garras com que segurava a panela elétrica eram afiadas como adagas. Ao examinar o corpo de serpente e as asas afiadas como navalhas dobradas contra as costas, a descrença de Lily deu lugar ao terror.

Não havia erro. Um dragão estava em sua cozinha.

A mente de Lily disparou. Dois meses atrás, ela teria corrido à procura dos pais se visse sequer uma aranha no chão. No entanto, imóvel ali diante de um monstro sanguinário, ela pensou na mãe e hesitou. Nos últimos tempos, Lily vinha flagrando com muita frequência a mãe adormecida devido à exaustão, a cabeça apoiada na dobra de um braço e uma xícara de café intocada ainda fumegante ao lado. Lily pousava a mão em seu ombro, e a mãe, ao erguer a cabeça, lhe apertava os dedos.

— Vai ficar tudo bem, Lily — prometia ela.

Então ela se levantava, envolvia Lily em um abraço, e partia para o hospital para trabalhar em outro turno da noite.

Lily havia testemunhado muitas dessas tardes para perturbar a mãe agora, quando ela enfim havia encontrado algum tempo para dormir um pouco. Pensou em chamar a avó na sala de estar, mas esta não era capaz de comer nem de se vestir sozinha, muito menos de enfrentar um dragão.

Não havia ninguém para ajudar. Subjugar o monstro cabia a Lily — uma garota magrinha de doze anos com restos de banana nos cabelos.

Seus olhos passaram das garras do dragão para a janela, para a pia, para os balcões. *O que devo fazer?* Ela retorcia a manga da blusa enquanto buscava uma solução. *O que* posso *fazer?* Todos os detalhes que havia lido sobre dragões — as baforadas de fogo, o acúmulo de tesouros, o rapto de donzelas — lhe passaram pela cabeça em um emaranhado assustador. Estava claro que ela não era páreo para a fera. Porém, que alternativa tinha? Se permanecesse parada, ela mesma poderia ser raptada. Ou pior, virar churrasco.

Lily viu uma colher de pau no balcão, ainda coberta com massa de tomate, descartada pela mãe após os preparativos do jantar. Devagar, em silêncio, ela estendeu a mão. *Por favor, não faça barulho*, pensou.

Os dedos tremeram quando agarrou a alça, mas, para seu alívio, conseguiu pegá-la sem fazer ruído. Ela cerrou os dentes e ergueu a colher à sua frente, como havia visto tantos cavaleiros erguerem suas espadas nas histórias que ela adorava. Imaginou o que Lancelot ou Galahad fariam... caso lutassem com colheres.

Lily respirou fundo e fez uma contagem regressiva.

Três.

Dois.

Um.

— Daniel!

Lily se virou. Para seu horror, a avó estava atrás dela, apoiada no batente da porta, com uma expressão confusa no rosto. Lily acenou para que ela se afastasse. *Não, vovó! Vá embora! Saia daqui!*

Era tarde demais. Um grunhido como o som de ossos sendo quebrados rompeu o silêncio. Lily se voltou e viu a cabeça do dragão emergir da panela. Os olhos amarelos se estreitaram em fendas e a fitaram enquanto vapor lhe escapava das narinas.

— Vovó, saia daqui! — gritou Lily.

A fera se lançou no ar com um grito agudo. Suas asas se abriram como um manto acima deles, bloqueando a luz, e então bateram com ruídos estridentes que provocaram uma tempestade de vento na cozinha de três por três metros.

O vento arrancou panelas penduradas dos ganchos das paredes. A panela elétrica tombou, espalhando feijão e molho pelo chão. Saleiros e pimenteiros chocaram-se contra os armários e caixas de cereais voaram de cima da geladeira e se abriram, liberando uma chuva de flocos.

Reunindo toda a coragem que possuía, Lily correu para o centro da cozinha e brandiu a colher contra a fera. Como sempre, ela se provou baixa demais. Golpeou o ar vazio e o monstro, furioso, soltou um rugido que sacudiu os talheres nas gavetas e balançou as vidraças em seus caixilhos.

O dragão cortou o ar com suas garras a poucos centímetros do rosto de Lily, que se abaixou para evitar uma chicotada da cauda do monstro.

— Vá embora! — berrou ela. — Deixe a gente em paz!

Outro grito fendeu o ar. Nuvens de fumaça encheram a sala e o olhar do dragão endureceu com malevolência.

— Deixe a gente em paz! — Lily gritou de novo.

De repente, um clarão inundou o aposento. Lily protegeu o rosto contra o brilho ofuscante, que borrou sua visão com cores rodopiantes. A luz pulsou por alguns segundos e, tão rápida quanto havia surgido, se apagou.

Quando Lily se atreveu a abrir os olhos, a fera havia desaparecido.

Ela lutou para acalmar a respiração e se virou para a avó, que se encostou ao batente da porta e escondeu o rosto. Ao lado dela estava a mãe de Lily, com a mão sobre o ombro da avó.

Lily correu em sua direção.

— Mamãe! — disse sem fôlego. — Você viu aquilo? Viu o que aconteceu?

— Lily, o quê...

— Era um dragão, mãe! Um dragão de verdade! Eu sei que parece loucura, mas juro que é verdade! Ele estava comendo nosso jantar e, quando entrei na cozinha, ele voou e tudo começou a voar...

Lily notou a expressão chocada no rosto da mãe. Era a mesma expressão com que a mãe a havia encarado quando uma festa à fantasia com o gato da família lhe rendeu uma visita ao pronto-socorro, e quando uma tentativa de preparar uma poção de invisibilidade atraiu o corpo de bombeiros. Lily se preparou para um sermão, talvez até alguns berros.

Em vez disso, a mãe fez algo muito pior: enterrou a cabeça nas mãos e começou a chorar.

— Eu não consigo — disse ela em meio às lágrimas. — Não dou conta disso sozinha.

O coração de Lily deu um salto. Ela examinou a destruição na cozinha: o chão e as bancadas sujas, o *chili* espalhado pelo teto, os pratos quebrados, os flocos de milho enfiados em cada fenda.

— Mamãe, me desculpe. Eu sinto muito. Vou limpar tudo, eu prometo.

A mãe respirou fundo e enxugou os olhos. Prendeu algumas mechas de cabelo atrás das orelhas e alisou seu uniforme de enfermeira.

— Está tudo bem, querida. Não se importe comigo. Deixe tudo como está.

A mãe fez um gesto para descartar a bagunça como algo sem importância, mas não conseguiu disfarçar o cansaço.

— Vou ajudá-la a limpar amanhã. Apenas cuide da vovó — pediu ela. — Certifique-se de que ela tome o remédio antes de dormir.

— Tudo bem, mamãe. Não se preocupe. Eu cuidarei de tudo.

A mãe forçou um sorriso em meio às lágrimas, beijou Lily na testa e saiu para o trabalho. Lily a observou deixar a casa e ficou olhando para a porta fechada mesmo depois que os faróis do carro desapareceram no fim da rua.

Lily deu o remédio à avó e a ajudou a se deitar na cama, depois encheu um balde com água e adicionou um pouco de detergente. Enquanto as pererecas e os grilos enchiam a noite de música, e enquanto outras crianças da vizinhança vestiam seus pijamas de flanela e se preparavam para ouvir histórias para dormir, Lily esfregou os balcões, varreu o chão e lavou as panelas. Retirou cereais de cantos improváveis com o aspirador de pó e jogou os cacos da panela elétrica no lixo.

Depois de limpar os últimos traços de comida das paredes, resgatou *Rei Arthur* do chão e foi para seu quarto.

A cabeça voltou a latejar. O dragão parecera tão real. Entretanto, como isso poderia ser possível? A mãe não acreditou nela. Talvez Lily tivesse sonhado tudo aquilo. Talvez tivesse se deixado levar pela imaginação outra vez.

Lily folheou o livro para clarear a mente. As páginas ainda se encontravam úmidas pela água da poça enquanto Lily, sentada na cama, folheava as histórias de dragões e aventuras que sabia recitar de cor. Ela ansiava pelo mundo que vislumbrava nas páginas — uma era em que cavaleiros desafiavam o mal contra probabilidades intransponíveis e o bem pulsava no coração de cada herói. Um lugar onde a esperança pulsava como um batimento cardíaco.

Ela se deteve sobre um desenho a carvão na capa de trás, que mostrava uma montanha de pico nu com uma fortaleza de dez torres, um vale que se desdobrava sob o sol poente e um rio sinuoso. O desenho havia sido feito pelo pai de Lily.

Os olhos dela dançaram sobre alguns versos que ele havia rabiscado num canto da página. Ele os havia cantado inúmeras vezes: ao colocá-la na cama ou ao abraçá-la depois de ela ter dado uma topada no dedo do pé. Lendo-os, Lily cantou baixinho para si mesma:

Leve-me além do regato prateado
Para o reino dos sonhos vivos.
Lá, na noite calma e sussurrante,
Esperarei por você na caverna das luzes.

Ela ficou pensando nas últimas palavras por um momento, depois virou a página. Para sua surpresa, algo escorregou do livro.

A testa de Lily franziu. Em seu colo havia uma corrente de prata, com uma pedra cristalina em forma de lágrima pendurada em um dos elos. Um redemoinho de névoa branca parecia suspenso em suas profundezas.

Como isso apareceu aqui? Ela passou os dedos pela superfície lisa da pedra. O pai havia usado aquela corrente desde que ela conseguia se lembrar; ele lhe tinha dito que encontrou a pedra no riacho atrás de sua casa quando menino. A história dele inspirou nela o hábito de enfiar as mãos até os pulsos nas margens lamacentas dos riachos em busca de pedras mágicas.

Lily se sentiu grata. O peso na palma da mão dela parecia uma parte dele que ela poderia manter e segurar. No entanto, em todos os seus doze anos, ela nunca o tinha visto tirar a corrente. Será que ele a havia mesmo deixado para ela antes de partir em viagem? Será que o pingente estivera ali em seu livro o tempo todo, guardado em segurança durante todos esses meses desde a morte dele?

Ela passou o colar por sobre a cabeça e tocou a pedra onde ela repousava sobre seu coração. Em seguida, tirou de debaixo do travesseiro a camisa do pai, um trapo de flanela esfarrapado que sempre havia sido motivo das chacotas da mãe dela. Depois de dois meses, o tecido não continha mais o cheiro dele, mas, depois de enrolar os punhos, as mangas sobre os braços lhe davam uma sensação macia e confortável.

Ela se deitou e tentou dormir, mas sua mente se agitava com uma confusão de pensamentos: asas de dragão, esponjas e manchas de banana. Testes científicos, escamas e garras. A descoberta de uma pedra cristalina.

A lembrança dos olhos do dragão penetrava todas as imagens. Sua sombra biliosa e a forma implacável com que a fitavam fizeram-na estremecer. Ela torcia para que eles nunca mais a fitassem com seu ar ameaçador.

E, no entanto, em uma parte de sua mente que ela não conseguia explicar, ela se perguntava o que aconteceria se isso acontecesse.

Ela caiu em um sono agitado. Horas depois, quando as estrelas surgiram, a pedra em volta de seu pescoço refulgiu como um raio de luar.

CAPÍTULO 2

O cavaleiro no pátio da escola

Lily acordou com o rangido do ônibus escolar se afastando da casa.

A princípio, ela não identificou o som e ficou olhando para o teto, piscando para se livrar dos últimos resquícios de sono. Quando percebeu a hora, saiu da cama e espiou pela janela bem a tempo de ver o ônibus descer a rua e virar a esquina.

— De novo não! — exclamou ela.

Ainda trajava as roupas do dia anterior, mas não teve tempo de se trocar, então fechou alguns botões da camisa do pai para esconder esse fato. Repreendendo-se baixinho, apanhou a mochila e correu para o banheiro para fazer um gargarejo com enxaguante bucal. O pente se prendeu aos cabelos ainda emaranhados com banana seca, por isso ela apenas os ajeitou com os dedos e saiu correndo porta afora.

Ela correu os três quilômetros até a escola e encontrou a professora já escrevendo no quadro. A sra. Santiago estava de costas

para ela, e Lily ousou acreditar que conseguiria entrar desperce-
bida. Prendeu a respiração, ignorou os olhares de meia dúzia de
alunos que se viraram para estudá-la, e andou na ponta dos pés
em direção a seu assento.

— Ai! Olhe para onde anda!

Sua mochila havia atingido Susan Jeong na nuca, e a garota
agora esfregava o couro cabeludo e lhe fazia uma careta. Lily murmurou um pedido de desculpas e se sentou, mas não antes de todos os olhos na sala, inclusive os da sra. Santiago, se fixarem nela.

— Lillian. Você trouxe um bilhete de justificativa pelo atraso?

Lily mordeu o lábio.

— Há, sinto muito, sra. Santiago. Não peguei um. Estava
com muita pressa.

Algumas crianças riram e Lily se afundou ainda mais na cadeira. Ela desejou poder desaparecer.

— Da próxima vez, passe no escritório para pegar um — advertiu a sra. Santiago. — Ou, melhor ainda, chegue na hora certa.

Lily assentiu e tentou ignorar a embalagem de chiclete que
atingiu sua cabeça quando a sra. Santiago voltou à lousa. Ela tirou o caderno da bolsa e tentou se concentrar na aula.

Esforçou-se para prestar atenção, mas as preocupações a inco-
modavam e seu foco logo se desviou. No início, ela desenhou um
francelho-estrela, uma ave de rapina mítica com que havia sonhado. À medida que a manhã avançava, seus desenhos de pássaros
se transformaram em esboços do dragão.

Parecia tão real, pensou ela, delineando as escamas com um
lápis vermelho. *Mas por que estaria na minha cozinha? Poderia
mesmo ter sido só minha imaginação?* Logo, essa mesma imaginação a levou para longe da sala de aula, para terras onde o mar se
chocava contra penhascos escarpados e onde dragões de todas as
cores rodopiavam pelos céus incendiados ao pôr do sol.

— Lillian. Você pode nos dar um exemplo?

Lily tinha acabado de pintar os olhos com amarelo ocre e se sobressaltou quando a sra. Santiago a chamou. Sentiu olhos fixos nela e olhou ao redor da sala para ver mais e mais alunos fitando--a, alguns sorrindo com malícia, outros mal contendo o riso.

— Sinto muito, qual foi a pergunta? — perguntou Lily com a voz embargada.

— Você pode nos dar outro exemplo de uma mulher na história que superou dificuldades incríveis?

O coração de Lily bateu forte. Ela primeiro pensou em sua mãe, que tratava as feridas dos pacientes e lhes dava remédios para a dor até altas horas da noite. Sua mãe, que lutou para manter a família à tona em meio às lágrimas. Sabendo que precisava de uma resposta diferente, os pensamentos de Lily voaram em busca de outro nome. Com as faces coradas e as palmas das mãos suadas, deixou escapar o primeiro que lhe veio à mente.

— Lady Guinevere?

A risada percorreu a sala e outra bolinha de embalagem de chiclete atingiu Lily na nuca. Com os braços cruzados sobre o peito, a sra. Santiago sacudiu a cabeça.

— Quietos, por favor, já chega. Lillian, não, Lady Guinevere não foi uma pessoa real. Alguém pode nos dar um exemplo?

Lily se encolheu na cadeira e desejou que o chão se abrisse e a engolisse inteira. Ela passou o resto da aula com os dentes cerrados, olhando para o desenho em sua mesa e sentindo de alguma forma que estava aprisionada entre mundos distintos.

Quando a aula terminou, Lily se esgueirou para o fundo da sala para escapulir com os outros alunos, mas, para sua consternação, a sra. Santiago a deteve.

— Lillian? Podemos conversar, por favor? — pediu a professora, gesticulando para que Lily se sentasse ao lado de sua mesa.

Lily tentou não estremecer quando um garoto bateu em seu ombro enquanto ela retornava à sala. Ela se deixou cair na cadeira. Por nervosismo, desenrolou uma das mangas da camisa do pai e brincou com o botão do punho.

— Lillian, como você está? — perguntou a sra. Santiago enquanto fazia anotações em sua agenda.

— É Lily, na verdade.

— O quê?

— Meu nome. É Lily. Significa "lírio" em inglês.

A sra. Santiago largou a caneta e arqueou uma sobrancelha. Lily se arrependeu de ter dito qualquer coisa.

— Lily. Como você está?

Como ela estava? Ela havia perdido o pai, estava preocupada com a mãe, havia perdido o ônibus e tinha banana seca nos cabelos. E um dragão havia saqueado a cozinha dela na noite anterior.

— Estou bem — respondeu.

— Você passou por muita coisa nos últimos tempos. Já é bastante difícil pular uma série e ainda por cima...

— Eu não pulei uma série.

— Não? Quantos anos você tem?

— Doze.

— Ah, me desculpe. Pensei que você fosse mais nova.

— Tudo bem. Muita gente pensa isso.

— Bem. Mesmo assim. Com certeza é difícil perder um dos pais. E receio que você esteja tendo problemas para lidar com isso.

Lily mordeu o lábio e apertou o botão com mais vigor. Sabia que a sra. Santiago tinha boas intenções, mas só queria ir embora.

— Suas notas estão caindo. Você está sempre atrasada. E Lily...

A professora se inclinou para a frente e apoiou os cotovelos nos joelhos.

— Aqui não é aula de artes, você sabe. Você ao menos se lembra do que ensinei hoje, quando passou a aula inteira desenhando?

Lily corou.

— Sabe, Lily, você sempre pode falar comigo. Ou talvez prefira falar com a srta. Liu, nossa psicóloga?

Antes que Lily pudesse responder, uma sombra deslizou pelo chão. Era longa e estreita, uma flecha preta dividindo a sala. Asas pontiagudas se abriram em leque nas laterais.

Lily pulou da cadeira, derrubando-a na pressa. Ela correu até a janela e forçou os olhos contra o brilho do sol.

Lá está ele.

O dragão voou como um raio vermelho, as asas cortando o céu como lâminas. Subiu veloz, rodopiou e depois desapareceu por trás das árvores. Crianças desavisadas jogavam bola em um campinho adjacente.

— Lily? Você está bem?

Em vez de responder, Lily saiu correndo da sala e passou por um bando de alunos da terceira série enfileirados no corredor.

— Mocinha, não corra! — gritou uma professora.

Lily não lhe deu ouvidos. Só conseguia pensar nas crianças naquele campinho, alheias ao monstro letal que circulava nas proximidades.

Ela correu para a entrada da escola e, com a mão protegendo os olhos do sol, girou em círculos e vasculhou os céus. Viu cabos elétricos e as copas pontilhadas das árvores. Algumas nuvens translúcidas esticadas pelos ventos fortes. Um corvo solitário. Contudo, nenhum brilho vermelho, nenhuma silhueta pontiaguda dotada de cauda e asas lhe chamou a atenção.

Devo estar ficando louca, pensou Lily. Ela procurou no horizonte mais uma vez, mas não encontrou nada e baixou as mãos, derrotada.

Um grito a assustou. Ela se virou em direção ao som e esperou ver algum pobre aluno do jardim de infância chorando nas garras do dragão. Em vez disso, viu apenas Adam Sykes, com os lábios curvados em um sorriso de escárnio e o topete balançando como uma antena, arrancando a lancheira de um garoto que tinha metade do tamanho dele.

— Vamos ver a papinha que sua mãe preparou para o almoço, verme! — zombou Adam.

O menino mais novo lutou contra as lágrimas enquanto Adam lhe roubava a lancheira e despejava o conteúdo no asfalto.

— Qual é o problema? — indagou Adam. — Está com fome? Aqui, tenho um pouco de comida para você!

Com um pisão forte, ele esmagou o sanduíche do menino no chão.

A risada de Adam e seu topete erguido lembravam Lily de um galo. Com um gemido de desgosto e um abano de cabeça, ela caminhou em direção ao campinho para retomar a busca pelo dragão, mas, quando se virou, o garotinho chamou sua atenção. Lágrimas lhe escorriam pelo rosto e, com mãos rechonchudas, ele estendeu os braços e golpeou o ar vazio enquanto Adam zombava dele. Observando-o, Lily sentiu a adrenalina que havia pouco bombeava por seu corpo se transformar em raiva.

Ela marchou pelo asfalto e se plantou entre os dois garotos.

— Deixe-o em paz, Adam — advertiu ela. — Devolva a lancheira e encontre algo melhor para fazer.

— Vejam só, é a Lily Lerda em missão de resgate! — troçou Adam. — Seu livro quer nadar de novo, Lily Lerda?

— Devolva a lancheira.

— Responda à minha pergunta e talvez eu devolva. Seu livro quer nadar?

— Cresça!

— Rá! Vocês gostam disso, pessoal? — perguntou Adam para alguns de seus capangas, que riram atrás dele. — A anã acha que eu deveria crescer. Em que série você está? Jardim de infância, certo?

Ele puxou a blusa dela.

— É por isso que você ainda gosta de brincar de se fantasiar — continuou ele. — Vocês notaram, pessoal? Ela está vestida com as roupas do pai!

Lily cerrou os dentes.

— Devolva a lancheira — repetiu ela, articulando bem cada palavra.

— Ou o quê? Você vai contar para o seu pai? — perguntou Adam. Nesse momento, o sorriso malicioso se aprofundou em algo sinistro. — Ah, é verdade, você não tem como contar para ele, porque ele está morto!

Lily reagiu antes que pudesse pensar. Ela saltou para a frente como uma mola enrolada e socou o peito de Adam. Pego de surpresa, Adam caiu de costas no chão e levantou a cabeça bem a tempo de ver o punho de Lily lhe atingir o rosto.

O garotinho, de olhos arregalados, apanhou seu almoço mutilado e saiu correndo. Alguém gritou:

— Briga!

E uma multidão logo se reuniu em torno das duas crianças brigando.

Adam empurrou Lily para o lado com o cotovelo. Quando ela cambaleou para trás, ele lhe deu um chute no joelho e a perna de Lily cedeu ao golpe. Ela se inclinou para a frente e segurou a perna atingida, a dor queimando suas articulações, e aquela pausa ofereceu a Adam tempo suficiente para lhe dar uma joelhada no peito.

Lily caiu para trás, ofegante. Vagalumes dançavam diante de seus olhos e, de súbito, os sons se tornaram abafados, como se ela se debatesse debaixo d'água.

O rosto de Adam, retorcido pelo ódio, assomou acima dela. Ele retraiu o punho. Sem fôlego para se levantar, Lily se preparou para o próximo golpe.

Um clarão.

Um halo de luz os envolveu de repente. Era azul, brilhante, como o cone fulgurante no centro de uma chama. Adam recuou boquiaberto e os espectadores gritaram e protegeram os olhos do brilho. Lily piscou para afastar as lágrimas e procurou pela fonte da luz. Ela olhou para baixo.

O pingente que pendia de seu pescoço refulgia como uma estrela.

Outro som rompeu o caos. Adam, que havia esquecido sua determinação de estrangular Lily, levantou-se.

— Que coisa esquisita é aquela? — berrou ele.

Crianças e professores recuaram quando um cavalo branco empinou contra o céu. Montado em suas costas graciosas estava um cavaleiro, a armadura reluzindo como metal líquido, uma pluma de penas brancas lhe adornando o elmo.

O coração de Lily bateu forte. *Como isso pode estar acontecendo?* Ouvindo o som dos cascos do cavalo contra a calçada, ela se lembrou das histórias de Camelot que o pai havia lido para ela repetidas vezes. O deslumbramento superou o medo. *Ele é magnífico. Bem como sempre imaginei que Lancelot seria.*

O cavalo bateu as patas na calçada, ansioso, e o cavaleiro ergueu o escudo. Então, ele baixou a lança.

E a apontou direto para Adam.

— Prepare-se para defender sua honra! — desafiou o cavaleiro com forte sotaque francês.

A alegria de Lily evaporou.

— Não, espere! — gritou ela. — Por favor, não! Não o machuque!

— O-o-o que está acontecendo? — exclamou Adam, recuando e erguendo as mãos. — Isso é loucura! Isso não pode estar acontecendo!

Todos os músculos do cavalo tencionaram. Ele relinchou, bateu com os cascos no chão e lutou contra as rédeas. O cavaleiro segurou o corcel, mas se inclinou para a frente na sela, preparando-se para atacar.

— Isso não pode estar acontecendo! — Adam choramingou outra vez. Ele se voltou para Lily. — Faça-o parar, aberração!

Lily se levantou com esforço.

— Eu não sei o que está acontecendo! Por favor, não o machuque! — implorou ela com as mãos erguidas para o cavaleiro.

O cavalo frenético relinchou uma última vez. Então o cavaleiro bateu os calcanhares contra os flancos do cavalo e o corcel se lançou ao ataque.

Adam saiu correndo e gritando pelo campinho. Uma multidão de crianças o seguiu, assim como dois professores horrorizados. Enquanto os observava partir, Lily levou as duas mãos à cabeça e estremeceu.

Algo está errado. Algo está muito errado. Ela olhou para baixo e viu que a pedra que pendia de seu pescoço ainda cintilava com um fogo pálido. Ela a escondeu com a palma da mão e, em pânico, fugiu do pátio da escola.

Lily fugiu para a Fortaleza, a casa na árvore que o pai havia construído no bosque tantos anos antes. Embora não tivesse portão de ferro ou muralhas, nem ponte levadiça ou fosso, parecia o único lugar seguro em meio a tanta confusão.

Depois de correr pela calçada por vários quarteirões, Lily desviou para uma trilha e mergulhou no bosque. O solo, ainda macio graças à chuva recente, se erguia atrás dela em tufos. À medida que o som dos carros desaparecia ao longe, o aroma das folhas encharcadas perfumou o ar. Ela ouviu a melodia familiar do riacho — o regato Prateado, como o pai o chamava a fim de lembrá-la de coisas bonitas, assim como ele lhe deu o nome de uma flor que desabrocha no verão para lembrá-la de que o verão sempre chega. Quanto mais ela corria, mais o pânico diminuía.

Ela atravessou o regato com um único salto e contornou as pedras, duas lascas de montanhas deslocadas por geleiras havia milênios. Por fim, ela chegou à Fortaleza, aninhada na curva de um bordo de tronco triplo.

Ela subiu a escada de corda, içou-a do chão e depois mergulhou no forte e trancou a porta. Agachou-se no chão com os joelhos contra o peito e lutou para recuperar o fôlego. À medida que seu pulso desacelerava, ela olhou para o pingente. A pedra havia esmaecido, como se sempre tivesse sido lavrada de rocha comum.

Lily começou a chorar.

— O que há de errado comigo?

Ela passou os braços em volta de si mesma, agarrando o tecido que uma vez envolvera o pai e desejando poder abraçá-lo mais uma vez. Ele saberia as respostas, ou pelo menos as palavras para acalmá-la. Ele teria lhe assegurado que ela estava bem.

Lily enxugou as lágrimas com as costas da mão e suspirou para afastar a solidão. Examinou o pingente, explorando suas profundezas em busca de respostas. Talvez não houvesse um dragão ou um cavaleiro, pensou ela. Talvez a pedra não tivesse emitido nenhum brilho. Talvez ela só precisasse acreditar que existiam cavaleiros e dragões no mundo. Talvez ela precisasse sonhar.

Foi só isso? Apenas um sonho?

Ela nunca discerniu uma resposta. Em vez disso, um grunhido gutural e não humano brotou do chão abaixo.

CAPÍTULO 3
Um intruso na fortaleza

Lily prendeu a respiração. Por um momento, ela não ouviu nada, exceto o rangido da casa na árvore oscilando ao vento.

Então, de repente, folhas farfalharam abaixo. Ela espiou pelas ripas do piso e saltou para trás quando algo vermelho passou.

Ele está aqui.

Lily ouviu um bufo e outro rosnado. Um baque ressoou e Lily percebeu que o dragão havia saltado para a varanda da Fortaleza.

Ela vasculhou a sala em busca de uma arma. Materiais de arte encostados em um canto e uma pilha de livros em outro. Alguns balões de água vazios ainda não utilizados jaziam no chão. Quem sabe ela poderia usar uma espada de plástico? Ou uma bola de futebol meio murcha?

Optou por um taco de softbol, que ergueu até o ombro com as mãos suadas. Voltou-se para a porta e cerrou os dentes para não tremer.

Um tilintar de garras contra a madeira chocalhou do lado de fora do forte. As tábuas do piso gemeram. O dragão bufou, mandando jatos de vapor para dentro do aposento.

Ele está bem atrás da porta.

Bum! A porta sacudiu com um chute do dragão. A tranca da porta, uma tábua de madeira apoiada em duas cunhas de madeira, curvou-se com o impacto.

Bum! Um golpe de cauda estilhaçou uma das tábuas centrais. Lily recuou e apertou o taco entre as mãos. *Por favor, não deixe que ele me machuque*, orou ela.

Bum! A porta dobrou. O dragão guinchou em triunfo.

Um estalo nauseante fendeu o ar e farpas voaram contra o rosto de Lily. Em seguida, com um estrondo horrível, o monstro irrompeu no forte.

Lily não esperou pelo ataque. Ela balançou o bastão, atingindo a face chifruda do dragão. O monstro cambaleou para trás e abanou a cabeça como se quisesse despertar de uma tontura, e, por um instante, Lily considerou driblá-lo para escapar.

Ela nunca teve a oportunidade. A fera se recuperou e a fitou com olhos sobrenaturais cor de âmbar.

Lily se flagrou olhando-o também. Quando ela devolveu o olhar do dragão, a confusão superou o medo. Era um olhar gelado, de outro mundo, mas também... *exasperado?* Como isso era possível?

Antes que ela pudesse refletir mais, o dragão se ergueu nas patas traseiras, abriu as asas e sacudiu a casa da árvore com um rugido. As cortinas chicotearam e os cabelos de Lily esvoaçaram para trás, para longe de seu rosto.

— Me deixe em paz! — gritou Lily. — Saia!

Ela balançou o bastão de novo, mas errou o alvo. Para seu horror, o dragão agarrou o bastão com as garras e, com um ruído medonho, partiu a arma em dois pedaços com as mandíbulas.

Agora está tudo acabado, pensou Lily. Ela se encostou à parede, as mãos buscando às cegas por alguma coisa, qualquer coisa, com que pudesse se defender. Seu coração ameaçava sair do peito.

A criatura avançou em direção a ela, o olhar penetrante. As garras abriram sulcos no chão.

— Por favor, por favor, vá embora! — implorou Lily.

O hálito do dragão, pútrido e quente, lhe atingiu as faces.

— O que você quer comigo?

— Para começar, mocinha, gostaria de um pedido de desculpas! Já é a segunda vez que você me ataca com um pedaço de pau, e aquela última pancada na cabeça doeu muito!

Lily ficou boquiaberta. O dragão falava com um elegante sotaque britânico, a melodia refinada que Lily esperaria de senhoras empertigadas que calçavam luvas na hora do chá.

— Não me importo com o que o mestre diz — continuou o dragão. — O nível de educação dos protetores vem decaindo muito de uns tempos para cá.

A criatura abanou a cauda e um monte de papéis voou pelo ar. O corpo esguio se moveu e uma pata bateu no chão em aparente tédio enquanto o dragão aguardava uma resposta.

Lily não conseguiu encontrar palavras. A fera se assemelhava, em cada centímetro e escama cintilante, com um dragão. Essa verdade era angustiante o suficiente. E agora, também soava como Sherlock Holmes.

É oficial, pensou Lily. *As crianças na escola estão certas. Eu sou louca.*

— Você poderia fazer a gentileza de fechar a boca? — solicitou o dragão. — É rude deixá-la aberta assim e isso me deixa terrivelmente desconfortável.

— Você... você sabe mesmo falar?

O dragão balançou a cauda e lançou outra pilha de papéis no ar.

— É evidente que sei *falar*! Eu *estive* falando esse tempo todo!
— protestou o dragão, que se agachou no chão e esfregou a cabeça. — A verdadeira maravilha não é que eu consiga falar; é que você finalmente consiga ouvir!

Lily sacudiu a cabeça.

— Não. Sem chance. É impossível. Você está na minha imaginação. É apenas minha imaginação.

— Podemos dar um fim na brincadeira, por favor? — queixou-se o dragão, devolvendo um balde de pincéis à prateleira. Em seguida, ele arrumou uma pilha de livros que havia derrubado e recolheu os papéis do chão. — Já causamos danos suficientes por uma semana, não acha? O que me lembra: peço desculpas pela bagunça que fiz ontem à noite. Entenda, eu estava com um pouco de fome... meus cumprimentos à cozinheira, devo dizer... e aí você me deu um susto terrível, aproximando-se com passos furtivos e um porrete! Você sempre cumprimenta seus convidados com tanta gentileza?

— Não era um porrete. Era só uma colher de pau — replicou Lily, mal acreditando nas próprias palavras.

— O que é isso?

— Deixa para lá. Quem é você?

O dragão pigarreou.

— Meu nome — disse ele com uma grande reverência — é Cedric. A seu serviço, senhorita.

— O que você quer?

— Vocês, curadores, são sempre tão desconfiados. Sou explorador, minha querida. Não quero nada mais do que cumprir meu dever, pelo bem do reino.

— O reino? Que reino?

— Oh, céus misericordiosos, chega desses joguinhos! São mesmo deveras cansativos — reclamou o dragão, a cauda voluntariosa voltando a derrubar os pincéis.

— Sinto muito, não são joguinhos. Só não sei do que você está falando.

— Mocinha! — bufou o dragão, cuspindo nuvens de fumaça no rosto de Lily.

Ela tentou afastar a nuvem com os braços, mas os vapores com cheiro de ovos podres ainda lhe arderam os olhos.

— Para ser claro: os outros protetores precisam de você — explicou Cedric. — O Conselho se reuniu e fui enviado para buscá-la. *Com urgência*, devo acrescentar. Agora, por favor, levante-se, controle-se e vamos embora!

— Que protetores? Que Conselho? Ir aonde?

— Não temos tempo para isso! Mocinha, eu sei o que você é. Se eu tivesse alguma dúvida, sua invocação de Lancelot... não muito sábia, veja bem, mas admito que foi impressionante, e aquele vermezinho imundo decerto mereceu o castigo... a sua invocação de Lancelot apagou toda a incerteza! Então, por favor, pare com essa brincadeirinha curiosa, mas irritante. Os outros precisam de você e devemos ir. Agora!

Um vento repentino atravessou a clareira, mais forte do que qualquer vento que Lily já havia sentido soprar pelo bosque. Abalou as paredes da Fortaleza e arrancou folhas dos galhos. Em seu rastro, o dia nublou, como se um manto cobrisse o sol. O ar parecia elétrico.

Os olhos de Cedric se arregalaram e ele esticou o pescoço para farejar o ar. Ao fazê-lo, um gemido baixo percorreu as árvores. A princípio soava triste, como o lamento triste de uma viúva enlutada. Contudo, quando outra rajada de vento atingiu a casa da árvore, o som se aproximou e cresceu. Logo se tornou selvagem e se transformou em um rugido.

À medida que o trovão se intensificava, a pedra no pescoço de Lily emitia um brilho vermelho.

CAPÍTULO 4
Corrida até a Borda da Emboscada

Cedric disparou pela porta estilhaçada até a varanda da casa na árvore, e Lily rastejou atrás dele. O que ela viu a encheu de pavor.

Serpenteando pelo bosque, devorando pedras, árvores e terra em seu caminho, um tornado espiralava em direção a eles.

— É uma delas! — alertou o dragão.

— Uma o quê?

Cedric a ignorou e desafiou a tempestade com o punho cerrado.

— Criatura amaldiçoada! Nada aqui lhe pertence!

— Temos que sair daqui! — Lily gritou.

— Não, não! Não podemos recuar com medo. Isso só as torna mais fortes! Devemos manter nossa posição!

Cedric bateu as asas, ergueu-se no ar e soltou um grito ensurdecedor.

As ações do dragão deixaram Lily pasma. *O que ele está fazendo? Precisamos fugir!* No entanto, para sua surpresa, o tornado interrompeu seu avanço. Por um momento, Lily ousou se sentir aliviada.

Apenas por um momento.

Diante de seus olhos, o tornado mudou. Contorceu-se, balançou e se alongou, como uma mariposa lutando para sair do casulo. Quatro membros cresceram de seu centro. Uma cauda irrompeu. Um longo pescoço se estendeu em direção ao céu. Duas asas se abriram contra o horizonte.

Outro dragão. Ao contrário de Cedric, que chegava apenas à cintura de Lily, aquele era mais alto que uma casa.

— Certo, talvez seja melhor não mantermos nossa posição — retrucou Cedric. —Tire-nos daqui! Agora!

A mente de Lily disparou.

— Pela clareira — sugeriu ela. — Podemos nos esconder debaixo das pedras.

— Ora, vamos, senhorita! Use a pedra!

Lily balançou a cabeça. *Do que ele está falando?*

— Ai, dane-se tudo! — exclamou Cedric. — Tudo bem, agiremos do seu jeito. Decerto seremos mortos, mas quem sou eu para discutir? Agora, corra!

Ele voou sobre a varanda da casinha e desapareceu entre as árvores. Lily examinou o bosque, mas não encontrou nenhum vestígio dele.

Um grunhido ecoou pelo bosque como uma sentença de morte. Lily se virou bem a tempo de ver o dragão negro avançando em sua direção, com um manto de fumaça se agitando atrás dele.

Lily correu para a tirolesa amarrada à janela da casa na árvore. Ela subiu no assento e, soltando rápido a corda, deslizou entre os troncos das árvores. Ela abaixou a cabeça contra alguns galhos quebrados, depois se chocou contra o chão e rolou por entre as folhas.

Mirando por sobre o ombro, viu nuvens de fogo negro surgirem na clareira. Sua amada Fortaleza, construída pelas mãos do pai em tantas tardes claras de verão, ardia em chamas.

Não! Lily queria gritar, mas o rugido do monstro a deteve. Ela se levantou com dificuldade e correu para as profundezas do bosque. *A Borda da Emboscada*, pensou ela, lembrando-se de um grupo de pedras próximas que abrigava uma caverna.

O chão tremeu quando o dragão a atacou por trás. Ele arrotou outra rajada de fogo escuro, e Lily se encolheu quando cinzas e brasas caíram das copas das árvores e lhe chamuscaram o rosto. Ela mal conseguiu se esquivar de um galho fumegante que tombou no chão.

Continue correndo, instou a si mesma. *Não pare.* Ela não ousava olhar por sobre o ombro, mas ouvia o dragão se aproximando. Seu rugido lhe penetrou os ossos, e cada um de seus passos estrondosos chacoalhava a terra e ameaçava jogar Lily no chão.

Quase lá.

Ela pulou um córrego e tropeçou quando a margem encharcada cedeu sob seus pés. Suas mãos arranharam a lama. Com o pânico crescendo na garganta, cambaleou para a frente e correu em direção a um arvoredo de pinheiros.

O dragão voltou a lançar fogo. O calor cobriu a nuca de Lily de bolhas.

Não pare. Não olhe para trás.

Os músculos doíam, clamando por alívio. Ela vislumbrou um aglomerado de pedras sobre uma clareira: a Borda da Emboscada. Ela forçou as pernas cansadas a trabalhar com mais força.

Outro rugido. Outra barragem de fogo.

Lily avistou a caverna. Sua boca escura bocejava logo acima do chão, oferecendo um abrigo que mal era largo o bastante para permitir que ela entrasse.

O dragão esmagou um tronco de árvore podre com a cauda, fazendo chover fragmentos em chamas. Lily gritou quando detritos quentes voaram em direção a seus olhos.

Só mais alguns metros.

O chão tremeu com outro rugido.

Só mais alguns segundos.

Outro estalo, outro estrondo por trás.

Três. Dois. Um.

Lily mergulhou em direção à entrada da caverna.

Um borrão vermelho surgiu, derrubando-a de lado bem no momento em que uma onda de chamas negras envolveu a Borda da Emboscada.

CAPÍTULO 5

Crepúsculo

Lily abriu os olhos e se descobriu deitada sob uma copa de árvores, os galhos entrelaçados contra o céu do crepúsculo. Seus olhos ardiam e a cabeça latejava. A princípio, ela presumiu que as árvores fossem aquelas de seu próprio bosque. Então, ao piscar para afastar a névoa persistente, percebeu que o ar tinha um aroma incomum. Estava fresco e úmido, quase doce, diferente das folhas queimadas pelo sol que havia respirado em tantas noites quentes ao explorar o bosque perto de casa.

Aos poucos, as memórias voltaram. O bosque. A fuga.

Os dragões.

Lily sentou-se ereta e se firmou enquanto o mundo girava. Sentiu as mãos afundarem em algo macio e úmido e se deu conta de que estava deitada em um tapete de musgo roxo com pelo menos cinco centímetros de espessura.

Aqueles não eram os bosques dela.

O estalo de um galho lhe chamou a atenção. Ela não conseguiu localizar a origem nem ver qualquer movimento na folhagem densa, mas ouviu um barulho nos arbustos. Lily apalpou o musgo em busca de um galho de árvore ou uma pedra para atirar. Não encontrando nada, ergueu as mãos para se proteger de qualquer ameaça que surgisse na escuridão.

Um ramo de folhas se abriu entre a vegetação rasteira. Cantarolando para si mesmo, com uma tigela em uma das patas e uma trouxa irreconhecível na dobra do outro membro dianteiro, Cedric entrou na clareira.

— Ah, aí está você! — disse ele. — Excelente.

Lily baixou os braços alguns centímetros. No último momento, quando as chamas ameaçaram engoli-la, Cedric a afastou do perigo. Ele salvou a vida dela. E ainda assim... *Ele é um DRAGÃO*, pensou Lily. Ela se lembrou dos contos de Gawain e de inúmeras outras histórias que retratavam os dragões como monstros sedentos de sangue que se alimentavam da carne dos cavaleiros. *Como posso confiar em um DRAGÃO?*

— Aqui, eu lhe trouxe um pouco de água.

Cedric lhe entregou a tigela. Era uma casca de noz, como as que Lily havia visto esquilos alojarem junto ao pé de nogueiras, só que esta era do tamanho de meio melão.

— Não é tão fresca quanto sei que seu povo prefere, embora eu tenha tentado evitar a sujeira — alertou Cedric. — Se você encontrar algo flutuando, dê para mim. Alguns víveres me cairiam bem.

Lily hesitou e estudou os olhos do dragão. Eles cintilavam com uma cor estranha e doentia, como leite azedo. No entanto, de alguma forma, por razões que ela não conseguia explicar, Lily reconheceu neles inteligência, e talvez até uma pitada de bondade.

— Obrigada — replicou Lily, pegando a tigela com as duas mãos.

A água cheirava a plantas, mas, ao tomar um gole, Lily a sentiu fria e refrescante na garganta.

Cedric assentiu com a cabeça e lhe ofereceu um leve sorriso.

— Falando em comida, trouxe algo para comermos. Não sei quanto a você, mas estou faminto. Não comi nada desde o seu ensopado. Que estava delicioso, se assim posso dizer.

Ele largou a trouxa no chão e então atacou algo que tentou deslizar para longe. Ele vasculhou a terra e retirou algo do mato com as garras fechadas em punho.

— Aqui está! — exclamou ele. — Bom apetite!

Ele esticou as garras e Lily pulou para trás quando uma dúzia de insetos, alguns parecidos com cobras com dezenas de pés, outros com antenas tão longas quanto os dedos de Lily, saíram correndo.

— Há, obrigada, mas não estou com fome — gaguejou Lily.

Os ombros de Cedric caíram.

— Esqueci que vocês, gente desperta, são tão exigentes. Tudo bem. Tente isto aqui, então.

Ele ofereceu um pedaço de fruta do tamanho de uma maçã. A casca era grossa e listrada com manchas xadrez vermelhas e pretas, semelhantes ao padrão de um kilt escocês.

— O que é? — indagou Lily.

— Ah, pegue de uma vez! E não seja tão desconfiada. É tão deselegante. Veja, vou fatiá-la para você.

Com uma só garra, ele repartiu a fruta em gomos.

Lily pegou uma fatia, cheirou-a e sentiu o aroma de canela. Ela se atreveu a dar uma mordidinha. Tinha gosto de chocolate e especiarias de confeitaria.

— Uau. É deliciosa!

— Claro que é deliciosa. Nós, exploradores, sabemos uma ou duas coisas sobre culinária, você sabe, senhorita... peço perdão, que impertinente de minha parte. Percebi que nunca lhe perguntei qual é o seu nome.

— Eu me chamo Lily. Lily McKinley.

— Bem, srta. Lily, é uma honra e um privilégio conhecê-la.

Ele fez uma reverência profunda, até que os espinhos ao longo da cabeça e pescoço traçassem linhas na terra. Lily lutou contra o impulso de rir.

Ela saboreou outra mordida e observou os arredores. Estavam sentados em uma clareira dentro de uma floresta de árvores nodosas. Em redor havia árvores diferentes de todas as que já tinha visto, retorcendo-se umas em torno das outras, com folhagens tão espumosas quanto as ondas do mar. Trepadeiras com flores prateadas serpenteavam pelos troncos próximos, e acima o céu assomava com uma sombra crepuscular que manchava as bordas das coisas e lançava sombras misteriosas.

— Onde estamos? —perguntou ela.

— Deixaram isso de fora durante o seu aprendizado, hein? — alfinetou Cedric, juntando gravetos do chão e organizando-os em uma pilha. — Não posso dizer que os culpo. Este é o Deserto, minha querida. E, para que você saiba, não é onde eu queria nos levar. Precisei fazer um bumerangue, então pegamos o que nos foi concedido. Pelo menos é melhor que os Pântanos Sulfúricos. Da última vez que estive por lá, a patroa não me deixou entrar em nossa toca por duas semanas.

Aos ouvidos de Lily, tudo o que ele dizia soava como algo sem sentido. *Deserto? Bumerangue? Pântanos Sulfúricos? Do que ele está falando?*

Cedric olhou ao redor da clareira e estremeceu.

— Precisamos descansar, mas, depois disso, quanto mais cedo sairmos daqui, melhor. Não gosto de me demorar por estas bandas. É uma região intocada, mas também é indomada, e isso a torna perigosa.

— O que exatamente é este lugar?

— É o limite do reino Somnium, srta. Lily, entre os sonhos e o despertar. As coisas aqui ainda não descobriram de que lado estão. Não é um lugar seguro para permanecer.

Lily enfim reconheceu algumas palavras e se agarrou a elas.

— Você mencionou o reino antes. O que é o reino Somnium?

O dragão largou os gravetos e a fitou. O olhar reptiliano teria arrepiado a pele de Lily, se a bondade dele não tivesse despertado sua confiança.

— Você não sabe mesmo, não é? — disse ele, com a cabeça inclinada em perplexidade. — Antes eu pensava que você estava apenas fingindo ignorância para se proteger, mas não é isso, é? Você de fato não tem ideia.

Lily corou de vergonha. Embora logicamente ela soubesse que não poderia entender os termos que lhe eram impostos, por dentro se sentia inadequada por não compreender.

Cedric andava de um lado para o outro na clareira, falando em voz alta consigo mesmo.

— Como isso poderia ser possível, porém? Você possui uma pedra da verdade. Somente um protetor dos sonhos poderia possuir uma pedra da verdade. Eu a *encontrei* por causa da pedra!

— Que pedra?

— Essa! Esse penduricalho em seu pescoço!

Ele apontou com uma só garra para o pingente do pai dela.

— Ah, isso? Era do meu pai. Ele a encontrou no fundo de um regato.

Cedric gargalhou.

— Minha querida, se você vai mentir para mim, precisará ser um tantinho mais inteligente do que isso.

— Eu não estou mentindo! É a verdade. Pelo menos, foi isso que ele me contou.

— Bem, então, é óbvio que ele deturpou os fatos. O regato que poderia conter essa pedra ainda não fluiu.

— Por quê? O que há de tão especial nela?

— É uma pedra da verdade, srta. Lily. Foi lavrada das rochas do Éden.

A última palavra pairou no vento.

— Éden? — repetiu Lily maravilhada. — Você quer dizer, como em...

— Sim, sim. Foi extraída há muito tempo, quando tudo estava bem. Antes que o mal invadisse o mundo.

— Espere, espere, espere. Como meu pai poderia ter encontrado uma pedra que veio do Éden? No leito de um regato?

— A verdadeira questão é: como você a descobriu? — rebateu Cedric, estreitando os olhos e andando em círculo em torno dela. — Apenas os protetores dos sonhos, os curadores e os guardiões do reino conseguem empunhar as pedras. Diga exatamente como você a obteve, srta. Lily.

— Eu a encontrei ontem, dentro do meu livro.

— Considero isso bem improvável. Por favor, diga a verdade. A desonestidade é tão vulgar. Você a roubou de seu pai?

— Não, claro que não! Eu jamais faria isso.

— Então como você veio a possuí-la?

— Não sei. Eu não entendo nada disso. Meu pai usava essa correntinha todos os dias, desde que me lembro. A última vez que a vi foi...

A voz de Lily falhou.

— Eu a notei na noite anterior à partida dele para Madagascar — prosseguiu ela. — Ele a estava usando, como sempre, e a pedra pendeu da camisa dele quando me deu um abraço de boa noite. E ontem, do nada, eu a encontrei dentro de um de meus livros.

— E onde está seu pai agora?

A pergunta doeu e ela respirou fundo.

— Ele morreu. Antes de chegar à África.

A cauda de Cedric descaiu.

— Oh. Sinto muito, minha querida — confortou ele, deitando-se no chão e coçando a cabeça. — Eu não entendo nada disso. Você deve ser curadora. Admito que seja surpreendentemente jovem...

— Sou mais velha do que pareço.

— Mesmo assim. Talvez eu não devesse estar procurando por você, mas sim por seu pai?

— Mas eu acabei de dizer que ele morreu.

Cedric não respondeu, mas voltou a caminhar pela clareira. Lily vasculhou a mente em busca de algo útil para dizer, mas sem sucesso.

— Ainda assim não faz sentido — resmungou Cedric, chutando uma folhagem de musgo com a pata traseira cheia de garras. — Se era *ele* que eu deveria ter encontrado, a pedra não teria chegado até *você*.

Ele a estudou por mais um momento, depois pegou dois gravetos e esfregou um contra o outro com vigor renovado.

— Isso está além de meu nível de habilidade, srta. Lily. Não sou sábio o bastante para resolver isso. A meu ver, o único caminho a seguir é terminar a tarefa que me foi dada e levá-la ao Castelo Iridyll. O mestre saberá o que fazer. Além disso, é imperativo que eu o informe sobre a mortalha no bosque.

— A mortalha?

— Aquela fera que nos perseguiu. O dragão negro, com toda aquela fumaça.

A cor sumiu do rosto de Lily.

— Aquilo é chamado de mortalha?

Cedric assentiu com a cabeça.

— Era horrível.

— De fato. Assim são todas as mortalhas. E aquela foi particularmente desagradável. Contudo, o que mais me preocupa é que ela estava no lugar errado. Eu nunca vi uma no mundo desperto.

— O que ela queria com minha casa na árvore?

— Só o que estava nela — replicou Cedric, fazendo uma pausa para fixar o olhar em Lily, cujos cabelos da nuca se arrepiaram.

— As mortalhas escaparam, srta. Lily, e mais protetores como você estão desaparecendo todos os dias. Nunca vi meu mestre tão irritado.

Ele voltou a esfregar os gravetos.

— Precisamos chegar ao Castelo Iridyll — repetiu ele.

— Que lugar é esse?

— Ah, você vai adorar, minha querida. É uma das maiores fortalezas do reino. E o mais belo, se quiser minha opinião.

O coração de Lily acelerou com aquelas palavras. No entanto, por mais que pensamentos sobre castelos a fascinassem, a lembrança da mãe, com a cabeça entre as mãos, tremeluzia em sua mente.

— Parece maravilhoso. Mas... eu deveria mesmo voltar para casa. Minha mãe precisa de mim.

— Sinto muito, srta. Lily, mas isso está fora de questão. Não pode voltar. Pelo menos, ainda não.

Lily se endireitou alarmada.

— Por favor, Cedric. Preciso voltar para casa, para minha mãe. Se eu desaparecer, será mais do que ela conseguirá suportar.

— Prometo levá-la para casa assim que meu mestre considerar seguro.

— Mas quando será isso? A que distância fica esse castelo?

— A pé? Daqui, pelo menos vários dias. Temos que caminhar até o Pico Calvo e é evidente que você não sabe voar.

— Cedric, não estou brincando quanto a isso. Preciso voltar para casa. Minha mãe e minha avó precisam de mim.

— Assim como minha família precisa de mim, minha querida. Tenho três filhotes para alimentar em casa, mais a patroa, e ela tem três cabeças, o que significa o triplo da dor de barriga. Infelizmente, a guerra não poupa ninguém.

O coração de Lily acelerou.

— *Guerra?* O que quer dizer com guerra? Cedric, sou apenas uma criança!

— Srta. Lily...

— Eu não sou a pessoa que você pensa que sou, Cedric. Tenho *doze* anos. Ganhei minha primeira luta hoje mesmo e não teria conseguido sem que um cavaleiro de armadura reluzente viesse em meu socorro. E isso é *outra* coisa que não entendo, aliás! No verão passado, explodi o forno de micro-ondas. Não consigo nem aprender a andar de bicicleta.

— Srta. Lily...

— Obrigada pela comida. E obrigada por me ajudar quando aquela... aquela coisa nos atacou na floresta. Mas preciso ir para casa.

— Não posso levá-la para casa, srta Lily.

— Você precisa! Isso tudo está muito acima das minhas capacidades. Como posso ajudá-lo com uma guerra? Sou apenas uma criança. Sem mencionar que é provável que eu esteja maluca, já que estou discutindo com um dragão falante.

— Explorador. Eu sou um *explorador*.

Lágrimas brotaram dos olhos de Lily.

— Não posso deixar minha família, Cedric. Minha mãe em especial. Ela já passou por tantas dificuldades.

— Srta. Lily. Mesmo que não houvesse uma guerra, eu não poderia levá-la de volta porque sua pedra da verdade está *aqui*. Só posso viajar com segurança para seu mundo se estiver rastreando uma pedra da verdade. Agora que você e a pedra estão *aqui*, não tenho como chegar *lá*. A menos, é claro, que eu volte a fazer um bumerangue, mas isso está fora de questão.

— Por quê? Por que está fora de questão?

— É como lançar uma catapulta com os olhos vendados. E veja no que isso deu na primeira vez!

Ele apontou para as árvores retorcidas às suas costas e para o céu escuro acima.

— Eu não ligo — replicou Lily. — Me mande de volta nesse bumerangue.

— Não, não, essa não é a solução. É muito imprevisível. Você pode acabar na toca de uma onça, ou no fundo do oceano, ou perdida em uma geleira no Ártico.

— Se significa voltar para minha família, estou disposta a correr esse risco.

— Não! — rebateu Cedric, agachando-se para se pôr à altura dos olhos dela. — Minha querida menina, goste ou não, e quer você entenda ou não, você é uma curadora dos sonhos, um dos protetores do reino Somnium. Eu sei que não faz sentido. Eu mesmo não entendo. Contudo, o fato é que você carrega uma pedra da verdade. Somente um curador poderia ter invocado o poder da pedra e chamado Lancelot para seu mundo.

Lágrimas inundaram os olhos de Lily e seu rosto corou.

— Essa pedra era do meu pai, não minha. Eu nem sei como Lancelot apareceu. Foi tudo por acidente. Eu nem sei o que é um curador dos sonhos! Seu reino parece fascinante, mas receio que você tenha escolhido a pessoa errada, Cedric.

Em sua angústia, ela esqueceu que ainda segurava a tigela de casca de noz, que lhe tombou das mãos. Cedric limpou a bagunça de suas roupas com um tufo de musgo.

— Sei que isso é difícil e, para ser bem franco, desconcertante — admitiu ele. — No entanto, eu prometo, srta. Lily: quando tudo houver terminado, farei tudo que puder para levá-la para casa. Você tem minha palavra. Para fazer isso, porém, preciso que confie em mim.

Ele retornou aos gravetos e retomou a raspagem vigorosa.

— Nossa melhor chance de levá-la para casa é ir ao Castelo Iridyll — explicou ele. — Lá há pessoas muito mais sábias do que eu que saberão o que fazer.

Antes que Lily pudesse argumentar, Cedric latiu de dor e pulou para trás. Outro graveto quebrou sob o esforço da raspagem e uma lasca ficou presa em sua pata dianteira.

— Essa não! Você está bem? — perguntou Lily, levantando-se enquanto Cedric acalentava o membro ferido.

— Estou bem, muito bem. Não adianta se preocupar.

— Me deixe ver isso. Eu sei um pouco sobre primeiros socorros.

— Não, não, obrigado, não será necessário. Estarei em perfeitas condições em um minuto.

Lily estendeu a palma da mão e arqueou as sobrancelhas. Cedric sacudiu a cabeça, mas, como a expressão de Lily não se alterou, ele grunhiu e, com relutância, mostrou-lhe a pata.

— Ah, não é tão ruim assim — concluiu Lily, examinando a lasca. — Consigo arrancar para você sem dificuldade. Fique parado.

Cedric estremeceu.

— É fácil falar, senhorita.

— Apenas tente, por favor.

Ela segurou a pata com firmeza e apertou com cuidado a ponta da lasca entre dois dedos.

— Respire fundo e relaxe. Preparado? Um... dois...

Antes de chegar ao três, Lily puxou a lasca. Cedric uivou, saltou para trás e depois pulou de uma pata traseira para a outra, como se estivesse dançando sobre brasas. Depois de meio minuto de escândalo, ele tombou no chão e escondeu a cabeça entre as patas.

— Que mortificante — murmurou ele.

Lily reprimiu uma risada.

— Afinal, o que você estava tentando fazer com todos esses gravetos?

— Ora, acender uma fogueira, é claro — respondeu Cedric.

— Quanto mais tempo permanecermos aqui, mais vai esfriar. Não devemos nos demorar muito, mas, enquanto descansamos, precisamos de um pouco de calor.

Lily franziu a testa.

— Não existe uma maneira mais simples de obter uma brasa?

— Eu adoraria ouvir qualquer sugestão, se você tiver alguma.

— Bem, você não poderia... sabe como é... respirar sobre os gravetos?

— Perdão?

— Bem, você é um dragão, não é mesmo?

Cedric fez uma careta e os espinhos ao longo de suas costas se eriçaram.

— Minha jovem. Temos um longo caminho pela frente. E se quiser que seja uma jornada agradável, eu a aconselho a nunca mais voltar a se referir a mim por essa palavra abominável.

— Sinto muito, Cedric, eu só pensei...

— Eu sou um *explorador*, srta. Lily. Um explorador — bufou ele, vapor jorrando das narinas. — Vou encontrar algo que nos ajude nessa empreitada. Para sua segurança, eu a aconselho a não ir a lugar nenhum. E não fale com ninguém. Absolutamente ninguém. Entendeu?

— Mas não há ninguém aqui. Com quem eu iria...

Ele não esperou que ela terminasse; em vez disso, abriu caminho com a cauda por entre uma moita de ervas daninhas e desapareceu no mato. Ela ouviu o farfalhar dos arbustos, depois o silêncio, e, no momento seguinte, Lily se viu sozinha na clareira sob a luz do crepúsculo.

Lily chutou o musgo e se repreendeu baixinho. Ela havia dito algo errado, como sempre. Estava presa em uma floresta fantasmagórica, sem ideia de como voltar para casa, e contando apenas com a ajuda de um dragão a quem tivera a esperteza de ofender. *Como vou sair dessa?*, pensou ela.

Lily se encostou em uma árvore enorme, apoiou a testa na casca fria e tentou não se preocupar. Trepadeiras cercavam o tronco da árvore e Lily estendeu a mão para tocar as flores que as pontilhavam como colares de pérolas. Para sua consternação, ao seu toque, as pétalas caíram no chão e o núcleo cintilante da flor se apagou.

De repente, a árvore rangeu em protesto. Suas raízes brotaram da terra como um ninho de cobras se contorcendo, e carregaram o enorme tronco até vários metros de distância dela. Quando a árvore voltou ao chão, as trepadeiras se enroscaram em torno do tronco mais uma vez, e tudo ficou imóvel.

— Que lugar estranho — comentou Lily em voz alta.

Naquele instante, a pedra em seu pescoço começou a fulgurar, inundando a clareira com uma luz vermelha.

— Olá, meu amor.

Os olhos de Lily se arregalaram. Uma velha com um xale de tricô se apoiou na árvore deslocada e sorriu para Lily, que a reconheceu de imediato e foi tomada por uma onda de alívio.

— Vovó? Vovó! Não acredito que esteja aqui! É você mesma?

— Sou eu, sim, meu amor, estou aqui.

— Estou tão feliz em vê-la! O que você está fazendo aqui? Sabe como nos tirar daqui? A mamãe está bem?

— O mais importante é que estamos juntas, minha fofa — replicou a avó, cujos olhos pousaram no pingente, que ainda refulgia com uma chama rubra. — Oh, que colar lindo! A coisa certa para animar uma senhora idosa. Você me deixa ver, minha fofa?

O sorriso de Lily desapareceu. O impulso a encorajava a correr até a avó, abraçá-la e entregar-lhe tudo o que pedisse, mas o estranho tom de voz da avó a deteve. *A vovó nunca me chamou de "fofa" antes*, pensou Lily. *E ela sabe que a pedra era do papai. Por que ela está agindo como se nunca a tivesse visto?*

Sem tirar os olhos da avó, Lily procurou a pedra e ergueu-a para que a avó visse.

— Chegue mais perto, criança — arrulhou a avó. — Os olhos desta velha não são mais o que costumavam ser.

Lily se aproximou um passo.

— Como está a mamãe, vovó? A mamãe está bem?

— Ela está fantástica, querida, simplesmente maravilhosa. Agora, chegue mais perto. Traga a pedra para mim.

Fantástica? Isso não pode estar certo.

— Como você chegou aqui, vovó?

— Chega de perguntas — retrucou a avó, a voz mais ríspida. Seu sorriso desapareceu. Ela olhou carrancuda para Lily, e seu rosto foi tomado por uma escuridão que Lily nunca havia visto. — Entregue-me a pedra, menina.

Lily fechou o punho sobre o pingente e deu dois passos para trás.

— Talvez mais tarde — respondeu ela.

Os olhos da avó faiscaram, rubros e ameaçadores, e ela abriu bem a boca. Em vez da voz doce que costumava entoar canções infantis para Lily na pré-escola, um rosnado emergiu.

No instante seguinte, a imagem da avó se transformou em uma nuvem, assim como o tornado negro havia feito na floresta. A fumaça se agitou, jorrou e espiralou, depois se dissipou. No lugar da avó, materializou-se diante dela um ogro, com a horrível bocarra babando e os dedos nodosos segurando uma clava do tamanho de um tronco de árvore.

Lily começou a correr assim que o ogro passou a sacudir a enorme clava e quebrou a árvore ambulante em dois.

CAPÍTULO 6

Ogros e francelhos

— Cedric! Socorro!

Lily corria pela floresta com as mãos estendidas. A luz fraca limitava a visibilidade a apenas alguns metros à frente dela e, enquanto ela corria, galhos batiam contra seu rosto e raízes surgiam em seu caminho sem aviso, levando-a a tropeçar.

O ogro brandiu a clava de novo, reduzindo um matagal inteiro a entulho, e a força dos destroços voadores derrubou Lily no chão. Ela se agarrou ao solo para se segurar, depois olhou por sobre o ombro e viu o ogro correndo em sua direção. Ela gritou e rolou bem a tempo de evitar a clava quando esta tombou, abrindo uma vala profunda no chão.

— Cedric! Por favor, me ajude! — ela voltou a gritar.

Quando ela se levantou, o ogro urrou outra vez, borrifando-a com uma baba que lhe queimou as faces. Ela disparou por um bosque de carvalhos, mas o ogro a seguiu de perto, lançando os troncos à terra como se fossem juncos.

Lily mergulhou em outro matagal e berrou de dor quando espinhos lhe arranharam mãos e braços. Com os braços protegendo o rosto, ela seguiu adiante. Libertou-se dos últimos arbustos e percebeu que havia dado em uma clareira cercada de espinheiros por todos os lados.

Ela se virou e estreitou os olhos, procurando uma saída entre as sombras. Uma árvore antiga se assomava diante dela. Será que ela conseguiria escalá-la? *Não*, pensou, *ele conseguiria derrubá-la como se fosse um palito de dente.*

Outro rugido sacudiu a terra e o estômago de Lily afundou. O ogro surgiu num salto, seu perfil monstruoso destacando-se contra o céu azul esverdeado. Ele pulverizou mais duas árvores e ergueu a clava contra Lily.

Ela não teve escolha a não ser subir na árvore. Escalou até a metade, desesperada demais para olhar para baixo. Então, um som a encheu de pavor.

O ogro estava rindo.

Lily se esticou para o próximo galho, mas ele pairava fora de seu alcance. Ela tateou o tronco, orando para encontrar outro apoio, mas seus dedos encontraram apenas cascas soltas.

Com outra risada tenebrosa, o ogro bateu na base de uma árvore. Com séculos de idade, as raízes resistiram ao golpe, mas o tronco se curvou e arrancou Lily do galho. Ela escorregou e agarrou o galho abaixo, mas não encontrou apoio e suas pernas se agitaram no ar.

Mais uma risada cruel e catarrenta gorgolejou pela clareira. Lily lutou para subir no galho, mas seus braços doloridos falharam. Voltou a chamar por Cedric, mas sua voz se transformou em um grasnado rouco. Ela pendia a seis metros do chão, sozinha, com um ogro salivando abaixo.

A risada soou de novo. Através das sombras densas, um par de olhos verdes ensandecidos sob ela. O ogro agarrou o galho de Lily e o dobrou em direção ao chão. Lily se debateu e sacudiu os pés de maneira frenética enquanto afundava pela noite em direção à boca aberta e pútrida do ogro.

Isso não pode estar acontecendo. Não pode estar acontecendo!

Os dedos de Lily, escorregadios de suor, começaram a ceder. Ela chutou o ar a poucos centímetros dos dentes superiores do ogro.

— Não! Saia de perto de mim! — berrou ela.

De repente, a pedra da verdade, que havia cintilado com um vermelho opaco enquanto ela corria, mudou de cor. Ela inundou a floresta com a mesma luz azul pálida e fulgurante que havia irradiado no pátio da escola quando Lancelot surgiu. Abaixo, o ogro semicerrou os olhos contra a claridade e virou o rosto, gemendo em repulsa.

Os músculos de Lily ardiam e ela não conseguiu mais se segurar. Largou o galho. Ela escorregou para baixo, fechou os olhos e se preparou para o fim.

Que não veio.

Lily abriu os olhos e arquejou. Uma rede pendurada entre dois galhos conteve a queda. O tecido era diferente de tudo que já havia visto, reluzindo como se estivesse imbuído da luz das estrelas.

Um rugido soou de baixo. O ogro havia abandonado a clava e golpeava de maneira frenética algo pequeno e flamejante que lhe esvoaçava junto ao rosto. Do ponto de vista de Lily, parecia um cometa em movimento, fazendo piruetas no ar, mergulhando contra a cabeça do ogro e depois voltando a ascender em espiral. Entre os grunhidos do ogro, Lily conseguiu discernir o chamado estridente de uma ave de rapina.

Não pode ser, pensou Lily, reconhecendo o som de repente. *Não, não faz sentido. É impossível!*

Uma fita prateada, luzindo como a rede em que Lily estava sentada, teceu-se por atrás do pássaro e atou as pernas do ogro. O monstro cambaleou, gemeu e despencou no chão com um estrondo. Sem parar, o pássaro prendeu-o com cordas prateadas até que toda a sua forma inchada e grotesca brilhasse em uma confusão de amarras.

Só então, Cedric irrompeu na clareira.

— Estou aqui, srta. Lily! — bradou ele, saltando para a frente com uma trouxa nos braços que parecia brasas.

Com um floreio das asas, ele se ergueu no ar e despejou sua carga sobre o ogro que se contorcia.

O ogro uivou quando as brasas pegaram fogo. Seus traços faciais tornaram-se turvos nas chamas e ele se encolheu no chão, contorcendo-se e convulsionando enquanto murchava. Em choque, Lily viu o monstro se desmanchar em um turbilhão de fumaça e depois se desfazer em fios de líquido acinzentado. No momento seguinte, o ogro desapareceu, deixando apenas os rolos de corda prateada soltos no chão.

Cedric apagou as chamas restantes que lambiam o chão e sacudiu a cabeça com desgosto.

— Outra mortalha! — lamentou ele. — Bem, isso decide a questão, srta. Lily. Não podemos mais nos demorar por aqui. É uma pena, já que encontrei toda esta erva-ardente para acender uma fogueira da maneira apropriada, mas quanto mais tempo permanecermos aqui, mais perigo corremos. Estou convencido de que essas mortalhas a estão caçando, srta. Lily.

Cedric soprou a pata fumegante e depois pousou as garras nos flancos.

— Srta. Lily? Desculpe-me, mas está me ouvindo?

Lily não respondeu. O pássaro que havia salvado sua vida soltou uma das pontas da rede e a baixou com gentileza até o chão, onde Lily se viu hipnotizada, quase sem respirar, quando a criatura deslumbrante pousou em sua mão.

Ela examinou o bico curvado do pássaro, o lindo pescoço arqueado, as marcas notáveis no rosto e no peito. As garras lhe abraçavam os dedos com pressão suficiente para manter-se firme, mas não para machucá-la. Lily conhecia cada pena, cada curva, cada inclinação da cabeça daquela ave.

— Rigel? — sussurrou ela. — É você mesmo?

Extasiada com a criatura em sua mão, Lily não notou Cedric se aproximando deles.

— Conhece esse sujeito? — perguntou ele, assustando-a. — Ele decerto nos foi útil. Um legítimo Bom Samaritano, se assim posso dizer. Obrigado, senhor, por seus serviços tão oportunos.

Cedric fez uma reverência cortês.

O pássaro respondeu com um guincho estridente. O som inundou Lily de alegria e, pela primeira vez em meses, uma risada lhe brotou do peito.

— Você está bem, srta. Lily? — indagou Cedric.

Lily se levantou e o pássaro, imperturbável, continuou a se equilibrar em sua mão.

— Maravilhosa, Cedric. Embora eu não entenda nada disso. O que não é nenhuma novidade, suponho.

— Como vocês dois se conhecem?

— Não sei como isso seria possível, mas eu o inventei quando era pequena.

Os olhos de Cedric se arregalaram. Ele olhou do pássaro para Lily e de volta para o pássaro.

— Posso pedir sua opinião? — ele perguntou ao pássaro.

A ave de rapina respondeu com outro guincho.

Lily riu de novo.

— Ele não fala, Cedric. Embora ele entenda. É um francelho--estrela. O nome dele é Rigel.

— Um francelho-estrela? Não acredito que já tenha ouvido falar deles antes.

Lily corou com um súbito constrangimento.

— Desde que eu estava na primeira série, eu fingia que as estrelas eram pássaros. Todos os tipos diferentes e cada um com poderes diferentes. Rigel — explicou ela, erguendo-o — é um francelho-estrela. Ele recebeu o nome de uma estrela supergigante azul na constelação de Órion.

— Agora sou eu quem não entendeu uma palavra.

Lily sorriu.

— Eu também não sabia nada disso, mas meu pai me ensinou sobre as estrelas num verão, quando fomos acampar nas montanhas — rememorou ela, acariciando as penas da nuca de Rigel; eram frias ao toque, como a carícia da seda contra seus dedos. — Ele é lindo, não é? Quando ele quer, pode tecer todo tipo de coisa com prata. Eu não consigo acreditar que ele esteja mesmo aqui. Ele é real!

— Mocinha, se tinha alguma dúvida sobre sua identidade como curadora, creio que agora provou seu valor.

— Mas, Cedric, como isso aconteceu? Como qualquer parte disso é possível? Rigel, este lugar, ogros e cavaleiros... ou mesmo você? Sinto que estou sonhando.

Cedric sorriu.

— Minha querida — replicou ele. — Você está mais certa do que imagina. A verdade é que...

Relâmpagos chisparam por sobre a clareira, seguidos por um estrondo baixo de trovão.

— Ai, céus. Precisamos seguir em frente. Fomos tolos em nos demorar aqui — ponderou Cedric, reunindo algumas vagens de ervas-ardentes espalhadas. — Explicarei tudo o que puder no caminho, mas devemos partir. Rápido. Se mais mortalhas a estiverem perseguindo, srta. Lily, não há nada melhor que uma tempestade no Deserto para lhes dar uma vantagem.

Lily estremeceu e um mal-estar nauseante apertou seu estômago quando ela se lembrou de sua fuga do ogro.

— Cedric, desta vez, a mortalha... pareceu ser a minha avó. Antes de se transformar em um ogro, quero dizer. Soou como ela também, pelo menos no começo.

O rosto de Cedric se sombreou.

— As mortalhas se utilizam de ilusões para lutar, srta. Lily, e se disfarçam como aquilo por que mais ansiamos — explicou ele, fitando-a com um olhar solene. — Elas enxergam dentro de seu coração.

— O que exatamente são elas, Cedric?

— Em seu mundo, recebem o nome de pesadelos. São os ecos do mal manifestados nos sonhos.

Aquelas palavras a agarraram como um punho de gelo. De repente, a saudade de casa, do abraço da mãe e do pai se transformou em angústia.

— Cedric, se elas podem se parecer com as pessoas que amo, como vou saber se são mortalhas ou alguém em quem posso confiar?

— A maioria das pessoas não consegue diferenciar, srta. Lily. Essa é a perversidade das mortalhas.

Com alguns fios da corda prateada de Rigel, ele amarrou uma esteira de folhas secas e musgo a um galho e depois ateou fogo com uma vagem de erva-ardente. A luz bruxuleante da tocha iluminou o rosto de Lily e, ao vê-la, a expressão de Cedric se suavizou.

— Não se preocupe tanto, minha querida — confortou ele. — Por sorte, você não está sozinha. Estou com você e, melhor ainda, você tem uma ajuda especial.

Cedric apontou para a pedra.

— Percebeu que ela muda de cor quando as mortalhas aparecem? — indagou ele.

— Está falando da luz azulada brilhante?

— Não. A que só surge com as mortalhas.

Lily pensou por um momento e estremeceu outra vez.

— Vermelha — lembrou ela. — A pedra ficou vermelha.

— Essa é a sua pista. Considere isso um sistema de alerta.

— Então, quando a pedra brilhar em vermelho, eu deveria...

— Sair correndo, srta. Lily. O mais rápido que puder.

CAPÍTULO 7

O Deserto

Eles atravessaram o mato e o lodo por horas com muita dificuldade. Não importava o quanto marchassem, a floresta densa e nodosa e a névoa negra obstruíam o caminho. Lily vislumbrou uma centelha de luz à frente, uma vaga promessa de uma trilha aberta, apenas para a floresta se aglomerar e as trepadeiras e galhos se trançarem diante de seus olhos. O Deserto parecia determinado a aprisioná-los em seu domínio miserável.

Relâmpagos chispavam no alto e, em seu cansaço e angústia, Lily parou diversas vezes para analisar o céu. Ainda mantinha o mesmo tom misterioso de azul esverdeado que ela havia notado quando chegou.

— Que estranho! — exclamou ela. — Não deveria ser noite agora? O céu não mudou.

— O céu *nunca* muda no Deserto — replicou Cedric. — Está aprisionado entre o dia e a noite. Assim como tudo o mais que vive aqui.

Rigel criou para Lily uma lâmina de prata para cortar os arbustos, mas, ao atacar a primeira trepadeira retorcida, a planta gritou de agonia e se afastou do caminho. Embora a planta tivesse se retraído, Lily se sentiu tão culpada por machucá-la que guardou a lâmina debaixo do braço e não voltou a utilizá-la.

A longa marcha pela escuridão consumiu os nervos de Lily. Ela começou a suspeitar que cada movimento e sombra era algo sinistro, talvez outra mortalha terrível ansiosa por devorá-la inteira. Tropeçou em uma trepadeira ondulante, tombou em uma poça de lama e se levantou pouco antes de uma criatura, fina e longa como uma enguia, mas coberta de espinhos, emergir da poça e sibilar contra ela. Cedric chutou o bicho no rosto, e este, com um uivo, deslizou de volta para a lama e desapareceu.

— Cedric — chamou Lily, com a voz trêmula enquanto limpava a lama das mãos. — Quanto falta?

— Bem que eu gostaria de saber dizer com certeza. Não importa o quanto caminhamos, lá de cima o horizonte parece o mesmo.

Ele apontou para a linha das árvores, para onde voava de vez em quando a fim de observar a trajetória.

Cedric colheu algumas frutinhas roxas de um arbusto próximo e as passou para Lily.

— Pegue. Você deve estar faminta. Mantenha suas forças, minha querida.

— Obrigada. E você? Não quer um pouco?

— Frutinhas? Não, obrigado. Muito estacionárias. Comida estacionária não me apetece. Bem, seu *chili* era fantástico, mas pelo menos tinha carne. Por enquanto, estou satisfeito.

O estômago dele gorgolejou um ronco vazio.

— Satisfeito, é?

Cedric bateu no abdômen e encolheu os ombros. Lily sorriu, grata por uma conversa que, por mais improvável que fosse, dava a sensação de uma amizade.

— Cedric, obrigada — disse ela. — Não apenas pelas frutinhas. Você me salvou lá na floresta.

Ele desviou o olhar.

— Sem problemas, minha querida. Considerando a maneira como você ajudou aquele garotinho que teve seu almoço pisoteado, suspeito que você faria o mesmo por mim se a situação se apresentasse.

Ele a mirou de esguelha, depois lhe deu uma piscadela e sorriu. Lily retribuiu o sorriso, colocou uma frutinha na boca e fez uma careta. Tinha gosto de *curry*, com uma pitada de *garam masala*. Gostosa, mas não o que ela esperava.

— Cedric — começou ela, hesitante. — O que é esse reino do qual você vive falando?

— Ah, perdoe-me. Nunca lhe ofereci uma explicação adequada, não é mesmo? O reino Somnium é onde residem os sonhos depois que seu povo os cria.

— Meu povo?

— Os despertos. Seres humanos.

Lily escorregou em um trecho de musgo molhado e mal conseguiu se impedir de tropeçar.

— Espere um segundo. Você está falando sobre sonhos se tornando realidade? Tipo, como na história da Cinderela?

— Não, não, srta. Lily, de jeito nenhum. Toda essa bobagem de "sonhos que se tornam realidade" se refere ao que vocês *desejam*. Não estou falando de desejos ou aspirações ou, ouso dizer, de impulsos de ganância. Estou falando dos sonhos que vocês têm quando estão dormindo, sonhos que tecem histórias a partir do nada. Ou, o que é ainda mais comum, as sagas com que sonham quando estão acordados, mas, por estarem tão entediados, sentem-se adormecidos.

Os batimentos cardíacos de Lily aceleraram.

— Você quer dizer, aquilo que imaginamos?

— Exato. A senhorita nunca se perguntou o que acontece com um sonho quando acorda?

Os pensamentos de Lily se atropelaram, como acontecia à mesa do almoço, quando os meninos da equipe de matemática se entusiasmavam demais com frações impróprias.

— Quando acordo, o sonho acaba. Simplesmente para, não é?

— Será?

— Claro que sim. Os sonhos estão na minha cabeça. É o que me dizem quase todos os dias. Certa vez, assisti com minha mãe a um documentário que dizia que os sonhos são produzidos por nossas ondas cerebrais para armazenar memórias, ou algo assim.

— Ah, que inteligente, estrondosamente inteligente! Então você acredita que os sonhos nos ajudam a lembrar?

— Sim, acho que sim. Pelo menos foi o que explicaram naquele programa.

— E o que aparece em um programa de televisão só pode ser verdade, então?

Lily franziu a testa. Ela se lembrou de ter visto um desenho horrível certa vez na casa do primo, mostrando um mamífero não identificável que colava a língua em um vaso sanitário.

— Bem, não, na verdade não. Não foi o que eu quis dizer.

— Para simplificar, vamos considerar este argumento — propôs Cedric. — De acordo com sua teoria, os sonhos devem sempre repetir o que vemos, certo? Eles revisam os acontecimentos do dia, para cimentar as memórias nas pequenas poças de massa cinzenta que chamamos de cérebro?

— Creio que sim.

— E essa tem sido a sua experiência? De verdade? Concentre-se, srta. Lily.

Lily voltou a franzir o cenho. No último sonho de que conseguia se lembrar, uma mulher do tamanho de uma casa caiu do céu e demoliu sua casa na árvore, depois lhe exigiu tiras de carne seca.

— Bem, não, não exatamente — admitiu Lily.

— Então, você mesma percebe! Às vezes, você sonha com coisas que já conhece: sua casa ou o garoto desagradável da escola que pisoteia o almoço das criancinhas — observou ele, mergulhando uma pata em uma poça de lama e precisando que Lily lhe segurasse o membro dianteiro enquanto ele se içava para fora.

— Mas outras vezes, quando sonha, você imagina algo completamente novo. Sua mente cria algo *verdadeiro*, algo que tece uma história. E esses sonhos, srta. Lily, continuam vivos mesmo depois que você acorda.

— No reino Somnium.

— De fato, no reino Somnium.

Suas palavras mexeram com o coração dela e despertaram um desejo por poesia e cor, histórias e mistério. Seu mundo de fantasia sempre pareceu colocá-la em apuros. Pela primeira vez, ela se perguntou se todos os seus devaneios e desenhos importavam de verdade.

Rigel os interrompeu com um coro de chilreios. Ele voou acima de suas cabeças em círculos, espalhando pó prateado em sua excitação.

— Vá em frente, rapaz, nós o seguiremos — urgiu Cedric. — Mas cuidado com a chuva de caspa, por favor, se não se importa.

Rigel voou à frente, e Cedric e Lily aceleraram o passo atrás dele. Depois de atravessarem um emaranhado de arbustos, alguns metros de lama e uma parede de galhos de pinheiro, emergiram para a luz do sol. A princípio, Lily se encolheu sob a luminosidade do dia. Quando seus olhos se ajustaram, ela arquejou em voz alta. Encontravam-se à margem de um rio aninhado no topo de uma montanha. A água, salpicada de luz solar, serpenteava por entre um aglomerado de salgueiros, todos se curvando de maneira graciosa para acariciar a água com suas guirlandas. Montanhas roxas cobertas de neve despontavam à distância. Abaixo, um vale ondulava em faixas escarlates, verdes e douradas, pontuadas aqui e ali por alguns telhados de palha. Lily nunca tinha visto aquele rio antes e não reconheceu o vale, mas, ao se encher de alegria com a vista, não conseguiu afastar a sensação de que havia retornado para casa.

Atrás deles, o Deserto se espalhava por uma massa de trepadeiras e espinheiros emaranhados. Para espanto de Lily, uma linha de demarcação clara, como as camadas de um bolo, separava o céu ensolarado sobre a margem do rio do crepúsculo perpétuo do Deserto.

— Não vou me queixar se nunca mais pisar naquele lugar! — esbravejou Cedric, sacudindo a poeira para limpar todos os vestígios da jornada miserável.

Lily examinou as próprias roupas e percebeu que estava coberta de lama, e que as leggings e até mesmo a camisa do pai estavam encardidas. Caminhou até a margem do rio e, com as duas mãos, pegou água em concha para se lavar. O frescor da água em suas palmas invocou a lembrança de um verão nas montanhas, de mergulhar as mãos em um riacho quando, em uma caminhada com seus pais, fizeram uma pausa para almoçar. A mãe lhe ofereceu um pacote com seus biscoitos favoritos e apontou para uma truta pintada que nadava contra a corrente. O pai entrou na água e encharcou-a com uma braçada.

Lily lançou água no rosto e tentou apagar a lembrança. Seu coração estava muito sensível para ela.

— Minha senhora!

A voz a assustou. Era estranhamente familiar, embora ela não conseguisse identificar o sotaque francês.

— *Mademoiselle* Lily! Eu cumpri minha missão, minha senhora! O *crétin* foi derrotado!

Lily enxugou os olhos, virou-se em direção à voz e se pôs de pé. Montado em seu cavalo, com a armadura refulgindo como um espelho à luz do sol, Lancelot fez uma reverência para ela e depois ergueu algo para que ela pudesse ver.

Amarrado e amordaçado, preso à manopla de Lancelot pela gola da camisa, Adam Sykes se contorcia como um peixe fisgado.

CAPÍTULO 8

O penhasco

— A vida de vocês acabou! Vocês todos vão para a cadeia!

Lily ainda não tinha desatado as amarras dos pulsos e tornozelos de Adam quando ele começou a recriminar Lily, Lancelot, Cedric, os esquilos e todos os outros seres vivos que lhe vinham à mente.

— Você não sabe que poderia ter me matado? O que é essa coisa? E o que é *aquilo?* E onde estamos? Me tire daqui!

— Cedric, como isso aconteceu? — questionou Lily, ainda lutando com as amarras. — Como ele chegou aqui?

Cedric apontou para Lancelot.

— Você pediu ajuda, e o galante cavaleiro... ajudou.

— Mas eu não pedi que ele *sequestrasse* ninguém! — sussurrou ela, espiando por cima do topete de Adam para garantir que Lancelot não conseguia ouvir.

— Talvez não de forma explícita. No entanto, é evidente que Lancelot não coletou este belo espécime por capricho, srta. Lily.

— *Me solte!* — berrou Adam.

— Estou tentando ajudá-lo — rebateu Lily, repuxando os nós. — Aguente firme. As suas garras seriam bem úteis para romper essas amarras, Cedric. Não estou conseguindo desatá-las. Ou Rigel, consegue encontrar aquela faca que você me deu? Eu a deixei cair em algum lugar.

— Ai, precisamos mesmo?

— *Cedric.*

— Eu não quero que esse bicho me toque! — protestou Adam. — Vá embora! Não se atreva a chegar perto de mim!

— Ora, francamente — resmungou Cedric, jogando uma pedra no rio. — Não podemos pelo menos colocar a mordaça de volta, para não termos que ouvir o vermezinho?

— A quem você está chamando de verme? — gritou Adam, o rosto corando até tornar-se roxo. — Você é um lagarto falante! Espere até eu contar ao meu pai! Ele vai demolir todo esse lugar! E você também, aberração!

Ele esticou o pescoço para gritar com Lily, e seu topete estremeceu como a haste de uma flecha após o impacto.

— Você poderia, por favor, parar com isso? — pediu Lily. — Estou tentando ajudá-lo.

— Não quero sua ajuda! Você, me ajudar? Rá! Essa é a piada mais engraçada que já ouvi. Você tem trinta centímetros de altura!

— Na verdade, tenho um metro e meio.

— Srta. Lily, se a larvinha ingrata não quer nossa companhia, aconselho que sigamos nosso caminho — sugeriu Cedric. — Venha, Rigel. Vamos pensar em uma maneira de atravessar o rio.

— Vocês são todos *aberrações!* — vociferou Adam, a voz embargada de fúria.

— Tem certeza, *mademoiselle*, de que não preferiria a mordaça? — ofereceu Lancelot, desmontando do cavalo.

Lily estudou Adam, que a fitou com ódio e com saliva escorrendo pelo queixo.

— Muito bem, obrigada. Vou pôr a mordaça.

— Não! Não! Você não pode fazer isso! É ilegal! Você não pode...

Lancelot enfiou um pano na boca de Adam e depois ofereceu sua adaga a Lily. Com alguns golpes cuidadosos, ela soltou as cordas. Adam ficou de pé, arrancou o pano da boca e retomou seu discurso.

— Eu não sei o que é esse lugar idiota — ele gritou entre arfadas — e não sei quem são todos vocês, aberrações, mas vocês precisam me tirar daqui. Agora! Se não fizerem isso, juro que vai haver problemas!

Antes que Adam pudesse tomar novo fôlego, Lancelot desembainhou a espada, deu um salto à frente e apoiou a ponta da arma contra a garganta de Adam.

— Não vai haver problemas a menos que você os crie, *petit crétin* — advertiu Lancelot. — E você deve mostrar respeito à minha senhora. De joelhos!

— Lancelot, está...

— É uma vergonha a maneira como ele fala com a senhora, *mademoiselle!*

— Obrigada, Lancelot — replicou Lily. Vasculhando suas memórias em busca de versos de seu livro *Rei Arthur*, ela pigarreou e tentou não soar tão ridícula quanto se sentia. — Todo o reino está em dívida com você neste dia, senhor. Quanto ao prisioneiro...

Ela lançou um olhar para Adam.

— Logo ele aprenderá a respeitar.

Lily prendeu a respiração e aguardou a resposta de Lancelot. Não havia jeito de ele a levar a sério, havia?

— Minha senhora — respondeu Lancelot.

Para surpresa de Lily, ele baixou a espada, tirou o elmo e se ajoelhou.

Sem a lâmina pressionada contra seu pescoço, Adam saiu correndo para longe deles e mergulhou no Deserto. Lily protestou, mas ele a ignorou, e em segundos o pântano escuro o engoliu.

— Não se preocupe — chamou Cedric da margem do rio. — Ele não irá longe.

Como se fosse uma deixa, os espinheiros gorgolejaram. A parede de trepadeiras estremeceu e se abriu como uma cortina, e o Deserto cuspiu Adam de volta. O menino voou pelo ar e tombou na margem gramada do rio.

Rigel soltou uma risada e Cedric se curvou, gargalhando e dando um tapa no joelho.

— Pare de rir! — berrou Adam.

O rosto de Adam estava marcado por arranhões de espinhos e seu lábio inferior tremia. Enquanto ela o observava arrancar folhas de grama do solo em frustração, a raiva de Lily por ele se dissipou.

Ela se ajoelhou ao lado dele.

— Adam, lamento que isso tenha acontecido. Vou tentar ajudá-lo, mas você precisa parar de lutar e confiar em mim.

— Confiar em você? — protestou Adam, suas lágrimas transbordando por fim. — Como posso confiar em você? Você é a razão pela qual estou aqui, para começo de conversa!

Lily acenou para Cedric, que suspirou e caminhou para encontrá-la.

— Podemos levá-lo para casa? — perguntou ela. — Existe alguma maneira? Talvez com Lancelot ou algo assim?

Cedric sacudiu a cabeça.

— Quando chegarmos ao Castelo Iridyll e encontrarmos meu mestre, sim, suponho que isso possa ser arranjado. Mas antes disso? Pela mesma razão que não posso levá-la para casa, não. Acredito que ele será nosso convidado até lá, srta. Lily.

Ambos olharam para Adam, que havia se levantado para chutar o chão, abrindo sulcos na terra. Rigel pousou no solo ao lado dele e arrulhou para encorajá-lo, mas Adam respondeu com outro chute rápido.

— Eu estava tão feliz por estar fora do Deserto — murmurou Cedric. — No entanto, esta será uma longa jornada.

— O que fazemos agora, então? — indagou Lily. — Você mencionou que seu mestre está no Castelo Iridyll. Como chegaremos lá?

Cedric voltou-se para Lancelot.

— Intrépido senhor cavaleiro, quanto tempo até o Castelo Iridyll em seu cavalo?

— Cinco dias, *monsieur* — calculou Lancelot, subindo na sela. — A distância não é longa, mas precisamos atravessar os Pântanos, que, como sabe, *monsieur*, é um caminho traiçoeiro. O rio é muito mais adequado.

— Mas se tomarmos o rio, teremos que lidar com as Cascatas.

— *Oui, monsieur*, mas é melhor arriscar a possibilidade de morte nas Cascatas do que uma morte garantida nos Pântanos.

O coração de Lily acelerou. *Morte?*

— Lancelot, você tem certeza absoluta de que não podemos ir com você? — insistiu Cedric, torcendo as garras. — Você poderia levar a srta. Lily e o... e aquele sujeito... a cavalo, enquanto Rigel e eu voamos e os encontramos lá?

— *Monsieur* Cedric, isso seria impossível. As mortalhas infestam os Pântanos. Estou preparado para arriscar minha própria vida pelo reino, mas não a vida de *mademoiselle* Lily e do prisioneiro dela.

— Raios! Srta. Lily, e você? Conseguiu invocar Lancelot e Rigel com a pedra da verdade. Acha que poderia utilizá-la para nos levar rio abaixo em segurança? Conseguiria invocar um navio ou alguma outra engenhoca com a qual tenha sonhado?

— Mas como faço isso? — questionou Lily. — Lancelot e Rigel apareceram por... por acidente, imagino. Como faço para chamar algo sob comando?

— Não faço a menor ideia.

— Bem, eu também não.

Cedric grunhiu. A cada pergunta que fazia, ele se mostrava mais agitado. Em seguida, ele se aproximou de Rigel, que se empoleirou em um tronco de árvore caído meio submerso na água e limpou as penas.

— Qual é a sua opinião, bravo amigo? — perguntou Cedric. — Conseguiria construir um barco para nos levar rio abaixo? Tecer um pouco de prata ou algo assim?

Rigel chilreou em dúvida.

— Não acho que ele seja capaz de construir um barco grande o suficiente para todos nós — ponderou Lily, percebendo a preocupação de Rigel. — Mesmo que fosse possível, levaria uma eternidade.

Cedric tombou no chão e enterrou a cabeça nas garras.

— Cedric, não se preocupe! Vamos pensar em algo. Não podemos fazer uma jangada com galhos? Há muitas árvores por aqui.

— Não, não, não — gemeu Cedric. — Esses são salgueiros. Eles se partiriam no momento em que chegássemos ao topo daquela encosta.

— Que encosta?

— As Cascatas, srta. Lily — explanou ele, erguendo os olhos; seu rosto lembrava couro desgastado por muito tempo. — As Cascatas são uma cachoeira como poucos já viram. Nenhum barco desconjuntado poderia suportar o impacto.

— Certo. Estou sem ideias, então. *O que* seria capaz de resistir ao impacto?

Cedric não respondeu. Lily já o tinha visto em silêncio concentrado antes, mas desta vez parecia diferente, como se ele estivesse se debatendo com alguma verdade incômoda que se escondia logo abaixo da superfície.

— Cedric, o que está acontecendo?

— Eu odeio fazer isso. Ainda mais com a perspectiva de mergulhar nas Cascatas para uma morte aquática.

— Fazer o quê? Cedric, o que você está pensando?

Ele bufou, jorrando uma nuvem de fumaça fina pelas narinas.

— Em mim — replicou ele. — Podemos descer o rio nas minhas costas.

Lily estudou Cedric da cabeça aos pés. Ele era um dragão anão, pouco mais alto que um cão de caça. Como ela e Adam poderiam descer uma cachoeira em *suas costas?*

— É um fato não muito conhecido que meu... meu *povo*... é capaz de adotar formas diferentes — revelou Cedric. — Está em nosso sangue.

— Quer dizer que pode se transformar em outras coisas?

— Não é bem isso. Não somos metamorfos como as mortalhas. No entanto, podemos nos modificar em uma forma específica predeterminada, sim.

— Eu não fazia ideia. Eu nunca tinha lido isso sobre drag... hã, sobre seu povo.

Ela o mirou na esperança de que seu quase deslize não o houvesse ofendido.

— Nem todos da minha espécie podem mudar de forma — afirmou ele. — Apenas aqueles de meu próprio clã.

— E você é capaz de se transformar em algo que nos leve rio abaixo?

Ele respirou fundo.

— Sou. Talvez não consiga sair vivo, mas consigo nos levar lá.

— Essa é uma ótima notícia, Cedric!

— Não na minha opinião — rosnou Cedric. Ele se pôs de pé, tirou poeira e grama dos membros anteriores, depois se endireitou e se virou para Lancelot. — Nobre senhor, somos gratos por seu serviço valente e oportuno. Seguiremos rio abaixo, conforme seu sábio conselho.

— Foi uma honra, *monsieur*! — replicou Lancelot.

O cavaleiro se voltou para Lily e uma pausa significativa se seguiu, com apenas o murmúrio do rio quebrando o silêncio. Quanto mais o tempo passava, mais o rosto de Lily corava. Ela mordeu o lábio e se perguntou o que fazer.

— Ele está aguardando seu comando — sussurrou Cedric.

— Que comando?

— Você é a curadora dele, senhorita. Você o chamou. Ele está esperando que você o dispense.

— O que eu digo?

— Não olhe para mim, senhorita. Você é que é a curadora dele.

— Uh... obrigada, valente sir Lancelot! — gaguejou ela, mais uma vez confiando em seus livros. — Estamos em dívida com você! Você está livre para partir.

Ela se sentiu constrangida pelas próprias palavras e, pelo canto do olho, viu Cedric sacudir a cabeça. Mesmo assim, Lancelot inclinou a cabeça em um gesto gracioso.

— É meu privilégio, *mademoiselle*! Embarco em uma nova missão. Que a minha senhora triunfe na sua!

Com isso, o cavalo de Lancelot empinou-se contra o céu. Sua cauda branca chicoteou para trás, assim como a pena no topo do elmo de Lancelot, e ele galopou para o vale abaixo.

Enquanto desfrutava o momento, Lily não percebeu que Cedric havia entrado no rio até os joelhos. Quando ela se virou, por fim, conteve a respiração.

Nas águas rasas, com raios de sol luzindo ao seu redor como diamantes, Cedric assumiu a forma de um navio. E não qualquer navio, mas um longo barco viking, como os navios majestosos e agourentos que muito tempo atrás haviam conquistado o mar do Norte e o Atlântico gelado. Ele ainda mantinha o mesmo focinho reptiliano e as escamas vermelhas, mas o corpo havia se alongado em várias vezes e o pescoço arqueava-se de forma elegante para completar a formidável proa. As asas curvavam-se para trás para forjar as laterais do barco e a cauda enrolava-se como o cajado de um pastor acima da água.

— Bem — resmungou Cedric com resignação. — Aqui estamos. Subam.

Ele baixou uma única asa até a margem do rio como uma passarela.

Ao vê-lo, Lily riu, como costumava rir quando sua mãe a surpreendia com os bolinhos feitos em casa.

— Cedric, você está *magnífico*! — ela aplaudiu.

Rigel saltitou ao lado dela, fazendo piruetas celebratórias no ar.

— Vamos, não há necessidade de todo esse drama. Subam a bordo, por favor.

Lily correu para a frente, mas depois de alguns passos o grito de Rigel a deteve. Ele havia parado de dançar e agora pairava sobre o local onde Adam havia estado um momento antes, arrancando a grama. A terra estava careca por obra dele, mas Adam havia partido.

Lily examinou a margem do rio. Nenhuma pegada na terra lamacenta sugeria seu paradeiro. Ela lhe chamou o nome e ouviu apenas o eco de sua própria voz.

— Bem, fazer o quê? — resmungou Cedric. — Ele merece. Suba a bordo, srta. Lily. Não temos tempo a perder.

— Cedric, não podemos abandoná-lo. Temos que encontrá-lo.

— Suponho que ele não quer ser encontrado, srta. Lily. E o dia não vai esperar por nós. Temos uma longa viagem antes de chegarmos às corredeiras, e não julgo prudente desafiar as Cascatas depois de escurecer.

Lily não respondeu. Ela procurou nos limites do Deserto, mas seus espinhos e raízes verrucosas permaneciam como uma parede congelada, sem nenhum fragmento de tecido ou fio de cabelo que indicasse que Adam havia forçado a entrada pelo pântano. Ela examinou a encosta ondulada pela qual Lancelot havia galopado, até o vale multicolorido abaixo e olhou para longe. Rigel pousou em seu ombro e vasculhou o horizonte com seus olhos penetrantes, mas quando ela o incitou, ele apenas balançou a cabeça e trilou.

Lily se voltou para o norte. Ao longe, vislumbrou montanhas escarpadas envoltas em um manto de névoa. Não conseguia enxergar a terra se espalhando até o sopé das colinas, por isso atravessou o gramado para ver melhor.

Depois de alguns passos, o chão terminava em um penhasco. Uma encosta repleta de cascalho despontou abaixo dela, dando lugar de forma abrupta a uma rocha escarpada que mergulhava várias centenas de metros em uma poça de névoa. Um movimento errado e Lily poderia escorregar pela barragem e cair da beirada.

Estremecendo, ela deu alguns passos para trás, mas então Rigel a deteve. Ele voou para a frente e para trás no espaço além do precipício, gritando enquanto pairava. Lily se atreveu a rastejar até a beira do penhasco e deu uma espiada.

Dez metros abaixo da borda do penhasco, Adam se encontrava agachado sobre um afloramento rochoso. Só o que o impedia de despencar pela névoa era a árvore morta à qual se agarrava.

— Adam! — gritou Lily, com as mãos em concha sobre a boca.

Ele não olhou para cima, mas abraçou com mais força o tronco frágil que o prendia à encosta da montanha.

— Me tire daqui! — berrou ele, e então gritou quando um vento forte açoitou o penhasco.

Como se estivesse lendo a mente de Lily, Rigel voou em espiral acima do penhasco, e uma corda de fios prateados desceu das nuvens.

Lily pegou a corda, juntou-a em rolos e amarrou uma ponta em uma árvore próxima. Ela lançou o resto da corda pela beira do penhasco, e ela caiu e bateu na cabeça de Adam com um baque surdo.

— Suba! — instou ela por cima do barulho do vento, mas ele permaneceu congelado no lugar. — Agarre a corda e suba!

Ainda assim, ele permaneceu imóvel na borda.

— Não posso! — chorou Adam. — Eu vou cair!

— Não, não vai. Eu prendi a corda. Basta agarrá-la e escalar!

Adam sacudiu a cabeça outra vez. O medo o paralisava.

Lily chamou por Cedric, mas ele flutuava no rio, fora do alcance da voz dela. Ela queria içar Adam, mas questionava sua própria força contra o peso de um garoto muito maior do que ela. A dúvida lhe revirava o estômago. Contudo, ela concluiu que não tinha escolha.

— Adam, *por favor*, só pegue a corda. Vou tentar puxá-lo sozinha.

Adam não respondeu, e, por um momento, ela esperou que ele risse da sugestão absurda de que alguém com metade da altura dele conseguiria levá-lo para um lugar seguro. Então, ele estendeu uma única mão. Lily suspirou de alívio quando ele agarrou a corda e a enrolou no braço.

Ela correu de volta para a árvore, desatou os nós e, com a corda ainda enrolada no tronco para se apoiar, puxou a ponta livre.

Nada aconteceu.

Ela reajustou o equilíbrio e voltou a puxar.

Nada ainda.

Lily prendeu a corda nas mãos e respirou fundo e devagar. Apoiou um pé contra a árvore e, com um grunhido, empurrou o tronco usando toda a sua força.

A corda se mexeu.

Lily enrolou a corda com mais força e empurrou a árvore de novo. Outro deslocamento. E outro. Rigel se juntou a ela e segurou a corda com suas garras para ajudar.

— Mais rápido! — ela ouviu Adam gritar, sua voz distante, mas inconfundível.

O suor escorria pela testa de Lily enquanto ela se esforçava contra o tronco e retraía outro pedaço de corda, e depois outro. Ela descansou por um momento e depois voltou a puxar. Logo, metade da corda havia sido içada até o topo do penhasco. *Ele vai ficar bem*, pensou ela.

Então, o desastre aconteceu.

Uma forte rajada atingiu a montanha. O vento golpeou Adam de um lado a outro da rocha e, antes que Lily se firmasse, a corda esticada deslizou pela borda do penhasco e lhe escapou das mãos.

O grito de Adam ecoou no precipício. Lily saltou para apanhar a corda, mas esta lhe rasgou os dedos e a ponta livre cruzou o gramado como uma cobra em retirada. Lily voltou a mergulhar atrás dela e, desta vez, pegou a corda bem a tempo de impedi-la de cair no abismo.

Ela se colocou de joelhos e puxou. Era como tentar levantar ferro, e todas as suas juntas ardiam à medida que ela içava a corda com os dentes cerrados. Para sua consternação, sem a árvore como roldana, ela escorregou para a frente, os joelhos cavando sulcos na terra à medida que o peso de Adam a puxava em direção à borda.

— Cedric! Socorro! — gritou ela, mas Cedric, ainda flutuando no rio, não a escutou.

Os braços de Lily tremiam quando ela puxava, e a corda lhe queimava a pele das mãos. Ainda assim, ela deslizou para a frente e o penhasco se aproximou.

Isso não pode estar acontecendo. A mente de Lily disparou, explorando todas as suas histórias e memórias em busca de uma ideia, mas não encontrou nenhuma. Ela poderia usar a pedra? Como? Ela olhou para baixo. A pedra pendia inerte sobre seu coração, pálida e turva, como uma pedra comum.

Pai, eu queria que você estivesse aqui. Por que não está aqui?

A corda escorregou alguns centímetros de suas palmas.

Por favor. Por favor, alguém me ajude.

Lily caiu de bruços e tossiu quando grama e terra voaram para dentro de sua boca. A borda se aproximava cada vez mais. À medida que suas mãos encontraram o ar vazio, o tempo desacelerou e o som foi abafado. Ela viu Adam lutando. Rigel, robusto até o fim, bateu as asas em um esforço corajoso, mas inútil, para impedir a queda. Lá embaixo, a névoa se agitava e rodopiava, ameaçando engoli-los inteiros. Lily fez uma última oração.

Uma luz branca ofuscante, mais brilhante que o sol, inundou de súbito o penhasco.

CAPÍTULO 9

Pax

A princípio, Lily pensou que a pedra da verdade tinha voltado à vida. Ela olhou para baixo, mas descobriu que esta não emitia luz e, na verdade, a poeira de sua derrapagem na grama lhe havia sujado a superfície.

Aterrorizada, Lily percebeu que havia parado de se mover e que a corda havia se afrouxado. Ela se pôs de pé em pânico e, para seu horror, quando puxou a corda, ela lhe retornou sem nada que a segurasse.

A corda rompeu? Adam caiu? Lily estreitou os olhos contra o fulgor para procurar Rigel e Adam, mas só conseguiu ver as próprias mãos arranhadas segurando a corda. O brilho engolia todo o resto. Ela retraiu rápido a corda e orou para não descobrir uma ponta desfiada onde a corda teria se rompido e lançado Adam na névoa.

Nunca chegou ao fim. Enquanto ela juntava a corda, Adam emergiu das profundezas abaixo, e Lily deu um passo para trás em choque.

Adam pairava sobre a borda do penhasco, sua silhueta escura contra a luz refulgente, como se fosse carregado pela mão de um ser invisível. Nenhuma corda o segurava. Raios de luz espiralavam ao redor dele como uma rede de estrelas cadentes.

Ele flutuou pelo ar e pousou no chão ao lado de Lily. No momento em que ele tocou o chão firme, a luz, que havia engolido cada pedra e folha de grama, desapareceu. Ela não se apagou, mas encolheu. Lily se virou para encontrar sua origem, e o que viu na margem do rio lhe parou o coração.

Um unicórnio se encontrava na borda do Deserto, reluzindo como uma pérola contra a escuridão atrás dele. Seu chifre cintilava como vidro chanfrado. Enquanto Lily o admirava, ele a estudava com olhos que a lembravam do mar.

— Quem é você? — sussurrou Lily com assombro.

Enquanto ela aguardava uma resposta, o grito de Adam arrancou Lily de seu transe.

— Eu não consigo parar o sangramento!

Lily se virou para ver Adam encolhido no chão, os joelhos contra o peito, o rosto contraído de dor. Ela correu para o lado dele e avistou um longo corte na perna do menino.

— Bati em uma pedra quando a corda soltou — contou Adam, com o rosto pálido. — Não consigo parar o sangramento.

Lily rasgou uma das mangas da camisa do pai, e Adam gritou quando ela enrolou o pano em volta da perna dele e fez pressão.

— Respire, Adam, vai ficar tudo bem — garantiu Lily, lutando para firmar a própria voz.

Depois de meio minuto, a manga da camisa estava encharcada.

— Rigel, preciso de você! — chamou Lily.

Como se lesse sua mente, Rigel voou pelo ar, tecendo fios prateados em bandagens enquanto voava. Cedric também apareceu de repente, encharcado, os olhos arregalados de perplexidade.

— Afinal, o que está acontecendo aqui? Estou esperando há uma eternidade.

— Cedric, você tem mais algum talento oculto? Digamos, o poder da cura?

— Céus misericordiosos! Que absurdo é esse?

— Ele está sangrando. Você pode ajudar?

— Desculpe, srta. Lily. O único truque que eu conheço é fingir ser um barco. Um processo que leva uma eternidade para reverter, a propósito.

Lily levantou os olhos em busca do unicórnio, mas sua luz havia desaparecido, e ela não conseguia ver nenhum vislumbre de casco ou chifre em seu lugar.

— Por favor, pegue algumas folhas, ou musgo, ou algo assim — pediu ela a Cedric. — Precisamos parar o sangramento.

Cedric saiu correndo, e Rigel deixou cair um longo rolo de bandagens na frente de Lily. Lily enfaixou a perna de Adam, envolvendo-a do tornozelo ao joelho como seu pai havia lhe ensinado, até que a canela reluzisse com prata.

Ainda assim, o sangue escorria pela trama.

— Não está funcionando — choramingou Adam. — Eu vou morrer. Eu não quero morrer.

— Não seja ridículo. Você vai ficar bem.

Mesmo enquanto falava essas palavras, Lily sentia o peito apertado. Ela tentou se lembrar de dicas adicionais que seu pai houvesse lhe passado, mas nada veio à sua mente. Ela praguejou contra si mesma por não ter prestado mais atenção quando ele tentou ensiná-la, e por ocupar a cabeça com contos de fadas em vez de habilidades que poderiam salvar uma vida.

— Cedric! Você encontrou alguma coisa?

— Estou procurando! Estou procurando!

Adam gemeu.

— Acho que vou vomitar.

Lily abaixou a cabeça de Adam entre os joelhos, e sua mente ainda voava. *Tem que haver um jeito. Tem que haver algo!*

De repente, uma poça de luz se derramou sobre eles. Lily se virou e seu queixo caiu. O unicórnio havia surgido bem atrás dela. *Como pode estar aqui?*, Lily se perguntou incrédula. *Pensei que tivesse desaparecido há apenas um minuto. Ele esteve aqui mesmo o tempo todo?*

— Afaste-se, minha filha — pediu o unicórnio com uma voz que soava como o estrondo de águas.

Ele abaixou a cabeça e sua crina se descortinou no chão como riachos. Então ele tocou a ponta do chifre no ferimento, e uma esfera de luz se acendeu sobre o corte e se alargou para envolver toda a perna de Adam. Brilhava fria e branca, uma luz revigorante e etérea mais parecida com o luar do que com o fogo. O unicórnio ergueu a cabeça, e, tão rápida quanto começou, a luz se extinguiu.

Lily se inclinou para examinar o ferimento e conteve a respiração. As bandagens haviam sumido, e o sangramento havia parado. Onde um ferimento havia atravessado a perna de Adam, ela viu apenas pele intocada.

Lily olhou para a criatura com espanto e lágrimas lhe embaçando os olhos. Ela queria agradecer, correr até ele e abraçá-lo, mas não conseguia encontrar as palavras certas e sentiu-se enraizada no lugar.

Enquanto ela permanecia boquiaberta, o unicórnio falou:

— Você fez bem, criança. Seu pai ficará orgulhoso de você.

Ficará orgulhoso? Ele não deve saber sobre o que aconteceu.

— Obrigada, mas meu... meu pai não está vivo — esclareceu ela.

O unicórnio não respondeu. Em vez disso, ele a fitou por um momento que a chacoalhou como eletricidade.

— Quem é você? — ela voltou a perguntar com voz trêmula.

— Eu sou Pax — respondeu ele. — Coragem, Lily. Você não está sozinha.

— Você sabe meu nome?

O unicórnio não respondeu, mas, em vez disso, se aproximou de Adam, que continuava sentado atordoado no chão, abraçando os joelhos e fitando o chão.

— Jovem Adam — chamou Pax. — Não se desespere. Você é amado.

Adam não ergueu a cabeça nem sequer demonstrou reação à presença do unicórnio. *É como se ele não o visse,* pensou Lily.

Pax se afastou deles e deu um passo em direção ao Deserto. Os espinheiros e as trepadeiras murcharam diante dele e, conforme recuavam, o unicórnio se tornou translúcido e passou direto pela parede de arbustos. A luz se apagou e ele desapareceu.

Lily e Adam permaneceram em silêncio. Alegria, medo e assombro floresceram dentro de Lily de uma só vez, e ela ansiava por retornar para perto de Pax. Ela se lembrou das palavras dele: "Seu pai *ficará* orgulhoso". O que aquilo significava?

Cedric irrompeu diante dela com tufos de musgo caindo de seus braços. Ele tropeçou e os tufos se espalharam pelo chão. Enquanto se esforçava para recolhê-los, ele vislumbrou a perna de Adam, agora curada por completo.

— Cáspite, como você fez isso? — perguntou ele, jogando um pedaço de musgo por sobre o ombro, exasperado.

Ainda em choque, Lily apenas abanou a cabeça e estremeceu.

— Eu não fiz isso. Tivemos ajuda — sussurrou Lily.

— Deve ter tido mesmo! Como? Quem a ajudou?

— Foi um unicórnio. Ele disse que seu nome era Pax.

Cedric congelou.

— O que foi que você disse?

— Pax. Ele se chamava Pax.

Cedric caiu de joelhos. Temendo que ele estivesse doente ou ferido de súbito, Lily correu para o lado dele e colocou a mão em seu ombro.

— Você está bem?

— Você viu o príncipe Pax?

— Ele não disse que era um príncipe.

— Ah, mas ele é. Ninguém o vê há séculos, talvez milênios. Que ele esteja aqui agora...

— O quê, Cedric? O que isso significa?

Ele levantou a cabeça, e Lily ficou surpresa ao ver lágrimas em seus olhos.

— Eu não sei, srta. Lily. Não sei.

— Ele era... maravilhoso — contou Lily.

— Isso ele é, srta. Lily. Isso ele é — concordou Cedric. Com um aceno de cauda, ele se recompôs. — Agora que isso acabou, vamos prosseguir?

Ele voltou para o rio, mergulhou e passou mais uma vez por sua metamorfose em um navio viking. Rigel se acomodou no ombro de Lily e lhe acariciou a face, arrancando dela um sorriso. Ela se virou e ofereceu a mão a Adam.

— Vamos. Vou explicar o máximo que puder na viagem. Não entendo muito, mas farei o meu melhor.

Adam se levantou, mas não disse nada. Cedric voltou a baixar uma asa para formar uma passarela. Quando Lily embarcou, percebeu que seus músculos, que antes ardiam pela tensão de segurar a corda, não doíam mais. Ela se sentia como se tivesse acabado de acordar de um sono rejuvenescedor.

Enquanto Cedric flutuava rio abaixo, ela olhou por cima do ombro e estudou o lugar onde o unicórnio havia desaparecido. Ela não conseguia afastar a sensação de que uma força invisível a prendia àquele local.

CAPÍTULO 10

Rio abaixo

— É uma espécie de mundo dos sonhos, onde o que imaginamos ganha vida.
— Não é "uma espécie de mundo dos sonhos"; é o *único* mundo dos sonhos.
— Cedric, só estou tentando dar uma ideia a ele.
— Bem, por que não tenta a ideia correta, srta. Lily?
— Você não deveria estar velejando?
Rigel piou em tom risonho e mordiscou a orelha de Lily.
— Eu não estou velejando — rebateu Cedric com altivez. — Estou à deriva. Caso não tenha notado, não temos vento. Por sorte, a corrente ainda vai nos levar.
— Tenho total confiança em você, Cedric.
— Graças aos céus por isso!
Lily deu risada. Ela pegou um punhado de frutinhas com sabor de *curry* de um galho baixo acima da água e ofereceu algumas a Adam. Um dia atrás, a ideia de uma amizade com Adam Sykes

a teria deixado nauseada, mas a provação a que tinham acabado de sobreviver juntos lhe abriu a mente para novas possibilidades. Ela apreciou a ideia de ter na jornada um amigo de seu próprio mundo — mesmo que esse amigo gostasse de destruir livros e esmagar sanduíches.

Adam olhou para as frutinhas, mas não respondeu. Na verdade, não havia dito uma palavra desde que subiram no convés duas horas antes.

— Você deveria comer alguma coisa — insistiu Lily.

Ele não respondeu, mas continuou a mirar a espuma gelada que se formava junto aos flancos de Cedric.

— Adam, vamos lá. Você vai ficar com fome mais tarde. Coma só algumas.

Como ele continuasse a não reagir, ela deu de ombros e colocou as frutinhas na própria boca.

— Eu não vou ficar com fome.

Lily sorriu e se inclinou para ele.

— Tomou um grande café da manhã, hein? — perguntou ela.

— Não, não é isso que eu quero dizer, aberração. Não vou passar fome porque nada disso é real.

— Não é real? Claro que é. Quer dizer, eu sei que é difícil de acreditar, mas...

— Estou sonhando. Estou em casa na minha cama, e em algumas horas vou acordar. E você, este lugar, essas frutinhas e *tudo isso* terá desaparecido.

— Adam, eu sei que isso tudo soa estranho, mas...

— É tudo mentira. Estou sonhando.

— Bem, esse é o lance sobre este lugar. Acontece que nossos sonhos são *reais*. Nós apenas não percebemos.

— Amanhã, quando eu acordar, você e tudo mais aqui vão desaparecer.

— Adam, sério, como pode dizer que nada disso é real? Você caiu de um penhasco e um unicórnio o salvou. Duas vezes!

— Eu não vi nenhum unicórnio. Eu pensei que ia sangrar até morrer e, de repente, estava curado. Aquela coisa é um dragão falante que se transformou em um barco. Nada disso faz nenhum sentido. Não pode ser real — afirmou Adam. Ele tentou alisar o topete, mas este logo voltou para o lugar. — Amanhã de manhã, vou acordar e tudo isso vai ter acabado. Vou comer *marshmallows* e o macarrão chinês do jantar de ontem no café da manhã, depois vou para a escola, para o treino de beisebol, e vou detonar com Atish Patel no campo.

Lily inclinou a cabeça para o lado.

— Aquele garoto que desenha aqueles quadrinhos incríveis? Eu não sabia que ele era bom em beisebol também.

— E não é. Ele é péssimo. É por isso que eu bato nele.

Lily fez uma careta, como se tivesse sentido o cheiro de algo podre. Ela se lembrou das dezenas de atos desagradáveis de Adam que levaram crianças indefesas a se sentirem sem valor, e percebeu que ele não sentia nenhum remorso. Ela queria dar uma bronca nele e colocá-lo em seu devido lugar, e cerrou os dentes para segurar as palavras que queriam sair.

Em vez de gritar, ela se levantou. Com um olhar gelado, ela constatou apenas:

— Você é uma pessoa horrível, Adam Sykes.

Lily o deixou a bombordo do barco, caminhou até a proa e envolveu os braços em volta do longo pescoço de Cedric, em parte para se firmar enquanto ele balançava com a corrente, em parte porque ela precisava se sentir perto de um amigo.

À frente deles, o rio se desenrolava como uma veia de mercúrio. O coração de Lily se encantou quando um bando de pássaros cruzou de uma margem para outra, as asas refletindo o sol como joias.

— É tudo tão lindo — murmurou ela.

— Hmm, é mesmo — concordou Cedric. — Grande parte do reino é. Espere só até ver o Castelo Iridyll, srta. Lily. É como entrar na fantasia em si.

Um silêncio caiu entre eles, e Lily considerou aquelas palavras. O rio levantava espuma como renda nos flancos de Cedric, e um peixe verde metálico mergulhou nas sombras da margem. *Como algo pode ser mais fantástico do que isso?*

— O que vai acontecer quando chegarmos lá? — perguntou ela.

— Perguntaremos a meu mestre o que fazer. Talvez ele providencie uma maneira de levá-la de volta para casa. No entanto, devo dizer, srta. Lily, que, com as mortalhas à sua caça, temo por sua segurança até mesmo lá.

A menção às mortalhas a arrepiou.

— Cedric — hesitou ela, meio com medo da resposta dele. — Você diz que as mortalhas estão... atrás de mim. Como sabe disso?

Cedric respirou fundo.

— É meu trabalho buscar os protetores dos sonhos quando eles não respondem a uma convocação do Conselho. As pedras da verdade emitem um sinal único, uma espécie de farol que posso rastrear. Talvez você tenha visto? Parece quase luar? De qualquer forma, de vez em quando, esse sinal me levou para o mundo desperto, como aconteceu quando a encontrei.

Cedric fez uma pausa e escolheu suas palavras com cuidado.

— Estou lhe dizendo isso, srta. Lily, para explicar que não sou estranho ao mundo desperto. Entretanto, nunca em todas as minhas missões, ao longo dos séculos, encontrei uma mortalha lá.

Lily engoliu em seco.

— E você acredita que ela estava lá por minha causa?

— Acredito.

— Por quê? O que as mortalhas iriam querer comigo? Eu não sou ninguém especial.

Ela corou, pensando em todas as vezes que ela havia criado problemas enquanto se encontrava perdida em suas próprias fantasias. Ela havia arruinado testes, amizades, jogos de softbol e relatórios de livros. Ela destruiu uma prateleira inteira de peças de vidros e a integridade da cozinha da mãe.

— Eu não sou ninguém mesmo — lamentou ela.

— Creio que a mortalha no Deserto revelou a resposta. Elas querem sua pedra da verdade, srta. Lily.

— Por quê?

Cedric se contorcia quanto mais eles conversavam.

— Não sei ao certo. Tenho certeza de que meu mestre terá uma ideia melhor do que eu.

— Mas você tem uma noção. Por favor, me conte, Cedric. Continue. Eu confio em você.

— Penso que elas estejam agindo sob a autoridade *dele*, srta. Lily. Elas estão tentando lhe tirar a pedra porque ele a quer.

— Quem? Quem a quer?

Cedric estremeceu, como se falar o nome lhe causasse dor.

— Eymah — anunciou ele por fim.

Lily não sabia dizer o porquê, mas a palavra soou como um silvo, embora Cedric falasse com sua voz elegante característica. Embora o sol ainda brilhasse sobre a água, ela envolveu os braços em torno de si mesma, trêmula.

— Quem é ele?

— O nome significa terror, srta. Lily. Ele governa todos os sonhos perversos concebidos pela mente dos homens.

— Como ele entrou no reino?

— Ele não "entrou". Ele meio que... *emergiu*. Desde que o reino foi fundado, as mortalhas viviam trancadas nas Catacumbas, bem abaixo das Terras Subterrâneas. Elas permaneceram lá, trancadas a sete chaves, por séculos, vigiadas pelos guardiões. Esses também são protetores dos sonhos, como os curadores. Anos atrás, não sabemos quando, Eymah surgiu das profundezas e, por esses muitos longos anos, ele se escondeu nas Catacumbas.

— Então, ele nasceu nas Catacumbas?

— Não nasceu exatamente. *Coalesceu*, a partir de todas as mortalhas que habitam as profundezas. As mortalhas o alimentam, aumentando-lhe o poder, mas também brotam dele e servem como suas sentinelas — explicou Cedric, cujo rosto, já sombrio, se contorceu em desgosto. — Ele é o amálgama de todas as coisas perversas com que seu povo sonha, srta. Lily.

Ela apertou seu abraço em torno do pescoço de Cedric, mas descobriu que nem mesmo sua firmeza conseguia tranquilizá-la.

— O que ele quer com minha pedra, Cedric?

Ele se mostrou circunspecto.

— Eu não tenho certeza, srta. Lily. Contudo, disto eu sei: sem as pedras da verdade, os protetores não exercem poder algum. E sem a proteção deles, todo o reino... e agora, ao que parece, o mundo desperto também... se tornaria indefeso contra a tirania de Eymah.

Lily puxou o pingente de dentro da camisa. Ao estudar sua superfície fantasmagórica, ela se sentiu mal. Havia se emocionado tanto ao descobri-la apenas um dia antes, e se encantado por ter recuperado um elo com o pai. Agora, ela não sabia se tinha forças para carregá-la.

— Acordem, todos! — Cedric gritou de repente, arrancando Lily de seus pensamentos.

A calmaria suave da água embalando o barco se transformou aos poucos em um rugido e, à frente deles, o rio fervilhava e espumava.

— Segurem-se bem! — alertou Cedric. — São as Cascatas!

CAPÍTULO 11

As Cascatas

Cedric atingiu uma pedra. Ele gritou de dor e pendeu para o lado, arrancando Lily de onde ela havia se firmado no pescoço do dragão. Lily deslizou pelo convés, bateu a cabeça contra a asa de Cedric e cobriu o rosto com os braços quando um jato de água a engolfou.

Rigel, que pela última hora havia dormido na popa com a cabeça enfiada sob uma asa, acordou assustado. Com um grasnado, enrolou uma corda prateada no pescoço de Cedric como um arnês e levou as pontas soltas para Lily. Esta se pôs de pé e estreitou os olhos para tentar encontrar Adam através de outra parede de água espumosa. Ela o avistou agarrado à asa de Cedric a bombordo.

— Adam! Venha aqui e segure o arnês! — bradou Lily em meio ao barulho.

Porém, ele apenas franziu o cenho em resposta.

— Adam! — chamou ela outra vez.

Ele sacudiu a cabeça e virou as costas para ela. *Por que ele não me dá ouvidos, só desta vez?*, Lily pensou.

Cedric atingiu o pico da onda e despencou nas corredeiras. Sua quilha atingiu outra pedra e, com o impacto, o navio inteiro pendeu para estibordo, quedando paralelo à água. O rio invadiu por sobre a borda e, conforme o navio se inclinava, Lily perdeu o equilíbrio. Apenas seu aperto tênue nas rédeas a impediu de deslizar para a água turbulenta.

Com um gemido, Cedric afrouxou sua cauda e a enfiou no leito do rio para se endireitar. Ele cambaleou e, logo a seguir, berrou quando outra pedra o atingiu. A cada golpe, ele parecia mais nervoso.

— Cedric, você não vai aguentar muito mais disso — concluiu Lily, tentando lhe falar ao ouvido. — Temos que encontrar outro jeito!

Cedric estremeceu e cerrou os dentes.

— Não tem outro jeito!

Lily se voltou para Adam, que ainda se agarrava à asa de Cedric.

— Por favor, Adam, você tem que me ajudar! Cedric está ferido. Temos que descobrir outro caminho!

Mais uma vez, Adam a ignorou.

A mente de Lily corria em disparada. Será que Rigel seria capaz de rebocá-los para fora? Ela conseguiria usar a pedra da verdade? *Por que, ai, por que, se dragões e unicórnios afirmam que sou curadora, não consigo usar os poderes da pedra quando mais preciso deles?*

— Prestem atenção, aqui vamos nós! — avisou Cedric.

O coração de Lily bombeou forte quando ela olhou em frente. O rio, que por tantos quilômetros havia serpenteado à frente em uma faixa cinzenta, desapareceu subitamente.

Rigel bateu as asas de forma frenética sobre os ombros de Lily, enrolando cordas ao redor dela para prendê-la à proa. Lily pediu que ele prendesse Adam também, mas, com seu sorriso de escárnio habitual, o garoto acenou para que Rigel fosse embora.

A proa se projetou no ar vazio. Lily ousou olhar para baixo, e seu estômago deu uma cambalhota. A água despencava quinze metros para dentro de um lago de granito agitado por ondas turbulentas.

Cedric se inclinou para a frente. Por um momento de parar o coração, eles pareceram suspensos no ar, com uma névoa fresca flutuando para cima e lhes umedecendo o rosto. Cedric girou adiante, como se dobrasse uma esquina. Então, eles mergulharam.

Os nós dos dedos de Lily embranqueceram ao redor do arnês. No início, eles navegaram como um dardo cortando o ar, com apenas o vento chicoteando a face. Então, conforme ganhavam velocidade, o caminho suave da água se deteriorou e uma ravina de águas turbulentas e furiosas lhes engoliu a visão da terra e do céu.

Lily prendeu a respiração, mas a água golpeou seu rosto até que ela cuspisse e tossisse. Ela não conseguia ver nada além de espuma branca, nem sentir nada exceto o peso da água lhe pressionando as costas e o frio lhe penetrando os ossos.

Eles pousaram no lago ao fundo da cachoeira, mas uma lâmina d'água continuou a sufocá-los. Com Cedric se inclinando para um lado, Lily temeu que todos iriam soçobrar e afundar em uma sepultura aquosa.

Justo quando Lily pensou que não conseguiria mais prender a respiração, a luz do sol fendeu a água branca. Cedric voltou a se estabilizar com a cauda e os impulsionou para as águas verdes e rodopiantes de uma lagoa esculpida em pedra ao longo de milênios. Lily tossiu, e se alegrou com o calor da luz do sol em seu rosto e o alívio do ar fresco em seus pulmões. Ela olhou para trás.

— Onde está Adam?

Ele não estava mais no convés. Lily examinou todo o comprimento das costas de Cedric, mas não viu nenhum sinal dele.

— Cedric, Adam não está...

Suas palavras sumiram quando ela viu Cedric. Seu pescoço estava flácido e a cabeça pendia logo acima da água. Escoriações e cortes riscavam seu rosto, e dois dos espinhos que lhe desciam do pescoço haviam se partido ao meio.

— Ai, Cedric! Você está tão machucado! — exclamou ela, acariciando-lhe o pescoço e notando outras feridas nas escamas.

— Cedric, está me ouvindo?

As pálpebras coriáceas de Cedric se entreabriram, e, por um instante, Lily vislumbrou os olhos dele, embora estes não parecessem focalizar. Em seguida, voltaram a se fechar.

O chamado de Rigel soou acima do estrondo da cachoeira. Ele voava em espiral no céu, espalhando pó prateado em um círculo na água. Lily seguiu a rastro com os olhos e avistou algo escuro flutuando no centro do círculo. Era Adam.

Ele não estava se movendo.

Lily desamarrou as cordas prateadas que a prendiam a Cedric, mergulhou na água e, com todas as suas forças, nadou em direção a Adam. A lagoa estava gelada e, quanto mais braçadas ela dava, mais seus músculos travavam na água congelante.

Enfim, ela o alcançou. Foi tomada de alívio quando percebeu que ele estava com o rosto para cima, mas, quando ela lhe chamou o nome entre dentes que batiam, ele não respondeu.

Lily estendeu a mão e puxou Adam para perto. A boca do menino pendia aberta, e ela lhe embalou a cabeça no braço para manter o rosto acima da superfície. O outro braço de Lily ardia com o esforço de não afundar. Com o peso dele puxando-a para baixo, ela se deu conta de que nunca sobreviveria a um nado até a costa enquanto o arrastava. Era pequena demais.

— Vá buscar Cedric — pediu Lily a Rigel. — Precisamos de Cedric.

Rigel voou para longe, e Lily engasgou com um bocado de água. Ela acelerou os chutes e tentou ignorar a dor que tensionava as pernas. Por fim, Cedric curvou-se ao lado deles, seus olhos abertos apenas em fendas, e baixou uma asa. Lily içou Adam para bordo e encostou uma orelha no peito do garoto. Ele ainda estava respirando, e seu coração ainda batia, mas sua pele estava fria. Muito fria.

Cedric seguiu até a praia, e Lily carregou Adam para a grama. *Calor*, Lily pensou. *Preciso aquecê-lo. Caso contrário...* Ela não conseguiu terminar o pensamento. Mergulhou na floresta que margeava o lago e vasculhou o chão em busca de casca de bétula, gravetos, galhos de pinheiro, o que quer que conseguisse encontrar para acender uma fogueira. Procurou pelas estranhas vagens de erva-ardente que Cedric havia coletado no Deserto, mas não encontrou nenhuma. Enquanto isso, o pôr do sol sangrava em tons de rosa e dourado no horizonte, e o ar se revigorava com o frio da noite.

Quando voltou à margem, descobriu que Cedric havia retornado à sua forma original e rastejado até o lado de Adam. Lily deixou cair a lenha e sacudiu Cedric com gentileza para acordá-lo.

— Cedric. Você precisa acender uma fogueira.

Ele deu um leve gemido, mas não respondeu.

— *Por favor*, Cedric. Vocês dois precisam se aquecer. Adam vai morrer se você não fizer isso.

— Eu... não... — sussurrou ele, a voz distante e rouca.

— Não há tempo para isso, Cedric! Eu sei o que você é, e você precisa acender uma fogueira! Agora!

Cedric abriu os olhos, e seu breve olhar informou Lily que ela o havia ferido ainda mais do que as Cascatas. Apesar disso, com membros trêmulos, ele rastejou até a pilha de galhos jogados de forma aleatória em um montinho. Ele inspirou fundo e exalou, uma cortina de labaredas jorrando de suas mandíbulas. A lenha crepitou e pegou fogo, e quando Lily lançou galhos extras, uma chama logo tomou conta do ar. Lily deitou Adam sobre galhos de pinheiro, e ele se mexeu à medida que o fogo lhe descongelava os membros.

Quando ela se virou para Cedric, descobriu que ele havia desmaiado.

Ele não respondeu mais quando ela chamou seu nome.

CAPÍTULO 12
O lago

Lily aninhou a cabeça de Cedric em seu colo. As Cascatas o haviam talhado da cabeça à cauda, e diversas feridas riscavam sua barriga.

— Por favor, acorde — implorou ela. — Sinto muito. É tudo culpa minha.

A pedra da verdade lhe pesava no pescoço. Se ela tivesse utilizado o poder da pedra como Cedric havia sugerido, poderia tê-lo poupado da tortura das quedas d'água. Entretanto, ela não sabia como usá-la. Não conseguia compreender seu papel na história, ou por que ela estava presa naquele lugar misterioso. Lily só entendia que havia falhado em proteger Cedric.

Rigel teceu bandagens de prata para que Lily enfaixasse os ferimentos de Cedric. Ela alimentou a fogueira para aquecê-lo e aplicou compressas contra suas mandíbulas, mas ele não acordou. Apenas sua respiração ruidosa assegurava a Lily que ele ainda estava vivo.

Adam fitava as chamas, os braços em volta dos joelhos na pose que Lily agora percebia ser seu hábito. Ele não havia reclamado nem zombado dela desde que havia acordado, mas, em vez disso, fitava as labaredas atordoado. Em sua preocupação por Cedric, Lily sentia-se grata pelo silêncio.

— Será que tem peixe aí? — indagou Adam depois de um longo tempo. Ele apontou para a lagoa cujas águas ondulavam como tinta preta sob o céu estrelado. — Se eu tivesse uma vara, poderia pescar alguns.

Ele se levantou, então abriu os braços para se firmar e não perder o equilíbrio.

— Cuidado — acautelou Lily. — Tenho a impressão de que você bateu a cabeça.

Ele fez uma careta. Depois de piscar várias vezes, colocou a mão na testa e entrou aos tropeços no mato próximo. Lily ouviu alguém vasculhando as folhas, seguido pelo estalo de gravetos quebrando.

— Ei, você! — chamou ele ao emergir da floresta, gesticulando para Rigel, que estava empoleirado em um tronco próximo.

Rigel o ignorou, e Adam tentou outra vez:

— Ei! Estou falando com você!

— O nome dele é Rigel — informou Lily.

— Rigel. Você acha que poderia me tecer uma linha de pesca?

Rigel inclinou a cabeça. Então, com um trinado, olhou para Lily em busca de aprovação.

Lily lhe devolveu o olhar e deu de ombros.

— Por que não?

Rigel voou para o céu, e, em pouco tempo, um fino fio prateado caiu na palma da mão de Adam. Como bônus, Rigel forjou para ele um anzol com uma curva perfeita.

— Vamos ver se conseguimos algo para jantar — disse Adam. — Meu pai costumava me levar para pescar.

Lily não respondeu e, em vez disso, pegou outro curativo para cobrir um ferimento no focinho de Cedric. Enquanto Adam caminhava até a borda do lago, ela murmurou baixinho:

— O meu também.

Ao pensar em seu pai, as lágrimas que havia contido por horas irromperam. Ela as enxugou de onde caíram no pescoço de Cedric, mas mais continuaram a escorrer. *Papai, preciso de você, agora mais do que nunca,* ela pensou. *Se você estiver vivo, por favor, me diga. Por favor, me dê um sinal.*

Ela prendeu a respiração e aguardou uma resposta. Desejou que a pedra enchesse a noite com sua luz pálida, ou que outra criatura mágica aparecesse e lhe mostrasse o caminho. Entretanto, além do barulho abafado das Cascatas e do ocasional ruído da linha de pesca de Adam caindo na água, a noite permaneceu silenciosa.

Aquele unicórnio seria capaz de ajudar, ela pensou. *Ele salvou Adam. Ele não poderia salvar Cedric também? Por que ele não vem?* O pensamento permaneceu com ela à medida que suas pálpebras começaram a pesar. Em pouco tempo, havia cochilado.

Ela acordou com Adam andando pelo acampamento.

— Eu pesquei nosso jantar! — anunciou ele, abrindo um sorriso. Ele ergueu a linha para exibir quatro trutas reluzentes. — Nada mal, hein?

Rigel protestou, levando Lily a arquear uma sobrancelha.

— Você pescou todos esses peixes, Adam?

— Bem... eu peguei o maior.

Rigel guinchou.

— Está bem, está bem, eu peguei o menorzinho. Rigel pegou todos os outros.

Lily sorriu.

— Como nós os cozinhamos?

— Bem, meu pai sempre usou uma frigideira.

— Nós não temos uma frigideira.

— Nigel aqui não poderia...

— É Rigel, não Nigel.

— Tanto faz. Ele não poderia criar uma?

Rigel grasnou e bateu as asas.

— Suponho que isso signifique que não — deduziu Lily.

— Tudo bem. Talvez possamos assá-los em espetos?

Lily deu de ombros, mas Rigel obedeceu, criando uma lâmina de canivete. Depois de um corte no polegar e alguns resmungos sobre entranhas de peixe, Adam limpou e espetou a primeira truta e a segurou sobre o fogo. A pele estalava e chiava, e logo um aroma saboroso se espalhou pelo acampamento.

— Você pode guardar as tripas do peixe? — perguntou Lily.

— Algo me diz que Cedric gostaria delas.

— Que nojo!

— Não para ele.

Adam tirou seu peixe do fogo para examiná-lo, e Lily verificou as bandagens de Cedric. Um silêncio caiu entre eles, e, pelo canto do olho, Lily notou que Adam a observava.

— A coisa vai ficar bem? — indagou Adam por fim.

— Não sei. Não sei como nos tirar daqui.

— Não, não estou falando de ir para casa, embora eu também queira isso. Estou perguntando se essa coisa vai ficar bem — explicou ele, apontando para Cedric.

Lily mordeu o lábio.

— Também não sei. Eu li muitas histórias sobre dragões, mas não sei nada sobre a anatomia deles. Não é o tipo de coisa que se lê em livros, sabe?

— E é isso mesmo que a coisa é, então? Um dragão?

— *Ele,* não *coisa.* E sim, ele é um dragão. Embora ele não goste de ser chamado assim — contou ela, mirando Adam através do fogo. — Então agora você acredita neste lugar? Acredita que é real?

Ele tirou o peixe do fogo, tocou a pele, retirou a mão e lambeu um dedo chamuscado.

— Isso pareceu real — respondeu ele, sacudindo o dedo no ar. — Acho que não sei o que pensar. Nada disso faz sentido. Mas com certeza parece real. Você é real. Isso é real.

Ele levantou o peixe, que perfumou o ar.

— E descer aquela cachoeira com certeza pareceu real. Pior do que a montanha-russa a que minha mãe me levou no verão passado — acrescentou ele, espetando outro peixe. — Quer um?

A princípio, Lily não respondeu. Ele parecia diferente do Adam que se esgueirava pelos playgrounds como um predador, mas, depois de seus comentários no rio, ela ainda não confiava nele.

Ainda assim, ela não comia havia horas. Depois de um momento, sentiu o estômago roncar e cedeu.

— Claro. Obrigada.

— Vou assá-lo para você — replicou Adam, segurando o peixe sobre o fogo. —Quero ir para casa, mas isso não é tão ruim. Lembra um pouco acampar.

Lily sorriu.

— Obrigada por nos pescar o jantar. É muito legal que você saiba como limpar um peixe. Meu pai sempre fazia essa parte. Eu ficava com muito nojo.

— Meu pai me ensinou. Uma "habilidade para a vida", ele chamava.

— Rá! Meu pai costumava dizer coisas assim também. É provável que eles tivessem se dado bem.

Adam não respondeu, e seu sorriso se desmanchou. Uma longa pausa se seguiu, e Lily se perguntou se havia dito algo errado.

— Acho que está pronto — anunciou Adam por fim, passando-lhe o espeto. — Cuidado para não se queimar como eu.

Lily arrancou um pedaço do peixe dos ossos, soprou-o e segurou-o junto às narinas de Cedric.

— Vamos, Cedric — sussurrou ela. — Por favor, coma. Por favor, acorde.

Apesar da insistência dela, os olhos dele permaneceram cerrados e sua respiração difícil.

— Então, o que fazemos agora? — inquiriu Adam.

— Bem, Cedric falou que precisávamos ir para um lugar chamado Castelo Iridyll. Há alguém lá... Cedric o chama de mestre... que poderia nos ajudar a voltar para casa.

— Certo. E como chegamos lá?

— Não faço ideia.

— Beleza.

— Bem, talvez eu tenha uma noção... Cedric disse que precisávamos seguir o rio — recordou ela, franzindo a testa. — Pelo menos, acho que foi isso o que ele disse.

— Como foi que chegamos aqui, para começo de conversa?

— Eu não sei. Sei que tem algo a ver comigo, mas há tanto que não entendo.

Adam evitou o olhar dela. Depois de um momento constrangedor, ele se levantou e enfiou as mãos nos bolsos.

— Está tudo bem. Não é culpa de ninguém — murmurou ele. — O fogo está perdendo a força.

Ele cutucou as brasas com um graveto, e, em um instante, o galho pegou fogo.

— Vou procurar mais lenha — avisou ele.

Adam enrolou um pouco de musgo ao redor do graveto para alimentar sua tocha e mergulhou nas sombras.

Lily fitou a fogueira por um longo tempo, desejando poder rebobinar os últimos minutos e horas. Rigel pousou no chão junto dela e roçou em seu braço, mas ela nem percebeu, e ele voou para a floresta atrás de Adam.

Um frio repentino a arrancou de seus pensamentos, e ela se alarmou ao descobrir que havia sonhado acordada por pelo menos uma hora. A noite havia caído, e a fogueira havia diminuído até quase se extinguir, com uma única labareda agarrada às brasas moribundas.

— Estúpida! Você é tão idiota! — murmurou ela para si mesma.

Ela chamou o nome de Adam, torcendo para que ele tivesse juntado mais gravetos. Quando não ouviu resposta, ela tirou a cabeça de Cedric do colo, levantou-se e, com as mãos em concha ao redor da boca, chamou por ele de novo.

Nenhuma resposta ainda.

Ela teria que procurá-lo. Ela lançou um olhar de despedida para Cedric, arranhado e coberto de hematomas, ferimentos ainda sangrando, e hesitou. E se o fogo se apagasse enquanto ela procurava? Ele conseguiria sobreviver?

Ela caminhou até a borda da floresta para encontrar madeira, mas a escuridão havia se aprofundado tanto que ela não enxergava sequer as próprias mãos. Ela apalpou o chão às cegas e só sentiu folhas molhadas. Quando a mão afundou em algo frio e gelatinoso, ela disparou para trás e correu de volta para o acampamento.

— Adam! — gritou ela uma última vez.

Sua própria voz ecoou sobre o murmúrio das Cascatas, mas nenhuma resposta se seguiu.

Eu tenho que mantê-lo aquecido, pensou ela, andando de um lado para o outro junto a Cedric. *Tem que haver um jeito*. Ela estudou as brasas fumegantes, os últimos remanescentes do fogo, e tentou pensar em uma solução. Como acontecia com frequência, seus pensamentos práticos se transformaram em fantasia. Ela imaginou uma das brasas se soltando das cinzas e revivendo as chamas da fogueira.

Sem aviso, a pedra da verdade emitiu seu halo azul-esbranquiçado pálido. Lily arfou e congelou no lugar quando uma das brasas ardentes rolou para fora do fogo e se acendeu no chão.

Diante de seus olhos, *membros* brotaram da chama.

A chama correu como um rato em direção à fogueira que se apagava e jogou uma esfera laranja nas brasas, e, de repente, um fogo robusto fulgurou. Em seguida, a chama trotou até Lily, cruzou os braços atrás das costas e ficou em posição de sentido.

— O que... o que você é? — perguntou Lily.

A chama deu de ombros e apontou para Lily, e depois para si mesma.

— Eu não entendo.

E criatura apontou para Lily de novo e para a própria cabeça. Quando Lily ainda não compreendeu, ela se sentou no chão e posou como se estivesse absorta em pensamentos profundos.

— Espere um minuto... — ponderou Lily, mirando a pedra, que havia escurecido outra vez. — Está dizendo que eu o trouxe aqui?

A chama balançou a cabeça de um lado a outro, como se dissesse "não exatamente". A seguir, abaixou-se no chão, apanhou terra entre as mãos e formou uma bola. O cenho de Lily franziu enquanto ela observava, e o significado daquilo lhe chegou aos poucos.

— Você quer dizer... você está tentando dizer que eu o *criei*?

A chama assentiu e pulou para cima e para baixo algumas vezes em sua excitação.

— Isso é incrível! — exclamou Lily. Ela se agachou no chão e se admirou de como as bordas da chama dançavam e curvavam o ar, assim como a chama de uma vela. — Você quer dizer que eu o criei agora mesmo? Neste exato minuto?

A chama assentiu e ficou em posição de sentido mais uma vez.

— O que você é? Um tipo de gnomo? Um gnomo de fogo?

A chama caiu no chão com um guincho de desaprovação.

— Certo, certo, você não é um gnomo de fogo. Que tal um fogacho?

A criatura balançou a cabeça com um jato de faíscas.

— Tudo bem, também não. Você acabou de reacender o fogo... um atiçador? Um incandescente? — indagou Lily, inclinando-se para a frente. — Gostaria de ser chamado de incandescente?

A essa sugestão, a pequena criatura deu uma cambalhota.

— Maravilha, então! Você é um incandescente. Um incandescente cujo nome é qual? Ember? Eu sei! Que tal Flint?

O incandescente tagarelou uma resposta, mas Lily não ouviu. O grito de Rigel ecoou de dentro das sombras da floresta. Lily congelou, sentindo os cabelos da nuca se arrepiarem.

A pedra da verdade inundou o acampamento com luz vermelha.

CAPÍTULO 13

O tigre e a harpia

Lily observou o mato com atenção. Não viu nenhum movimento nem ouviu nada, exceto o rondo constante das Cascatas às suas costas. Um chamado a Adam e Rigel não lhe rendeu resposta.

Flint subiu pela perna das calças dela. Ela se surpreendeu ao descobrir que ele não a queimou nem ateou fogo em suas roupas, e o colocou em um bolso da camisa. Então, o grito de Rigel ecoou vindo da floresta, e a pedra brilhou ainda mais forte. Com um último olhar para Cedric, que, pela primeira vez, se mexeu junto ao fogo recém-aceso, ela penetrou na floresta.

A luz misteriosa da pedra transformava árvores e rochas em vultos enormes com garras. Ela vasculhou o mato em busca de pistas sobre o paradeiro de Adam, mas encontrou apenas troncos de árvores nus banhados em vermelho, as cascas retorcidas em rostos ameaçadores.

Quando ela chamou por Adam de novo, Rigel irrompeu do mato e lhe repuxou a gola. Em seguida, ela ouviu o murmúrio baixo de pessoas conversando e discerniu um tênue lampejo de luz de fogo na floresta à frente.

Rigel levou Lily em direção às vozes, e ela logo emergiu aos tropeços em uma clareira. Adam estava sentado em uma rocha segurando sua tocha, que havia queimado até virar um toco. A luz moribunda da tocha revelou um homem encostado em um tronco de árvore, o rosto coberto por com uma barba rala, o cabelo desgrenhado. Um topete igual ao de Adam se projetava de seu couro cabeludo.

Adam olhou por cima do ombro e sorriu para Lily.

— Lily, você não vai acreditar nisso! Este é meu pai! Ele veio nos levar para casa!

O homem olhou para ela, e a pele de Lily se arrepiou. Enquanto ela observava, os olhos dele, a princípio escuros, começaram a mudar. Logo eles passaram a cintilar com um vermelho penetrante.

Que nem a vovó.

— Adam, você precisa vir comigo. Por favor. Temos que ir. Agora.

Adam franziu a testa para ela.

— Você não ouviu o que eu disse? Este é meu pai!

— Adam, me escute com muita atenção. Esse *não* é seu pai. Você tem que confiar em mim quanto a isso.

— Do que você está falando? Lily, ele vai nos levar para casa. E ele vai *ficar* em casa. Para sempre. Ele me prometeu.

— Não é ele, Adam! Você precisa acreditar em mim! Afaste-se dele agora!

Adam sacudiu a cabeça para ela.

— Você é mesmo uma aberração, sabia disso?

Ele se levantou da rocha, deu-lhe as costas e andou em direção ao homem, que se endireitou e caminhou para ir ao encontro do garoto.

Com um guincho, Rigel atravessou a clareira e agarrou a camisa de Adam. Adam tentou afastá-lo com as mãos, mas o francelho se segurou com suas garras e o puxou para a borda da floresta.

— Me solte! — berrou Adam, golpeando Rigel.

— Adam, não vá embora — pediu o homem, a voz como mel.

Lily se aproximou correndo, e ela e Rigel arrastaram Adam para as árvores, apesar de seus protestos.

— Pai! Socorro! Por favor, não vá sem mim, pai! — gritou Adam.

De repente, um rosnado levou todos a parar onde estavam. Um cheiro familiar e pesado de fumaça encheu o ar. Riachos de nuvens negras se agitavam em torno da imagem do pai de Adam.

— Pai? — chamou Adam, sua voz de súbito fina e trêmula. — Pai, o que está acontecendo com você?

A mortalha cacarejou com uma voz rouca e girou em um redemoinho de fumaça.

— Temos que sair daqui! Agora! — bradou Lily, mas Adam permaneceu imóvel.

Rigel puxou com mais força a gola do menino, mas sem sucesso.

Outro rosnado ressoou, e o vapor se dissipou. No lugar do pai de Adam, um enorme tigre dentes-de-sabre se agachava diante deles. Ele se empinou sobre os quadris para atacar.

— Corram! — Lily gritou. — Corram, agora!

Por fim, Adam despertou de seu transe e disparou por entre as árvores. Eles correram para o lago, mas a fera saltou à frente deles para bloquear o caminho. Outra gargalhada cruel lhe deixou a barriga, e saliva pingava de suas mandíbulas.

— Tolos! — zombou a mortalha. — Pensam mesmo que conseguirão escapar? Pensam que são páreo para mim? Para *ele?*

Rigel tentou arranhar os olhos do tigre, mas, com um golpe, a fera o atingiu, e o francelho caiu deslizando pela terra. Flint avançou, atirando pequenas esferas de fogo contra o tigre como punhados de dardos. O urro selvagem da fera o jogou para trás, e Flint tombou e rolou pelo chão.

Lily correu para ajudar Rigel, mas uma pata gigante com garras como foices fustigou o chão à frente dela.

— Nossa, você é uma coisinha tola, não é mesmo? — desdenhou o tigre, andando ao redor de Lily. — Corajosa, admito, mas tola!

O peito de Lily arfava. Cada fibra de seu ser queria fugir, mas, com os dentes da fera pingando saliva a apenas dois palmos dela, Lily se sentia aterrorizada demais para fazer mais do que dar alguns passos para trás.

— Você sabe que não pode vencer, garotinha — continuou o gato. — Você sabe que não é forte o bastante, ou inteligente o bastante. No entanto, se você vier sem protestar, talvez ele seja misericordioso. Talvez ele poupe sua vida, assim como a de seus amiguinhos insignificantes.

Aquelas palavras penetraram como veneno. *Talvez eu devesse desistir,* ela ponderou. Ela era apenas uma criança, não era páreo para um tigre dentes-de-sabre. Qual era o sentido de fingir?

— Venha comigo — continuou a fera — e seus amigos viverão. Recuse, e eu empalarei cada um deles como carne no espeto.

Ele mostrou as presas e se abaixou até o chão.

— Não há escolha, na verdade — persuadiu ele. — Você não quer machucar seus amigos, quer? Você não conseguiria viver consigo mesma com o sangue deles em suas mãos.

O coração de Lily batia forte. Ela pensou em Cedric, alquebrado e ensanguentado no chão. Ela já havia ferido um amigo com sua inépcia. *E se ele estiver certo?*, Lily pensou. *Como posso arriscar a vida de Adam e Rigel também?*

— Vou tornar a situação ainda mais fácil para você, curadora — anunciou o tigre, cuspindo a última palavra, como se detestasse a sensação dela em sua boca. — Você nem precisa vir comigo. Só me entregue a pedra.

Lily olhou para baixo. A pedra continuou a pulsar em vermelho. Sem nem perceber, seus dedos se fecharam em volta dela.

— Isso mesmo — cantarolou o tigre. — É um treco tão pequeno. Só uma bugiganga. Passe-a para mim, e tudo ficará bem. É tão simples, curadora.

Lily o fitou, a mão ainda apertando a pedra com força.

A fera rosnou.

— O que está esperando? Passe-me a pedra! Agora!

Lily deu um passo para trás e abanou a cabeça.

— Não. Isso não está certo.

— Sua pirralha insignificante! — praguejou o tigre, erguendo a cabeça para o céu para soltar um rugido. — Bem, como preferir! Eymah vai arrancar sua pele por essa idiotice... assim como a de seu pai!

À menção do pai, uma corda tensa dentro de Lily se rompeu. O medo que tanto a paralisava rolou como uma onda e, em seu rastro, a determinação veio à tona.

O bramido da fera sacudiu as árvores, e o tigre se apoiou nos quadris para atacar. Lily deu mais alguns passos para trás, mas ainda o encarava. Ela levantou os braços.

Ele atacou. Rigel, mancando no chão com uma asa quebrada, guinchou em pânico. Flint avançou correndo, apenas para ser pisoteado pela fera desajeitada.

Lily fechou os olhos.

Adam, empoleirado no topo de uma rocha no meio da clareira, atirou pedras no tigre. O monstro o ignorou e atacou com outro rugido, lançando-se no ar.

De repente, a pedra da verdade, que até aquele momento havia emitido um fulgor vermelho, derramou luz branco-azulada na clareira. Um estalo como um terremoto partiu a noite, e Adam gritou quando a rocha na qual estava sentado se ergueu e o jogou de sua superfície lisa. As estrelas desapareceram atrás de uma silhueta enorme e escarpada que bloqueava as copas das árvores.

Lily ouviu um assobio, um baque, e a seguir o gemido de um animal ferido. Ela abriu os olhos.

Ali na clareira, onde havia um minuto uma rocha se curvava, elevava-se um urso colossal, aparentemente esculpido em granito, mas vivo e se movendo. Atingido pela pata pesada do urso, o tigre jazia contra uma árvore, estonteado.

O tigre se levantou com dificuldade e abanou a cabeça como se quisesse se libertar de teias de aranha. O urso investiu com um urro trovejante contra o tigre, que silvou e expôs as presas bem quando a pata do urso lhe atingiu o rosto, lançando o felino contra um tronco de árvore, que se estilhaçou com o impacto.

— Vamos sair daqui! — bradou Lily.

Ela tomou Rigel e Flint nos braços e acenou para Adam, que estava sentado no chão aterrorizado. Lily arrastou o menino para que se levantasse, e os quatro saíram correndo pela floresta.

Enquanto fugiam pelo mato, o odor familiar e perturbador de fumaça se espalhava pelo ar. O aroma fresco da floresta agora cheirava a sujeira e cinzas, e quanto mais intenso o cheiro se tornava, mais pavor tomava conta de Lily.

Eles irromperam em campo aberto. Lily diminuiu o ritmo e vislumbrou o luar iluminando as Cascatas como se as cobrissem com uma pluma de neve.

Ela diminuiu o passo e engoliu grandes goles do ar frio da noite. Foi aí que veio o ataque.

A dor queimou os ombros de Lily. Algo a atingiu por trás e a ergueu no ar. O pânico a invadiu à medida que a fumaça se espalhava em redor, e ela chutou o ar com violência para se libertar. Ela ousou olhar para cima.

O rosto nodoso e hediondo de uma harpia lhe retribuiu o olhar.

O urso saiu da floresta em perseguição, abrindo sulcos na terra enquanto saltava para a frente. Ele tentou socar a harpia, mas o monstro evitou todos os golpes, e as garras da ave cravaram mais fundo nos ombros de Lily. A visão da menina turvou de dor.

Eu vou morrer, pensou ela.

— Isso mesmo, curadora — rosnou a harpia. — Sinto o cheiro de seu medo. Espere só. Se está com medo agora, imagine como se sentirá diante do poder de Eymah!

O som daquele nome inundou Lily de desespero, como se ela pendesse sobre uma cova aberta. Enquanto planavam sobre o lago, Lily chutava e sacudia as pernas, apenas para sofrer ferimentos mais profundos à medida que a harpia a segurava mais forte. Ao bater as asas, a harpia agitava o ar que cheirava a decomposição e dava a Lily ânsia de vômito.

De repente, a harpia cambaleou no ar e tombou em direção ao lago. Ela girou fora de controle, e, no caos, a cabeça de Lily afundou na água. Ela se debateu e se contorceu, desesperada por ar. Por fim, ela rompeu a superfície para tossir e arfar.

Para seu espanto, seus braços estavam livres. Lily olhou para cima a tempo de ver uma rocha voar pelo ar. Ela quase atingiu a harpia, então estilhaçou a superfície plácida do lago, dando origem a uma onda que submergiu Lily mais uma vez. Lily subiu à superfície e procurou na costa pela fonte da rocha voadora.

À luz da lua, o urso permanecia de pé na margem atirando pedras gigantes contra a harpia, que, por sua vez, mergulhou na direção dele, expondo as garras enquanto guinchava. Ela atingiu o urso, e, para o horror de Lily, as garras da harpia derreteram o granito, deixando feridas que reluziam com um brilho laranja como lava.

Quando o urso se ajoelhou no chão e escondeu o rosto entre as patas, a harpia desceu e o arranhou nas costas. O urso arqueou para trás, apenas para sofrer mais ferimentos no peito e depois nos membros anteriores.

— Não! — berrou Lily em agonia.

Ouvindo aquela manifestação, os olhos da harpia dispararam na direção de Lily, perfurando a escuridão como duas chamas. A ave se ergueu no ar, girou em triunfo e, com um uivo, dobrou-se em um assalto contra a menina, que se agitava na água como um peixe fisgado. Ela mergulhou abaixo da superfície, orando para que a harpia não a encontrasse.

Assim que ela submergiu, o ar acima se acendeu como se estivesse em chamas. Ela lutou para prender a respiração e permanecer embaixo d'água, e contou os segundos que se passavam enquanto o fogo rugia logo acima da superfície. *Nove. Dez. Onze.* Seu peito ardia. *Dezoito. Vinte.* Ela foi tomada pelo pânico à medida que a necessidade de respirar competia com o medo da conflagração acima.

Bem no momento em que não conseguiu mais conter o fôlego, as chamas desapareceram como uma vela apagada. Lily emergiu, engoliu o ar e examinou o lago com olhos arregalados. Detritos carbonizados choviam como mariposas à deriva e flutuavam sobre a água. A harpia havia sumido, e o urso jazia imóvel na margem, suas feridas ainda fumegando.

Uma nuvem encobriu o luar no instante em que Cedric, apoiado em seus membros dianteiros, com fumaça lhe escapando em espiral das narinas, desmaiou na costa.

CAPÍTULO 14

A Esmeralda Voadora

O amanhecer se espalhou pelo lago em faixas de rosa e dourado. Ao acordar, Lily encontrou um de seus braços sobre Cedric, do jeito que ela costumava abraçar seu velho *golden retriever* quando era ainda aluna da pré-escola. Cedric não havia se movido desde que ela o havia carregado para longe da água e o deitou em um tapete de galhos de nogueira.

Ela examinou o acampamento demolido. O hálito ardente de Cedric havia incendiado cada folha de grama, e cinzas cobriam o chão. Rigel dormia na cavidade de um tronco, a asa direita se projetando em um ângulo não natural, apesar da bandagem de Lily. Ele tremia de dor de vez em quando, mesmo adormecido, e Lily sabia que seus esforços para tecer mais bandagens o haviam exaurido ainda mais. Flint havia se aninhado dentro da fogueira apagada, parecendo uma brasa solitária cujo brilho crescia e diminuía como uma criatura respirando entre os carvões apagados.

Ao longo da margem, uma cavidade na terra marcava onde o urso havia tombado. Ele recusou a oferta dela de ter seus ferimentos tratados e, em vez disso, seguiu floresta adentro em silêncio. Uma pontada de culpa incomodava Lily, percebendo que nunca lhe agradeceu por ajudá-los. Ela nem mesmo havia lhe dado um nome.

Lily se levantou, espreguiçou-se e se juntou a Adam, que estava sentado perto dos troncos frios, traçando desenhos na terra com um galho. Ela se sentou ao lado dele e olhou para a água, que reluzia como bronze polido ao sol nascente. Se não fosse pela triste situação deles — cinzas e ferimentos e nenhuma ideia sobre o que fazer a seguir — o momento a teria encantado.

— Você está bem? — perguntou Adam com delicadeza. — Parece que ainda doem.

Ela tocou as bandagens em seus ombros. As manchas arroxeadas de sangue velho haviam vazado pelos curativos, mas, por sorte, as garras da harpia tinham cauterizado os ferimentos. Ainda assim, doíam bastante.

— Estou bem. Mas obrigada por perguntar — replicou Lily. Ela o fitou, mas ele se manteve concentrado em seus rabiscos. — E você? Quero dizer... você está bem?

Adam cavou mais fundo no chão, virando um torrão seco de terra. Ele não respondeu.

— Sinto muito, Adam. Eu sei que você sente muita falta de seu pai e só quer ir para casa.

Adam jogou o graveto para longe.

— Não é só sobre ir para casa — rebateu ele. — É o que ele prometeu. Suponho que tenha sido estúpido acreditar nele. Ele nunca diria uma coisa daquelas, e isso deveria ter sido uma pista.

— O que ele disse?

Adam estreitou os olhos contra o fulgor refletido na água.

— Ele prometeu voltar para casa e viver comigo, com minha mãe e minha irmã outra vez. Ele disse que consertaria tudo e que ficaria conosco para sempre — revelou Adam. Ele pegou um pedaço preto de madeira e o jogou na água. O gravetinho quicou sete vezes na superfície antes de afundar. — Fui tão idiota em acreditar nele.

A garganta de Lily se apertou.

— Você não é idiota. Se meu pai aparecesse e dissesse isso, eu também gostaria muito de acreditar. Mesmo que não fizesse sentido.

— É, mas é diferente. Seu pai não pode voltar. O meu simplesmente não quer.

Adam voltou a mirar o chão e engoliu em seco.

— Foi a promessa que me pegou — prosseguiu ele. — Minha irmãzinha não entende muito bem, mas minha mãe chora muito.

— Eu não sabia que você tinha uma irmã.

Adam assentiu.

— O nome dela é Kirsty. Tem cinco anos.

— Não há nada pior que mães chorando. Quando minha mãe sente falta do meu pai, eu quero, não sei, ser forte por ela ou algo assim, mas não sei como. Você sabe o que eu quero dizer?

Adam concordou com um movimento de cabeça. Ele começou a dizer algo mais, mas um arrastar de pés no chão junto a eles o interrompeu. Eles se viraram para ver Cedric lutando para se levantar.

Lily correu para junto dele e colocou a mão em seu ombro.

— Não se levante, Cedric. Você está muito ferido.

Ele se assentou de cócoras e piscou várias vezes com uma expressão confusa. Então ele avistou a grama incinerada, e seus olhos se arregalaram.

— Ela... ela se foi? Você está bem?

Lily assentiu.

— Ela se foi, Cedric. Você nos salvou.

Cedric fechou os olhos. Ele parecia desgastado, como um pano de prato esfarrapado desfiando nas bordas. Lily pediu a Adam que buscasse um pouco de água e comida enquanto ela examinava os ferimentos de Cedric. A maioria havia parado de sangrar, embora suas margens continuassem irritadas.

— Como está se sentindo? — perguntou ela.

— Exausto, para ser bem franco.

— Sinto muito. Tentei parar a mortalha sozinha, mas não consegui. Parecia que eu tinha conseguido fazer a pedra funcionar para nos ajudar, mas quando aquela... aquela coisa me agarrou e começou a voar...

— Até mesmo curadores experientes teriam enfrentado dificuldades, srta. Lily. Não se preocupe com isso.

— Mesmo assim, lamento que você tenha tido que cuspir fogo. Sei que você não gosta de fazer isso.

Cedric fechou os olhos, e Lily receou por ter ultrapassado os limites outra vez.

— Sinto muito, Cedric, eu não deveria ter dito nada sobre isso.

— Não são as suas palavras, srta. Lily. É a verdade. Não posso me esconder do que sou.

— Mas, Cedric, você é *maravilhoso*.

Os olhos dele se abriram em um átimo, e seu rosto endureceu.

— Maravilhoso? Você sabe alguma coisa sobre minha espécie, srta. Lily?

Ela corou. Ela havia lido contos de fadas o suficiente para ter uma ideia, mas as histórias que conhecia não correspondiam ao que ela havia observado em Cedric.

— Os dragões estão entre as criaturas mais vis já concebidas — ele respondeu por ela. — Pense por um momento sobre meus ancestrais. Eles acumulavam tesouros, aterrorizavam reinos inteiros, devoravam anões e queimavam cavaleiros até virarem pó.

Eles ameaçavam tudo o que era bom e verdadeiro, tudo para que pudessem chafurdar em uma pilha de moedas.

Ele apontou para si mesmo com uma só garra.

— Essa é minha herança, srta. Lily. A corrupção que os compelia corre por minhas veias também.

— Mas você é diferente, Cedric! Você é tão valente e generoso!

Ele soltou um suspiro.

— Eu sou um dragão, srta. Lily. Se você soubesse os atos que já cometi, não estaria tão ansiosa para poupar meus sentimentos.

Os olhos de Lily se encheram de lágrimas.

— Você é meu amigo, Cedric.

Ela queria envolvê-lo em seus braços e assegurar-lhe que ele era bom e corajoso. No entanto, quando Cedric balançou a cabeça e escondeu o rosto em suas patas, compreendeu que suas palavras seriam inúteis.

Um peixe caiu no chão ao lado deles, e ambos ergueram o olhar para ver Adam posando com sua linha de pesca.

— Lily pensou que você talvez preferisse peixe cru — disse Adam a Cedric. — Mas eu posso cozinhá-lo se você quiser.

Cedric soltou um suspiro cansado.

— Obrigado. Isso não será necessário.

Ele voltou o olhar para longe e não fez nenhum movimento para tocar no peixe. Adam cerrou e abriu os punhos, como se não soubesse o que fazer com as mãos.

— Obrigada, Adam — agradeceu Lily. — Isso é ótimo.

Adam interpretou o comentário como permissão para se sentar ao lado dela.

— Então, o que faremos agora? — inquiriu ele, alisando o topete.

Levando em conta a gordura de peixe em suas mãos, seus esforços só pioraram o ângulo rebelde de seu cabelo.

Lily se virou para Cedric, esperando que ele assumisse a liderança como sempre. Em vez disso, ele se manteve com os olhos fechados, prestes a cair no sono mais uma vez.

— Cedric, quão longe fica o Castelo Iridyll? — Lily questionou por fim. — Você imagina que estamos perto o bastante para seguir a pé?

— Pelo ar, podemos chegar lá esta tarde, dependendo do clima. Pelo rio... — acrescentou ele, gesticulando com o focinho.

— Podemos chegar lá amanhã. Mas a pé? Ainda vai levar dias.

— Você poderia fazer aquele lance do barco de novo e nos levar rio abaixo? — indagou Adam.

Cedric abriu um olho para lhe lançar um olhar zangado, e voltou a cerrá-lo com um suspiro.

— Ele está muito machucado — Lily informou Adam baixinho. — Nem pense nisso.

— Bem, quem sabe construímos um barco, então? — sugeriu Adam. — Tem bastante madeira aqui, e aquele seu pássaro pode nos dar ferramentas.

Ele apontou para Rigel, que limpava de forma meticulosa as penas da asa quebrada.

— Na verdade, ele não tem como nos dar ferramentas agora porque não pode voar — Lily interrompeu. — Ele só tece prata quando voa.

Adam grunhiu.

— Suponho que ainda temos a faca que ele fez para mim para limpar nosso jantar ontem à noite. Talvez eu consiga cortar algumas trepadeiras para amarrarmos alguns troncos.

Ninguém respondeu.

— Bem, se ninguém vai ajudar, vou ver o que posso fazer — resmungou ele.

Ele marchou floresta adentro, sacudindo a cabeça e resmungando para si mesmo.

Lily sabia que deveria segui-lo, mas se sentia relutante em se afastar de Cedric. Temia que uma mortalha pudesse retornar, ou que um ferimento interno começasse a sangrar, ou que o próprio chão se abrisse e o engolisse. A respiração de Cedric voltou a se aprofundar, e logo ele começou a roncar, exalando finas faixas de fumaça a cada grunhido. Exausta demais para pensar e nervosa demais para se mover, Lily se deitou no chão e olhou para o céu. A luz do dia diminuiu quando uma nuvem enorme, cintilante nas bordas, mas pesada e cinzenta no centro, passou na frente do sol. Lily estreitou os olhos e se concentrou em seu formato. Era um carro? Não, era muito grande na parte superior. Um trem? Não, muito triangular.

Um navio, concluiu ela. As bordas da nuvem se firmaram na imagem de uma escuna, completa com mastro e velas, flutuando pelo céu. *Quem está navegando?*, Lily se perguntou, e quanto mais ela ponderava, mais o navio se tornava real para ela. Ela imaginou um corsário limpando o convés no início da manhã enquanto o barco deslizava sobre um cobertor de nuvens estratos. Ela observou o navio cortar o céu em direção às Cascatas, e dar a volta quando o vento encheu as velas. Ele desceu rápido, seguindo a inclinação da cachoeira.

À medida que navegava pelo lago, as nuvens se dissiparam para revelar a estrutura de madeira do navio, pintada de verde--floresta. Ele se aproximou, e Lily meio que esperava ver cracas agarradas à proa.

Na verdade, *dava* para ver as cracas.

Lily se sentou e esfregou os olhos para afastar o devaneio. Quando os abriu, ela imaginou que o navio retornaria ao céu bem acima dela e retomaria seu papel como apenas mais uma nuvem em meio às outras.

Em vez disso, ele cortou o ar acima do lago e veio reto na direção dela. Lily se levantou de um pulo. Pendendo-lhe do pescoço, a pedra da verdade emanava seu brilho pálido e constante.

— Ai, não! Cedric! Cedric, acorde! Eu fiz algo acontecer, e receio que tenha sido um erro!

Ela o sacudiu para acordá-lo, e Cedric recuou ao ver o navio avançando na direção deles.

— Céus misericordiosos, o que é isso?

— Eu tinha esperanças de que você soubesse me dizer! Eu não tive intenção de fazer isso!

Cedric tropeçou e berrou ao apoiar o peso na perna traseira ferida. Lily o agarrou para arrastá-lo para longe, mas era tarde demais. O navio se aproximou veloz, água pingando da quilha para formar uma poça em torno deles. Lily e Cedric se agacharam no chão, e Lily gritou quando o navio avançou sobre eles. Ela se acocorou com os braços cobrindo a cabeça, fechou os olhos com força e esperou pelo impacto.

Ele nunca aconteceu. Ela sentiu apenas o pingar da água, salgada e cheirando a algas marinhas. Lily abaixou as mãos e ousou erguer o olhar. O navio pairava no ar logo acima, com franjas de nuvens oscilando em suas bordas.

Lily estendeu a mão. Pensou que o braço passaria direto pelo navio, como através de uma densa cerração, mas quando ela afundou a mão na névoa, a palma pousou em uma viga de madeira úmida.

— Srta. Lily — chamou Cedric, ofegante, mancando em direção ao navio. — O que aconteceu?

— Eu... eu estava olhando para as nuvens, e... — começou ela, o rosto corando, e os olhos de Cedric se arregalaram com o que ouvia. — Uma delas parecia um veleiro. E, bem, ela se transformou em um.

Cedric se animou.

— De fato, srta. Lily! De fato! — exclamou ele, tocando a proa com admiração. — Você tem escondido seus talentos, srta. Lily. Quando meu mestre me ordenou que procurasse por um curador desaparecido, eu não fazia ideia de que também estaria procurando por um artesão.

— Um o quê?

— Olá, aí embaixo!

Um homem com um rabo de cavalo se inclinou sobre a grade e acenou com um chapéu triangular.

— Para onde, marinheiros de água doce? — indagou ele.

Cedric sorriu e se aproximou mancando do navio. Mesmo que feridas e ataduras lhe cobrissem cada centímetro, a aparição de um navio das nuvens pareceu revitalizá-lo.

— Meu caro amigo — bradou ele ao corsário. — Você sabe como chegar ao Castelo Iridyll?

— Eu seria um pilantra se não soubesse! — respondeu o corsário.

Ele colocou o chapéu de volta na cabeça, um movimento que espalhou redemoinhos de névoa na direção deles.

— Muito bom, meu robusto colega — disse Cedric. — Você faria a gentileza de nos levar lá?

— Se a minha senhora aprovar, será um prazer.

O comentário pegou Lily desprevenida.

— Eu? — indagou ela, apontando para si mesma.

— Capitão Jaggers M. Scallywag a seu dispor, minha senhora — apresentou-se ele com uma reverência. — Muito grato que tenha alistado meu navio. Faz séculos que um curador não me chama para comandar uma nova embarcação! E eu me sentiria ainda mais grato se a nomeasse nesta que é sua viagem inaugural.

Lily se lembrou de como Flint havia esperado seu comando quando se materializou pela primeira vez na fogueira. Ela observou os fiapos de nuvem se enrolarem nas laterais do navio e considerou a elegância com que a escuna havia deslizado do céu.

— Que tal *Lady Guinevere?* — sugeriu ela.

— Ah, temo que sua senhoria teria que consentir com isso, srta. Lily — advertiu Cedric. — E se levarmos em conta todos os boatos contra os quais ela lutou nas épocas das mesas redondas, aposto que ela não ficaria satisfeita.

O cenho de Lily se enrugou.

— Que tal a *Rainha das Fadas*, então?

— Também não tenho certeza de que ela consentiria.

Lily franziu o rosto. Enquanto se concentrava, a luz do sol refletia no lago e lançava fios de luz na proa do navio. Assemelhavam-se a fitas de luz solar, ou às facetas de uma joia. Era isso, as facetas de...

— Uma esmeralda — percebeu Lily. — É isso! Ela é a *Esmeralda Voadora*. E uma viagem ao Castelo Iridyll seria maravilhosa, obrigada.

O corsário fez uma reverência, levantando uma nuvem que enevoou o rosto de Lily. Ao fazê-lo, as letras ESMERALDA VOADORA surgiram douradas na proa do navio.

— Incrível — murmurou Lily.

— Ei, sujeito asqueroso! — gritou Cedric para Adam. — Estamos de partida, se quiser se juntar a nós!

Adam emergiu da floresta arrastando alguns galhos caídos. Ao sair para a luz do sol, ele protestou contra os xingamentos de Cedric, mas se deteve o ao ver o navio.

— O quê...?

— Nossa saída daqui — explicou Lily. — Parece que finalmente você vai para casa, Adam!

— Você também, bom colega! — acrescentou Cedric com um aceno para Rigel. — E você... o quê? O que é isso aqui?

Lily riu da expressão estupefata de Cedric quando Flint saiu do mato e subiu aos pulos pelo braço dela.

— Todos a bordo! — bradou Scallywag, baixando uma passarela para que o grupo embarcasse.

Assim que todos se encontravam no convés, ele girou o braço, e a vela principal se estendeu.

— Para o Castelo Iridyll! — cantou ele, acenando com o chapéu no ar enquanto assumia o leme e guiava o navio para o céu.

Lily comemorou com ele e se maravilhou à medida que o lago e as Cascatas, a floresta e o rio encolhiam abaixo em um caleidoscópio de cores. Ela ergueu as mãos no ar e se deleitou com o vento fresco que lhe passava pelos dedos enquanto navegavam.

Em sua alegria, ela não percebeu a pedra da verdade bruxuleando de leve em vermelho, nem o redemoinho de fumaça se formando na orla da floresta.

CAPÍTULO 15

Castelo Iridyll

A *Esmeralda Voadora* navegava pelo céu sem nenhum ruído. Seu balanço suave quase fez Lily dormir, mas ela se forçou a permanecer acordada e se apoiou na grade para admirar as montanhas, vales e florestas que se desenrolavam como uma tapeçaria abaixo. Depois de várias horas, Cedric exclamou entusiasmado e apontou.

— Agora *isso* é fantástico — admitiu Adam com um suspiro.

Logo à frente, o Castelo Iridyll despontava através de uma película de nuvens dispersas. A fortaleza se assomava no topo de um pico de montanha careca e, ao sol do fim da tarde, refulgia como se houvesse sido gravada em cristal. O castelo se erguia em uma espiral de torres, a mais alta das quais dividia a luz do sol como um prisma e lançava fragmentos de arco-íris pela encosta da montanha. Uma cachoeira caía de um baluarte no pátio central, alimentando um regato que fluía ao longo das muralhas para se juntar ao rio à distância.

Cedric brincava sobre a história do castelo, mas Lily não o escutava. Em vez disso, permaneceu boquiaberta, incrédula, enquanto um único pensamento rolava e rolava em sua cabeça como uma onda: *Papai esteve aqui.*

Em cada torre, Lily reconheceu as linhas e curvas que seu pai havia esboçado a carvão no livro dela tantos anos atrás. Ela sempre presumiu que o pai havia inventado suas histórias sobre o castelo de dez torres para inspirá-la, mas agora compreendia que ele não o havia imaginado. Era tudo real. Em vez de tecer contos de fadas, ele havia descrito a Lily o que tinha testemunhado com seus próprios olhos.

Por quê, porém? Que propósito estranho o teria levado até lá?

Um estrondo baixo e distante interrompeu os pensamentos de Lily. Bem ao norte, além de uma extensão de deserto rachado, um acúmulo de nuvens negras tingia a paisagem. Uma sombra estranha manchava a terra em redor como um hematoma, e Lily discerniu relâmpagos fantasmagóricos deslizando pela névoa.

— São as Terras Subterrâneas — anunciou Cedric, lendo o desconforto no rosto dela. — Não deixe seus olhos se demorarem por lá, srta. Lily. Nada de bom pode vir disso.

Ele esticou as asas, estremeceu ao sentir a ferroada de seus ferimentos e bateu as patas em aplauso.

— Que visão maravilhosa! — exclamou ele, mirando o Castelo Iridyll. — Finalmente! Bem-vinda ao lar, srta. Lily!

— Você quer dizer bem-vindos à nossa passagem para casa, certo? — corrigiu Adam.

— Sim, sim, claro. Não se preocupe. Logo o levaremos de volta a seu mundinho monótono de jogos de futebol americano e sanduíches amassados.

Adam corou.

— Beisebol, não futebol americano. E não é por isso que quero ir para casa.

— O que for melhor para você.

— Deixe-o em paz, Cedric — pediu Lily. — Adam nem deveria estar aqui. Nós já o fizemos passar por confusão o bastante.

Lily sorriu para Adam, mas ele já tinha se sentado no convés enevoado e abraçado os joelhos com um olhar distante.

Cedric abriu as asas e posou ao lado de Scallywag junto ao leme como um imediato ao lado de seu capitão.

— Yo-ho, lá vamos nós, meu bom companheiro! — bradou o dragão.

O navio se inclinou, e o vento lhes soprou contra o rosto à medida que se aproximavam com velocidade do topo da montanha. A *Esmeralda Voadora* não pousou, mas se manteve pairando acima do solo. Revigorado por seu retorno ao Castelo Iridyll, Cedric desembarcou pela passarela primeiro, embora ele liderasse mancando.

O cume da montanha lembrava uma paisagem lunar de granito, com líquens e coníferas raquíticas agarrando-se à vida na superfície varrida pelo vento. Algumas poças de cor cinza-púrpura preenchiam fendas nas rochas, e Lily avistou um delicado arbusto de mirtilos selvagens preso a uma face do penhasco. *Bem como costumávamos ver nas caminhadas em meu mundo*, pensou ela com saudade. Sua boca salivou ao pensar em frutinhas que não tivessem gosto de *curry*.

Scallywag postou-se junto à passarela para vê-los partir.

— Obrigada, amigo — agradeceu Lily, estendendo a mão.

— Ah, minha senhora, eu não sonharia em lhe manchar a mão — lamentou ele, recusando o aperto de mão. Em vez disso, voltou a tirar o chapéu. — Que ventos favoráveis a acompanhem, minha senhora!

Ele retornou ao leme e, quando Lily deixou a passarela, o navio ascendeu para se misturar a uma safra de nuvens de chuva que se formava. O coração de Lily pulou uma batida quando ela viu o navio partir, e ela sentiu uma pontada de anseio.

— Adeus, meus amigos! Por aqui! — chamou Cedric.

Usando sua cauda como muleta, ele mancou pelo pico até o portão da fortaleza. Duas sentinelas, com os rostos ocultos sob elmos, estavam de guarda em ambos os lados da porta levadiça.

— Olá, Martin. Floyd — saudou Cedric, acenando para cada soldado enquanto cambaleava em direção a eles. — Fico feliz em vê-los! Como estão as coisas?

O aço ressoou. As sentinelas cruzaram as lanças, bloqueando o caminho à frente.

— Ei, qual é o problema? — exclamou Cedric.

Uma das sentinelas ergueu a viseira do elmo e, ao vê-lo, Lily arquejou e recuou vários passos. Enquanto sua figura corpulenta sugeria que fosse humano, sob o elmo estava o rosto de pelos grisalhos e eriçados de um javali.

— Diga a que veio — bramiu a criatura.

— O mesmo motivo de sempre, Floyd. Estou aqui para ver o mestre.

— Toggybiffle? Não vi seu nome no livro de registros — retrucou Floyd, seu lábio superior se curvando em um sorriso vulgar.

— Isso é porque o mestre me esperava dias atrás. Floyd, olhe só para mim. Pareço estar de férias?

O javali estudou-o com desconfiança, então olhou para Lily, em cuja cabeça Rigel e Flint agora estavam empoleirados.

— E quanto a eles? — rosnou ele. — Você sabe que não permitimos visitantes nas torres.

— Eles não são visitantes. Dois deles são moradores do reino, e o outro é um dos curadores desaparecidos. Ah, e esse último...

— acrescentou Cedric, gesticulando para Adam. — Ele é o... hã, convidado de honra da curadora.

Os olhos do javali se estreitaram e desapareceram sob tufos de pelo encrespado.

— Você espera mesmo que eu acredite que essa criança é uma curadora?

— Bem, não precisa acreditar na minha palavra — disse Cedric exasperado. — Srta. Lily, você faria a gentileza de mostrar a ele a pedra da verdade?

Lily olhou para Cedric, para o javali e de volta para o dragão. Se ela mostrasse o pingente, será que soldado grotesco não lhe devoraria a mão e ficaria com a pedra para si? No entanto, Cedric a cutucou, de forma que ela deu um passo à frente e, com dedos trêmulos, levantou a pedra. Ao captar a luz do sol, um redemoinho de cor, como um relâmpago, resplandeceu de dentro da pedra e então se apagou.

Floyd bufou, e Lily tentou não recuar ante o odor pútrido que lhe saía das narinas.

— Muito bem — resmungou ele.

As duas sentinelas se afastaram, e Floyd ordenou o levantamento da grade levadiça. As engrenagens engataram, o enorme portão subiu tilintando, e Cedric liderou o trajeto para a guarita. Pelo canto do olho, Lily vislumbrou Floyd observando-a por sobre o ombro com olhos glaciais e cautelosos.

Quando passaram para o átrio interno, Adam e Lily pararam no meio do caminho. O pátio fervilhava de atividade. Todos os tipos de criaturas que já tinham imaginado, e dezenas que não tinham, zanzavam por todos os lados, falando, gritando, comprando e vendendo. Uma frota de ratos carregando um tapete persa correu sobre os pés de Lily. Dois anões manejando uma forja apagavam uma lâmina recém-cunhada em um barril de óleo. Um coelho e um cogumelo falante pechinchavam preços em uma barraca coberta de carmesim, e uma enorme lagartixa tentava espantar uma fada que lhe tentou roubar um morango de um carrinho. E o mais maravilhoso de tudo, o pátio inteiro dançava com cores, com as torres de cristal lançando manchas de arco-íris por todas as superfícies.

— Bem, vamos lá, não fiquem aí parados boquiabertos — instou Cedric. — É a terceira torre para nós. Encontraremos o mestre lá.

Cedric mancou até uma parede cilíndrica e colocou suas garras rentes a uma das pedras. A parede se abriu de súbito, e Cedric acenou para que eles entrassem na câmara interna.

— Terceira Espiral, por favor — pediu Cedric quando as portas se fecharam.

Eles ouviram um tilintar e depois um zumbido, e, em seguida, sentiram o estômago afundar quando a câmara foi impulsionada para cima.

— Um elevador? — exclamou Adam, incrédulo. — Há um elevador neste lugar?

— Bem, só porque fazemos as coisas com estilo não significa que fujamos da eficiência — rebateu Cedric com um sorriso. — Este é o reino Somnium, afinal.

O elevador parou, e Cedric os guiou para um corredor escuro. Pinturas a óleo de cavalheiros de rosto enrugado, colarinho rígido e peruca empoada cobriam as paredes, e nos cantos espreitavam móveis decrépitos com pés de garra, estofamento puído e tinta dourada descascada. Quando Cedric bateu a uma das portas, uma nuvem de poeira lhes voou contra o rosto.

— Podem entrar! — respondeu uma voz chorosa.

Cedric tentou a maçaneta encardida, mas esta não se moveu.

— Ai, que cabeça oca! — grunhiu a voz de dentro.

Eles ouviram um zumbido, como o ruído de um carro de controle remoto preso em aceleração contra uma parede. Em seguida, um estalo e um clique ressoaram.

— Tente agora! — comandou a voz.

Dessa vez, a maçaneta cedeu e a porta se abriu com um rangido.

Eles entraram na sala e descobriram uma figura silhuetada contra uma ampla janela panorâmica. Ele tinha quase dois metros e meio de altura, e sua cabeleira irradiava de sua cabeça como a penugem de um dente-de-leão.

— Cedric! — gritou a figura, sua voz mais uma vez chorosa apesar de sua impressionante altura. — Grandes caracóis, o que aconteceu com você?

O zumbido mecânico voltou a soar, e o homem cruzou a sala com apenas três passos. Ele baixou o rosto para mirá-los, mas, à fraca luminosidade, Lily só conseguia lhe enxergar o corpo e os cabelos crespos.

— Cedric, sua aparência está uma catástrofe! E quem são essas pessoas? Grandes caracóis! O que você fez?! Você sabe que crianças não são permitidas aqui!

— Eu sei, mestre, mas...

— Não, não, não, Cedric! Chega de desculpas! Você tem ideia do quanto eu me arrisco, enviando-o em missões? Você percebe as acusações que eu enfrento? Isso é absurdo, Cedric! Como posso apoiá-lo, quando você sai passeando por aí com crianças em um momento como este e volta para casa um caco?

Cedric abaixou a cabeça.

— Mestre, eu fiz o que me pediu. Eu lhe trouxe...

— Chega, Cedric. Essa foi a gota d'água. Você falhou comigo. Bem feito para mim, contratando um dragão.

— Não o chame assim! — Lily deixou escapar.

Com um zumbido mecânico, o homem se virou para encará-la. Embora ela não conseguisse ver o rosto dele, sentiu seus olhos nela, e seu próprio rosto corou.

— Há, quero dizer, por favor, não o chame assim. Senhor. Ele salvou nossas vidas. É a pessoa mais corajosa que já conheci.

A figura deu dois passos em sua direção. Então, para o espanto dela, a cabeça, os ombros e os braços do homem planaram até o chão, como se ele tivesse se partido ao meio na cintura. Lily viu duas pernas ridiculamente longas e finas ainda silhuetadas contra a janela, enquanto algo muito menor cambaleava na direção dela.

Lily tentou não encará-lo quando ele se posicionou sob a luz. Era um homem minúsculo, como um anão, mas mais rechonchudo. Um bigode branco desgrenhado complementava a cabeleira rebelde, e a barba mais longa que ela já tinha visto se arrastava atrás dele por vários metros antes de terminar em um coque como um fardo redondo de feno. Ele marchou até Lily e lançou-lhe um olhar furioso por cima dos óculos.

— Quem é você, afinal? — inquiriu ele.

— Meu... meu nome é Lily.

— Isso não me diz nada. *O que* é você?

— Ela é curadora.

Cedric, Lily e o homem se viraram ao mesmo tempo para olhar boquiabertos para Adam, que deslocou o peso de seu corpo de um pé para o outro e cruzou as mãos na frente de si, depois atrás, depois na frente de novo.

— Bem, pelo menos é o que todo mundo fica dizendo — argumentou ele.

— E quem é você? Qual é o significado de tudo isso?

— Ele é um clandestino, mas isso não é importante — afirmou Cedric. — O que ele diz é verdade, mestre. Eu rastreei uma pedra da verdade até a srta. Lily. Lá está ela, pendendo do pescoço dela.

Lily se inclinou e então estendeu o pingente para que o

homenzinho engraçado a examinasse. Ele avaliou a pedra através das lentes dos óculos, e seu queixo caiu em assombro.

— Você? — exclamou ele, estudando o rosto de Lily. — Mas você é apenas uma criança!

Então ele apontou seus óculos para Lily como se fossem uma extensão de seu dedo.

— Onde você conseguiu isso? Você a roubou?

— Não, eu não roubei. Era do meu pai.

— Então você roubou dele?

— Não! Eu nunca roubaria. Eu a encontrei dentro do meu livro.

— Então ele a perdeu? E por que você não a devolveu para ele? Em vez disso, você a guardou para si?

Lily apertou os punhos em frustração.

— Eu não a devolvi porque não pude.

O homem estalou a língua e abanou a cabeça.

— Desculpas, desculpas. Mais uma que só me vem com desculpas.

Lágrimas brotaram nos olhos de Lily, e ela se esforçou para não gritar.

— Eu não estou dando desculpas! Eu não pude devolvê-la porque ele morreu!

Sua explosão deixou o homem em um silêncio atordoado. Ele andava de um lado para o outro na sala e esfregava as sobrancelhas espessas com dois dedos tortos. Lily enxugou as lágrimas e, para se acalmar, concentrou-se no tique-taque de um relógio em algum lugar da sala. Uma longa pausa se seguiu.

Quando o homenzinho falou por fim, ele assumiu um tom muito mais gentil.

— Sinto muito, minha querida. Fui rude. Por favor, junte-se a mim em meu escritório — convidou ele, olhando depois para Adam. — Todos vocês.

Enquanto o seguiam, Lily viu que as "pernas" que ele havia abandonado eram mecânicas, nada mais que pistões e engrenagens, com um conjunto de controles aparafusados em um assento. Ele ignorou a engenhoca e os levou para uma sala octogonal, com sete das oito paredes forradas do chão ao teto com livros. A oitava parede era uma janela enorme com vista para o vale e exibia meia dúzia de telescópios de diferentes tamanhos e configurações. Um antigo lustre de vidro pendia do teto e teria cintilado na luz se teias de aranha e poeira não obscurecessem os ornamentos.

Ele se içou para uma cadeira em uma escrivaninha coberta de pergaminhos, papéis e uma variedade de instrumentos enferrujados.

— Por favor, sentem-se — pediu ele ao grupo, mais por decoro do que por sinceridade, pois não havia outras cadeiras na sala. — Temo ter esquecido por completo minhas maneiras — lamentou ele. — Por favor, me perdoem, mas, considerando a situação atual, imagino que vocês entenderão meu... nervosismo.

Ele tirou uma bola de chiclete já mastigada de um bolso do colete e, para desgosto de Lily, enfiou um pedaço em seu ouvido. Ela esperava que ele não lhe notasse o nariz enrugado quando ela recusou um pedaço para si.

— Ah, assim é melhor — exclamou ele. — Quando meus nervos ficam abalados, isso desequilibra meus tímpanos! Meu nome é Rupert Toggybiffle.

— *Sir* Toggybiffle, na verdade — Cedric acrescentou.

— Sim, sim, Cedric, mas não vamos nos dar ares. Somos todos amigos aqui.

Ele olhou para Flint quando o incandescente deixou o bolso de Lily e correu pela sala.

— Pelo menos, *creio* que somos — atalhou o professor, rescostando-se na cadeira e entrelaçando os dedos sobre a barriga saliente. — Eu sou o mestre intérprete do reino.

— Isso é como um rei? — indagou Lily.

Ele riu e deu um tapa no abdômen com a mão gorducha, provocando uma ondulação pela barriga.

— Oh, não, não, não! Grandes caracóis, isso seria atroz! — avaliou Toggybiffle. Depois de outra risada calorosa, ele enxugou os olhos com um lenço. — Você me lisonjeia, minha querida! Não, eu não sou rei. Sou uma espécie de inspetor.

Ele apontou para o conjunto de telescópios alinhados na janela.

— Eu supervisiono os acontecimentos e reporto para aqueles mais aptos a liderar do que eu. Eu também coordeno ações com os protetores dos sonhos para garantir que tudo esteja em ordem.

Ele limpou os óculos com uma ponta de seu manto desbotado e, quando os colocou de volta no nariz, uma nova mancha cor de areia obscurecia o olho direito.

— É por isso que você está aqui, eu suponho, embora Cedric ainda não tenha me relatado os detalhes.

Ele aguardou a resposta dela, mas Lily não tinha ideia do que dizer.

— Eu sou Lily McKinley — repetiu ela por fim, sentindo as faces arderem ainda mais.

— McKinley... — enunciou ele, lançando um olhar surpreso para Cedric. — Nós *temos* um McKinley, creio eu.

Lily sentiu uma centelha de esperança.

— Poderia ter sido meu pai? — perguntou ela. — O nome dele era Daniel McKinley. A pedra pertencia a ele, e tenho quase certeza de que ele esteve aqui antes.

— E você *acabou* de encontrar a pedra, não foi o que disse?

— Depois que ele morreu, sim. Eu a encontrei no meu livro favorito. Imaginei que ele a teria deixado para mim, antes de ir embora, e eu simplesmente nunca percebi.

— Estranho. Estranho mesmo. Você poderia, por favor, tirá--la do pescoço e trazê-la aqui?

Com uma vivacidade que não parecia possível dado seu físico, Toggybiffle pulou da cadeira e trotou até a janela, cada curva de seu corpo vibrando enquanto ele andava.

A mão de Lily viajou até a corrente em volta do pescoço, mas então ela hesitou.

— Você não vai... você não vai ficar com ela, vai?

— É claro que não, minha jovem! Se for sua por direito, a pedra não me deixará tirá-la de você de qualquer maneira, nem mesmo à força, a menos que você a entregue de bom grado. Eu só preciso fazer, bem, um tipo de teste.

Lily olhou para Cedric, que assentiu e sorriu para ela. Com relutância, ela removeu o pingente do pescoço e seguiu Toggybiffle.

Ele passou por uma série de telescópios, então parou e puxou vários metros de sua barba do chão. Separou o cabelo emaranhado ao meio e, de suas profundezas ásperas, extraiu um instrumento que Lily nunca havia visto antes. Assemelhava-se a um bastão de latão com um laço em forma de diamante na ponta, como uma varinha para fazer bolhas de sabão. Toggybiffle plantou o aparelho em um suporte no chão.

Ele ordenou que Lily enfiasse a pedra da verdade na abertura do bastão antes de girá-lo para a frente e para trás. Após vários ajustes, um raio de sol atingiu a pedra. Então, com um estalo e uma faísca como uma exibição de fogos de artifício em miniatura, a luz se curvou e disparou um feixe brilhante contra a parede oposta.

Todos os presentes se inclinaram para examinar o feixe de luz. Viram projetada na parede a imagem de uma mulher em vestes simples e um lenço na cabeça, com uma paisagem ressecada às costas, curvando-se sobre um poço para tirar água. Com um lampejo, ela desapareceu, e em seu lugar surgiu um homem barbudo de turbante, discutindo com um comerciante em um mercado ao ar livre. Outro lampejo, e um monge em um monastério se inclinou sobre um manuscrito iluminado à luz de velas.

— Não entendo. O que estamos vendo? — perguntou Lily, mas Toggybiffle a silenciou.

A montagem continuou como cenas de um filme. Uma garota indiana em um sári cor de tangerina praticava uma dança tradicional. Um cavaleiro em armadura completa tirou o elmo e se ajoelhou diante do altar de uma capela. Um homem massai, pastor de gado, trajando uma túnica vermelha, caminhou pela savana africana sob um céu que se estendia tão amplo quanto o mar. As imagens se sucediam sem parar.

Algumas fotos despertaram o interesse de Lily em especial. Um senhor idoso, com sobrancelhas brancas espessas e lóbulos de orelha proeminentes, vestindo um paletó de *tweed* e fumando um cachimbo, lembrou-a do autor retratado na contracapa dos livros favoritos do pai. Ela também tinha certeza de ter reconhecido uma mulher de cabelos curtos em pé ao lado de um avião a hélice. Contudo, tão rápidas quanto as imagens apareciam na parede, elas desapareciam também, oferecendo a Lily pouca oportunidade de examiná-las. Logo, a mente de Lily se perdeu em devaneios. Adam também se mostrou inquieto quando o tédio tomou conta.

— Ah-há! — exclamou Toggybiffle, tirando-os de seus pensamentos.

Lily ergueu o olhar e seu queixo caiu.

Lá, estampado na parede, estava seu pai.

Ele estava sentado na cadeira da sala de estar que a avó agora ocupava de maneira perpétua. Uma versão mais jovem de Lily se aninhava em seu colo enquanto ele apontava para palavras em um livro de gravuras. A imagem congelou na parede, como se Toggybiffle a tivesse pausado. Lily deu um passo à frente com a mão estendida e o coração à beira de explodir. Ela tocou a imagem, desejando sentir a aspereza familiar de sua barba desgrenhada. Em vez disso, sua palma apenas descansou contra a face fria e empoeirada da parede.

— Este é meu pai — sussurrou ela.

No instante em que as palavras lhe deixaram os lábios, a imagem desapareceu e o coração de Lily afundou. Antes que ela pudesse protestar, outra figura apareceu e Lily se afastou da parede.

— Ei — alertou Adam. — Essa não é...?

Ele apontou para a imagem de uma garota, vestida com uma camisa de flanela, deitada em uma cama, que estudava uma pedra pálida entre os dedos.

Era Lily.

— O que é tudo isso? — inquiriu Lily, voltando-se para Toggybiffle, depois para Cedric. — O que todas essas imagens significam? Por que eu e meu pai estamos...

— Parece que lhe devo um pedido de desculpas, Cedric — confessou Toggybiffle. — Eu não o deveria ter subestimado. E isto é seu por direito, minha querida.

Ele gesticulou para que Lily removesse a pedra da verdade da varinha.

Lily recuperou a pedra da abertura com as mãos trêmulas.

— Você pode me explicar o que tudo isso significa? Por que todas essas imagens foram armazenadas aqui? E por que elas mostraram a mim e ao meu pai?

— O que você acabou de observar foi um registro — explanou Toggybiffle. — Cada pessoa que você viu foi um curador dos sonhos que uma vez carregou essa pedra.

Ele andava de um lado a outro da sala com as mãos atrás das costas.

— Há vinte e quatro pedras, todas lavradas das rochas do Éden em tempos antigos, antes da queda da humanidade. Antes que sua espécie corrompesse tudo o que era bom.

— Cedric mencionou algo sobre o Éden — recordou Lily, grata por se agarrar a algo familiar.

— Muito bem, Cedric — elogiou Toggybiffle.

Cedric abaixou a cabeça.

Toggybiffle se acomodou de volta na cadeira e prosseguiu:

— A humanidade é uma raça de criadores, minha jovem. Está em sua natureza, pois vocês carregam a marca daquele que criou tudo. Decerto você conhece a alegria de moldar um reino a partir de um pedaço de argila, ou uma selva a partir de um monte de aparas de grama?

Lily assentiu com a cabeça. *Ou uma cidade na montanha a partir de uma pilha de folhas,* pensou ela. *Ou uma fortaleza na casa da árvore a partir de madeira compensada abandonada, e uma poção de invisibilidade a partir de melaço...* ·

— O poder de criar é um dom, minha querida. E em eras antigas, seu povo era capaz de fazer muito mais do que produzir reinos de argila — ponderou Toggybiffle, inclinando-se para a frente e apoiando os cotovelos nos joelhos bulbosos. — Há muito tempo, quando tudo ainda era bom, seus ancestrais imaginavam uma colheita, e frutas maduras pingavam das árvores. Criar era fácil, e sempre foi bom. Mas então...

Ele se recostou na cadeira antes de continuar:

— O mal invadiu o mundo e corrompeu tudo. A humanidade passou a criar para satisfazer seus próprios ganhos egoístas, para a autoadoração, em vez de manutenção e curadoria. E assim, para evitar a destruição de toda a Terra, seus poderes criativos foram limitados. Os homens passaram a poder criar somente por meio do trabalho, e o que restava de suas habilidades mais ricas foi relegado aos sonhos. O reino foi fundado para que as imaginações da humanidade fossem monitoradas, cuidadas e, no caso das formas maliciosas, confinadas.

— Pelos protetores dos sonhos.

— Exato. Por milênios, as pedras escolheram os protetores dos sonhos para que fossem guardiões e curadores do reino. Doze protetores são guardiões dos pesadelos nas Terras Subterrâneas. Os doze restantes são curadores — explanou Toggybiffle; ele fez uma pausa e mirou Lily por cima dos óculos embaçados.

— Como você e seu pai.

O coração de Lily pulou uma batida.

— Nós dois?

— Bem, seu pai primeiro, e agora você desde a morte dele. Ser um curador dos sonhos significa ser escolhido por um poder mais antigo que o próprio tempo para cuidar dos sonhos criados pelos homens. Para supervisionar o florescimento do que o próprio homem não consegue pastorear fielmente.

Lily sacudiu a cabeça.

— Meu pai nunca falou nada sobre ser um curador dos sonhos. Como eu posso ser um deles? Sou apenas uma criança!

— Você tem certeza de que ele nunca mencionou nada sobre isso?

— Bem, agora eu sei que ele esteve aqui. Mas ele nunca me contou que era curador dos sonhos. Ele era paramédico.

— Paramédico?

— Isso. Ele dirigia uma ambulância à noite e, durante o dia, cuidava da minha avó.

Toggybiffle tamborilou os dedos contra a ampla barriga.

— Permita-me fazer uma pergunta — disse ele, girando um grande anel de ouro no dedo mindinho. — Como seu pai morreu?

A pergunta apunhalou Lily como uma faca. Cedric mancou para a frente e se opôs à pergunta a fim de protegê-la, mas se encolheu quando Toggybiffle lhe lançou um olhar de advertência.

— Ele se perdeu no mar — respondeu ela em tom neutro.

— O navio afundou?

Outra facada.

— Não, não foi bem isso. Houve uma tempestade e um acidente. Ele havia partido para Madagascar, para servir em uma missão médica. Ele desapareceu.

— Você tem certeza de que ele está morto?

Lily sentiu os cabelos na nuca se arrepiarem.

— O que quer dizer com isso?

— Bem, você viu o corpo?

— Por favor, mestre! — objetou Cedric, mancando mais um passo para a frente.

Lily encarou o olhar firme do homenzinho estranho.

— Não. Eles não encontraram nada.

— Que peculiar — murmurou Toggybiffle para si mesmo. — Tão peculiar.

— O que é peculiar? — perguntou Lily.

— Se ele tivesse morrido naquele oceano, com a pedra da verdade em sua posse, a pedra teria retornado para nós. Teria chegado a mim, aqui na terceira torre. Entretanto, ele a deu a você *antes* de partir?

— Não, não foi isso que aconteceu. Ele estava com ela quando partiu para a África. Mas então, depois que ele morreu, eu a encontrei no meu livro. Eu só penso que ele deve tê-la deixado, mas não sei quando ou como.

Toggybiffle voltou a andar de um lado para o outro, mas agora ele retorcia as mãos. Ele parou para limpar o suor da testa com um canto sujo do manto.

— Inconcebível. Não faz nenhum sentido.

— O que não faz sentido?

Toggybiffle a estudou, grunhiu e colocou outro pedacinho de chiclete na orelha esquerda dessa vez.

— Os curadores dos sonhos são obrigados por juramento a nunca se separarem de sua pedra da verdade — explicou ele.

— Quando um curador morre, por velhice para os bem-aventurados, por calamidade para os menos afortunados, sua pedra sempre encontra seu caminho até aqui. Então, nós... o Conselho, quero dizer... nos reunimos para identificar o próximo curador. Com frequência, a pedra nos guia em direção ao próximo portador. Ela escolhe o protetor, e nós fornecemos o treinamento, digamos assim.

Ele se inclinou para a frente, e a cadeira rangeu quando ele apoiou os cotovelos nos joelhos.

— Contudo, eu nunca, nunca, em todos os meus anos como mestre intérprete, testemunhei uma pedra da verdade ignorar esse processo — frisou Toggybiffle.

— Quer dizer que ela veio até mim quando deveria ter vindo até você primeiro?

— Correto. E para ser bem franco, minha jovem, não entendo o que isso significa.

As palavras do unicórnio retornaram a Lily, como se escapassem da neblina: *Ele ficará orgulhoso de você. Ficará.* Uma centelha de esperança surgiu no coração de Lily, e ela ousou se agarrar a ela.

— Então, o que faremos agora, mestre? — perguntou Cedric.

— Não tenho certeza se há algo que possamos fazer.

Uma pausa estranha se seguiu, durante a qual Lily olhou para Cedric e Toggybiffle, esperando que um ou outro oferecesse ajuda. Por fim, Adam deu um passo à frente.

— O que quer dizer com não há nada a fazer?

Toggybiffle arqueou uma sobrancelha espessa e suspirou com irritação.

— Quero dizer que não sei como encontrar mais respostas.

— Tem que haver um jeito — redarguiu Adam, de repente parecendo muito mais velho do que o habitual.

— Tenho certeza de que o mestre ainda encontrará um jeito de levá-lo para casa, meu rapaz — garantiu Cedric. — Embora não seja de sua natureza ser razoável, posso lhe assegurar que você não precisa se preocupar quanto a isso.

— Não é disso que estou falando. Claro, eu quero ir para casa, mas depois de tudo que Lily passou, ela não merece saber do que tudo isso se trata? Sobre o pai dela e por que ela está aqui?

Toggybiffle acariciou a barba e inspirou longamente. Ele enrolou alguns cabelos grisalhos da orelha em torno do dedo indicador.

— O Conselho — respondeu ele enfim. — Preciso conversar com os outros.

— O que isso significa? — indagou Adam.

— Significa que vamos para a décima torre. Agora mesmo.

— Mestre — interrompeu Cedric. — Há mais para lhe contar. Quando fui buscar a srta. Lily pela primeira vez, nós vimos...

— Isso terá que esperar, Cedric. O Conselho tem prioridade.

— Eu sei, mestre, mas creio que ele se interessará por isso também. Entenda...

— Mais tarde, Cedric — atalhou Toggybiffle, dirigindo um olhar de advertência a Cedric, e os guiou para fora do escritório.

Os ombros de Cedric tombaram e seu cenho se enrugou de preocupação.

Ao deixarem a sala úmida, questões fustigavam a mente de Lily. Ela se perguntou o que tudo aquilo significava. Ela viu o desconforto nos olhos de Cedric e pensou se, mesmo agora, as mortalhas ainda a caçavam.

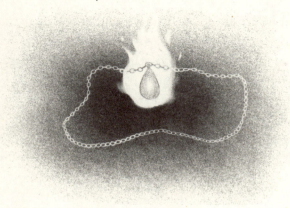

CAPÍTULO 16

O Conselho

O elevador se abriu para um longo corredor com um tapete escarlate levando a uma porta dourada.

— Cedric — sussurrou Lily. — O que é o Conselho?

— Uma assembleia das autoridades mais importantes do reino, entre protetores e nascidos dos sonhos.

Lily engoliu. Rigel se curvou sobre o ombro dela, e Flint, enfiado no bolso da camisa do pai, deu a ela um tapinha tranquilizador.

Um centauro se postava de guarda diante da porta e lhes pediu uma senha. Toggybiffle lhe sussurrou algo no ouvido, e, com um rangido alto, a porta de seis metros de altura se abriu.

— Não *temos* como derrotá-lo — ecoou uma voz à medida que se aproximavam. — Quanto mais mortalhas existirem, mais forte ele se torna. Não conseguiremos subjugá-lo sem os guardiões!

Uma enorme mesa de mogno se estendia pela sala, ao redor da qual se sentava todo tipo de pessoas e criaturas: humanos e fadas, anões e animais falantes. Lily estreitou os olhos para discernir qual dos muitos indivíduos havia se manifestado, mas não conseguiu.

— O que mais uma vez nos leva ao assunto que temos debatido esse tempo todo — retrucou uma voz grave. — *Onde* estão os guardiões?

— Mais três desapareceram ontem — relatou uma terceira voz. — O sinal de suas pedras da verdade simplesmente desapareceu. Nossos exploradores não têm como rastreá-las.

— *Atchim!*

Todas as cabeças se voltaram para o espirro e Cedric enterrou a cabeça nas patas.

— Hmm, desculpe — gaguejou Adam, limpando saliva do queixo.

— Rupert? — ecoou uma voz imperiosa à mesa. — Isso é muito irregular. Por que trouxe crianças aqui?

— Meu soberano — saudou Toggybiffle com uma reverência e seus óculos caíram no chão. Ele os apanhou de forma atrapalhada, pigarreou, expulsando nuvens de poeira e uma mariposa da barba. — Perdoe a intrusão, mestre Merlin. Eu não ousaria interromper se não fosse urgente.

Os olhos de Lily se arregalaram. *Merlin? O mago?*

Um rosnado ondulou pelo ar, seguido pelo ruído de uma cadeira raspando mármore. Uma figura sombria irrompeu da mesa e, quando se aproximou, Lily percebeu que se tratava de um minotauro de tamanho monstruoso, sua mandíbula frouxa revelando dentes verdes encardidos.

— Que assunto os traz aqui? — rugiu ele, as veias que lhe cruzavam o peito inflando. — E o que *você* está fazendo aqui?

Ele apontou um dedo carnudo para Cedric, que se encolheu e desviou o olhar.

— Barth, por favor, controle-se — admoestou Merlin.

Lily rastreou a voz do mago até o meio da mesa e avistou o chapéu torto em silhueta contra a luz.

Enquanto ela se esforçava para enxergar melhor, Adam se inclinou na direção dela.

— O nome do minotauro é Barf? — sussurrou ele. — Barf, o Minotauro?

— Não! Barth!

— Qual é a diferença?

— Velhote, estávamos conversando sobre alguém que se parece de forma notável com *este* aqui — rosnou Barth, mirando Cedric. — Ele não tem lugar aqui! Nunca conheci nenhum dragão em que fosse possível confiar!

— Posso lembrá-lo, Bartholomew, que estávamos conversando sobre outros que se parecem com você também — retrucou Merlin com voz calma e suave.

O minotauro girou para encará-lo.

— Como você se atreve! Você sabe que esta não é minha forma original!

— Sim, sim, mas é a atual. Então, se precisamos aceitar sua situação, vamos estender a mesma cortesia a nosso convidado, que tal?

O minotauro grunhiu, depois retornou bufando a seu lugar. Lily engasgou quando seu cheiro bolorento, como o de um cachorro não lavado, soprou sobre eles.

— Por que você está aqui, Toggy? — perguntou um homem sentado ao lado de Merlin. Ele trajava terno e gravata, e seu sotaque o caracterizava como sendo do leste asiático. — Você conhece os desafios que enfrentamos. Não temos tempo para brincadeiras.

— Eu não sonharia em desperdiçar seu tempo, sr. Tanaka — prometeu Toggybiffle, com outra reverência que lançou seus óculos no chão mais uma vez. — Apresento-lhes um de nossos curadores desaparecidos, a srta. Lily McKinley.

Ele empurrou Lily para a frente e ela estremeceu ante os murmúrios que circularam pela sala.

Merlin se inclinou para a frente.

— *Sir* Toggybiffle, você afirma que esta que é uma curadora dos sonhos?

— Afirmo.

— Você deve estar enganado. Em cinco mil anos, nunca tivemos um curador dos sonhos com menos de vinte anos de idade.

O minotauro socou a mesa.

— Isso é ultrajante! Estamos em guerra e estamos perdendo tempo com crianças!

Um homem com cabelos à altura dos ombros e uma aljava de flechas penduradas sobre o ombro se levantou.

— Concordo com Barth. Um exército de mortalhas se reuniu nas Terras Subterrâneas. Elas formaram uma cavalaria que patrulha a barreira todos os dias, pronta para violá-la a qualquer momento. Não temos tempo para distrações.

Cedric deu um passo à frente.

— A barreira já foi violada.

Um silêncio pesado tomou a sala. Depois do que pareceu uma eternidade, o sr. Tanaka se levantou e se aproximou deles. Lily percebeu que uma cicatriz, o remanescente de algum encontro com uma lâmina, lhe marcava o lado do rosto.

— O que você quer dizer com isso? — inquiriu ele. — Não brinque conosco, dragãozinho. Se mentir, nós o enviaremos de volta à sua terra natal, que alguns aqui já dizem ser o seu lugar. Não prove que estão certos.

— Meus bons senhores, eu não sei nada sobre a barreira — ressalvou Toggybiffle com a mão levantada. — Contudo, posso garantir que Cedric não é nenhum mentiroso. Seguindo minhas instruções, ele rastreou uma pedra da verdade até esta jovem. O registro confirma que ela é a portadora legítima. Ela é uma curadora dos sonhos.

O sr. Tanaka estreitou os olhos e voltou sua atenção a Cedric.

— Conte-nos o que sabe sobre a barreira.

Cedric respirou fundo.

— Uma mortalha nos atacou no mundo desperto.

Exclamações de surpresa encheram a sala.

— Será mesmo? Você tem certeza de que não era outro explorador, disfarçado?

— De jeito nenhum. Ela mudou de formas. E em sua forma mais apavorante, parecia uma versão menor *dele*.

Mais murmúrios.

— Você viu apenas uma?

— Sim, mas acredito que esteja seguindo a srta. Lily. Ela nos atacou de novo no Deserto e no lago abaixo das Cascatas, e em ambas as ocasiões ela a pressionou a entregar sua pedra da verdade.

O murmúrio aumentou.

— Temos que agir agora — gritou o minotauro. — Se elas romperam a barreira...

— Todos sabemos o que vai acontecer, Barth — interrompeu Merlin. — Você não precisa gritar sobre isso.

Apesar dessa advertência, os gritos se seguiram, e a sala logo se transformou em caos.

— Ordem no recinto, por favor! — bradou Merlin.

Quando ninguém o atendeu, o mago ergueu ambas as mãos em direção ao teto. Uma esfera roxa se materializou entre as palmas de suas mãos e explodiu em um pulso de luz. Todos na sala passaram a prestar atenção.

— Muito bom — aprovou Merlin.

Ele levitou pela sala, suas vestes esvoaçando, e se inclinou para a frente para examinar Lily. Seus olhos eram azuis pálidos, quase brancos, e Lily sentiu o impulso de se encolher sob sua inspeção. Ele parecia enxergar através dela em sua busca por respostas.

— Você é bem jovem, não é? — comentou ele enfim em uma voz que a fez pensar em teias de aranha e sótãos empoeirados.

— Sou mais velha do que pareço — retrucou Lily.

— Qual é o seu nome, criança?

— Lily. Lily McKinley.

O arqueiro de cabelos compridos que havia falado antes se levantou de sua cadeira.

— McKinley? Como Daniel McKinley?

O coração de Lily pulou uma batida.

— Isso mesmo! Ele era meu pai.

— É minha honra conhecê-la, Lady Lily — declarou ele, removendo o chapéu. — Seu pai falava de você com frequência e sempre com muito carinho.

— Você conheceu meu pai?

— Ele e eu servimos juntos em muitas aventuras formidáveis. Meu nome é Robin de Locksley. Estou a seu serviço.

— Robin... Espere, você é...?

— Robin Hood, sim — respondeu Merlin. — Em seu mundo, o lendário defensor dos pobres. No reino Somnium, um grande aliado dos protetores dos sonhos e frequente criador de encrencas. — E, o que é mais importante, um grande admirador de seu pai — acrescentou Robin com um sorriso.

— Onde está seu pai, srta. McKinley? — inquiriu Merlin. — Ainda não entendo como a pedra possa estar em sua posse, quando seu pai é seu legítimo dono.

— Parece que Daniel McKinley morreu, mestre Merlin — respondeu Toggybiffle por ela. — A pedra veio até ela na ausência dele.

Merlin franziu o cenho.

— Estranho — comentou ele, seus olhos se estreitando. — Perdemos muitos protetores, mas... não me lembro do nome dele estar entre eles. Não sinto nenhum vazio onde ele deveria estar.

— Talvez porque a jovem tenha preenchido esse vazio? — sugeriu Toggybiffle.

— Talvez — respondeu Merlin, voltando a estudar Lily. Ele lhe levantou o queixo para olhar nos olhos dela. A sensação da mão do mago contra sua pele era como a de um feixe de galhos retorcidos. — E talvez isso não importe. Embora você seja a filha de um curador, e possa ser uma curadora sagrada por uma pedra da verdade, você ainda é muito jovem e inexperiente para nos ajudar agora. Com nossos inimigos à nossa porta, não há tempo agora para instruí-la.

— Mas, Merlin, o que faremos? — perguntou Robin Hood. — Não podemos deixá-la desprotegida e sem fazer nada enquanto estamos ocupados em batalhas. Se for verdade o que o dragão anão nos contou, enquanto ela possuir uma pedra da verdade, Eymah continuará atrás dela. E se as mortalhas violaram a barreira, ele a seguirá para o mundo desperto para encontrá-la.

Merlin deu um passo atrás e prendeu Lily com seu olhar assustador.

— Você quer ir para casa, criança?

Lily pensou em sua mãe, abatida e abandonada. Ela se sentia por completo como a criança que Merlin presumia que fosse e começou a chorar.

— Sim, senhor — admitiu ela. — Estou preocupada com minha mãe.

— Está decidido, então — proclamou Merlin. — Devemos levá-la de volta para ela.

— Isso significa que eu também vou para casa?

Todos se viraram para franzir a testa para Adam, que, até aquele momento, havia se encolhido atrás de Cedric.

— E você é...? — perguntou Merlin com uma única sobrancelha arqueada.

— Eu sou... bem, imagino que se possa dizer que sou...

— Ele é meu amigo — atalhou Lily. Ela olhou para Adam, cujos olhos se arregalaram de surpresa. — E ele também precisa voltar para a casa dele.

— Então está resolvido. Escolheremos um protetor para escoltar a ambos para casa — disse Merlin.

— Mas quem poderíamos poupar? — grunhiu o minotauro. — Precisamos de todos os protetores do reino agora. Preciso lembrá-lo de novo, Merlin, que os guardiões desapareceram?

— Mestre Merlin? Eu ficaria honrada em escoltá-los de volta.

A voz soou como sininhos ao vento, e uma garota flutuou na direção deles. Ela era majestosa, com cabelos cor de lavanda até a cintura e uma coroa de folhas prateadas lhe adornando a cabeça. Um brinco de cristal pendia de cada orelha pontiaguda.

— Ah, Alteza — saudou Merlin com um sorriso. — Jovem curadora, essa é Isla, filha do rei dos elfos da névoa. Ela é também, estou honrado em dizer, um dos poucos curadores dos sonhos que não nasceram da humanidade. Como portadora de uma pedra da verdade...

Ele apontou para uma gema rosa escura disposta em um anel no dedo indicador de Isla.

— ... ela poderá levá-los em segurança para casa — concluiu Merlin.

— Mas, mestre Merlin, ainda não abordamos a questão da segurança dela — insistiu Robin. — Enviá-la para casa não a protegerá de Eymah. Enquanto ela tiver uma pedra da verdade, Lily será um alvo para ele.

— É por isso — declarou Merlin, acomodando-se de novo em sua cadeira com um rangido — que ela vai deixar a pedra da verdade conosco.

A mão de Lily voou para o pingente por reflexo. Ela ansiava por sua casa, e o fardo da pedra parecia mais pesado quanto mais aprendia sobre ela... Contudo, como ela poderia entregá-la? Como poderia se separar de algo tão ligado à memória de seu pai, em especial quando seu entendimento sobre quem ele era estava apenas começando?

— Minha jovem, não sei por que a pedra veio até você após a morte de seu pai, em vez de para o Conselho — disse Merlin. — Porém, enquanto você a carregar, sua vida correrá perigo. E agora todo o reino está sob ameaça. Precisamos encontrar outro curador para carregar essa pedra.

Lily ficou atordoada. Ela sentiu uma pressão no ombro e viu Cedric ao seu lado tentando tranquilizá-la.

— É a melhor maneira, srta. Lily — sussurrou ele. — Prometi que a levaria para casa. Eu sei que é isso que queria o tempo todo. Essa é a melhor maneira.

Lily cerrou os dentes. Ela tirou a corrente do pescoço e sentiu a pedra rolar na palma da mão. Parecia escorregadia, como se houvesse acabado de ser extraída do leito de um regato, assim como seu pai lhe contou que havia feito tantos anos atrás.

Merlin esticou a mão.

— Se você é de fato curadora, não posso tirá-la de você. No entanto, eu lhe peço, por favor, entregue-a para mim.

O momento desacelerou e o barulho da sala se aquietou. As palavras de Cedric rodopiavam em sua mente: *É a melhor maneira*. Lily fechou os olhos, inclinou a mão e o colar caiu.

A pedra nunca chegou à palma de Merlin. Em pleno ar, o pingente explodiu em chamas de forma abrupta. O mago gritou e retirou a mão queimada, e todos na sala do Conselho, tanto humanos quanto nascidos dos sonhos, observaram com espanto quando a pedra decolou. Ela cruzou metade do comprimento da mesa e parou.

Gravado na superfície da mesa, como se traçado em um pergaminho antigo, um mapa do reino Somnium se espalhava em linhas e letras douradas. Pairando sobre o mapa, a pedra disparou um único raio brilhante, como luar contra a neve fresca, e iluminou um único ponto.

Merlin afastou um anão que havia se posto de pé na cadeira. Ele se inclinou sobre a mesa e suas sobrancelhas se uniram em uma só linha ao estudar o local de descanso da luz.

— A Caverna das Luzes — identificou ele.

O coração de Lily se agitou. Esquecendo que ela era apenas uma criança ansiando por voltar para casa, ela veio correndo do outro lado da sala e se colocou ao lado de Merlin.

— O que disse? — indagou ela, segurando-o pelo cotovelo.

Merlin se surpreendeu com o puxão repentino.

— A pedra está nos mostrando a Caverna das Luzes.

Antes que ela pudesse se conter, Lily explodiu em uma gargalhada.

— Minha nossa! — exclamou Merlin. — Criança, o que você tem?

Ela colocou a mão no peito e lutou para retomar o fôlego.

— É o meu pai — replicou ela. — Meu pai está vivo!

CAPÍTULO 17

A canção

No momento em que Lily mencionou o pai, a pedra da verdade rolou na direção dela e pousou em sua mão aberta. Para sua surpresa, embora ainda fumegasse e estalasse, a pedra parecia fresca ao toque e não queimou sua pele.

— Muito curioso, sem dúvida — admitiu Merlin.

— Por que pensa que seu pai estaria vivo? — perguntou o sr. Tanaka.

— A Caverna das Luzes — respondeu Lily. — Meu pai disse que eu sempre poderia encontrá-lo lá.

Um grunhido atravessou a multidão.

— Estou dizendo a verdade! — insistiu ela. — Nem eu seria capaz de inventar algo assim. Ele estava sempre cantando rimas, mas essa música era diferente. Ele a cantava todas as noites, e era sobre a Caverna das Luzes!

Merlin deu um passo à frente.

— Minha jovem, não tenho dúvidas de que seu pai cantou para você sobre a Caverna das Luzes. Ele era um curador dos sonhos, afinal — observou ele, acariciando-lhe a cabeça como se ela fosse um cachorro desamparado. — Mas suas canções de ninar não provam que ele esteja vivo agora.

— Por favor. Eu sei que parece loucura, mas isso é um sinal dele. Ele está tentando me dizer que está vivo. Por favor, acredite em mim.

— Estamos perdendo tempo! — bramiu o minotauro.

Um protesto irrompeu da multidão como uma onda, e Lily sentiu-se afogando em meio às vozes crescentes. Ela olhou em torno à procura de auxílio.

— Robin Hood! — chamou ela. — Você é amigo do meu pai. Você deve saber que ele tentaria me contatar, se pudesse...

— Mestre Merlin, ela talvez esteja certa — opinou Robin. — A Caverna das Luzes era o esconderijo de Daniel. Ele me disse para procurá-lo lá se nos separássemos em uma missão.

— Do outro lado do Ermo dos Esquecidos? — zombou o minotauro. — Bem na fronteira das Terras Subterrâneas? Que belo esconderijo.

— As mortalhas também a evitam — rebateu Robin. — É uma ideia mais esperta do que parece.

— Mesmo que ele tenha se escondido lá, não temos provas de que ele esteja lá agora — ripostou Barth. — Não arriscarei o reino com base na especulação de uma criança imprudente!

Merlin mirou Lily por sobre os óculos.

— Minha jovem, além da canção de seu pai, você tem alguma *evidência* de que ele está vivo? Alguma prova?

Dezenas de olhares se concentraram nela de uma vez. Muitos dos membros do Conselho franziam o cenho e pelo menos um deles tamborilava os dedos contra a mesa com impaciência.

A língua de Lily parecia areia na boca, e ela ficou tentada a desistir. Entretanto, ela pensou naquele momento no penhasco, quando a possibilidade de seu pai ainda estar vivo pela primeira vez a atingiu como um vento frio. Ela tomou fôlego.

— Pax — disse ela. — Pax me contou.

A sala explodiu em berros.

— Absurdo! — protestou um anão.

— Impossível! — gritou uma mulher com orquídeas nos cabelos.

Barth socou a mesa com o punho carnudo.

— O príncipe Pax não é visto no reino há mil anos! — rugiu ele.

Merlin ordenou que todos se calassem. Ele se aproximou tanto de Lily que ela enxergou os poros naquele nariz torto.

— Você viu o príncipe Pax? — questionou ele. — Não minta para mim, criança.

Lily assentiu com a cabeça.

— Vi.

Clamores voltaram a preencher a sala.

— Onde você o viu? — indagou Merlin.

— Ele salvou Adam quando ele caiu de um penhasco, junto ao rio.

— Quais foram as palavras exatas dele?

— Que meu pai ficará orgulhoso de mim. Ele não disse que ele "estava orgulhoso". Ele disse "ficará". Como se eu fosse vê-lo de novo.

— Então o príncipe não disse *explicitamente* que seu pai estava vivo. Você apenas deduziu isso.

Lily esmoreceu, sentindo-se derrotada.

— Não, senhor. Na verdade, ele não disse essas palavras.

Merlin esfregou as mãos e deslizou de volta para seu assento.

— Se de fato o príncipe Pax retornou, isso talvez signifique maravilhas para a nossa causa — anunciou ele. — Contudo, até que ele divulgue sua presença a este conselho, sugiro que continuemos com os procedimentos. *Sir* Toggybiffle, por favor, auxilie a jovem. Consultaremos um avaliador e veremos se é possível dissipar seja qual for essa força que vincula a pedra a esta criança. Assim, ela poderá ir para casa.

— Espere — replicou uma mulher alta, bonita, com tez escura e fios de ouro entrelaçados nos cabelos, que emergiu da multidão. — Não a dispense ainda.

Por razões que Lily não conseguiu discernir, um silêncio tomou a sala. Até Barth se calou.

— Essa canção de que falou — disse ela com um sotaque etíope refinado. — Cante-a para nós.

Lily gaguejou uma desculpa sobre suas inabilidades vocais, mas antes que pudesse terminar, a mulher pressionou a palma da mão na testa de Lily. Rigel guinchou e Flint subiu ao ombro da menina para defendê-la.

— Está tudo bem, srta. Lily — sussurrou Cedric ao ouvido dela. — Nyssinia não vai machucá-la.

Os olhos de Nyssinia se fecharam, e uma luz dourada lhe irradiou da palma da mão e lhe subiu pelo braço como a manga de uma blusa. Para o espanto de Lily, um par de asas pontilhadas de ouro e mais largas que a envergadura da maior das águias se abriu às costas de Nyssinia.

Em uma voz que trouxe angústia a todos na sala, Nyssinia cantou a canção de Daniel McKinley:

Leve-me além do regato prateado
Para o reino dos sonhos vivos.
Lá, na noite calma e sussurrante,
Esperarei por você na Caverna das Luzes.

Quando ela terminou, todos permaneceram em silêncio, agarrando-se ao momento como se este pudesse se estilhaçar.

— Ela fala a verdade — atestou Nyssinia, abrindo os olhos.

— A pessoa que segurava essa pedra? Seu coração ainda bate.

O zunzum na sala ressurgiu.

— Não posso confirmar o paradeiro atual dele agora — continuou ela. — No entanto, no passado recente, ele esteve na Caverna das Luzes, como afirma a menina.

Ela indicou Lily com a cabeça.

Toggybiffle, até então encolhido ao fundo, levantou a voz.

— Amigos, os protetores dos sonhos estão desaparecendo de nosso meio. Não podemos abandonar mais um às sombras. A pedra da verdade está buscando um de seus portadores, e proponho que a ajudemos a encontrá-lo.

— Isso é fácil para você propor — rosnou o Minotauro.

— É sempre o mesmo com você, Toggy. Somos nós que arriscamos nosso pescoço enquanto você brinca com seus telescópios e livros!

— Chega, Bartholomew! — advertiu Merlin. — Toggybiffle tem razão.

— Quem vai, porém? — perguntou o sr. Tanaka. — Com nosso mundo sob perigo, a quem podemos poupar para essa jornada?

— Eu irei — ofereceu-se Robin Hood. — Seria uma honra poder resgatar um amigo.

— E ele se sentiria honrado pelo seu resgate — respondeu Merlin. — No entanto, não podemos permitir. Todos os bandidos da Floresta de Sherwood respondem a você, Locksley, e não podemos arriscar que eles passem para o outro lado na sua ausência.

Isla, até então assistindo de longe, deu um passo à frente, seus longos cabelos tremulando como uma onda.

— Minha oferta ainda permanece, mestre Merlin. Daniel McKinley foi um de meus mentores durante meu aprendizado. Por gratidão, terei prazer em ajudá-lo.

Merlin assentiu com a cabeça.

— Muito bem, Majestade. Mas peço que partam rápido. Será necessária na frente de combate iminentemente — alertou ele, depois se virou para Toggybiffle. — A criança permanecerá sob seus cuidados até a partida dela, mestre intérprete.

— Claro, meu soberano — respondeu Toggybiffle, a barba tocando o chão quando se curvou, mas, por sorte, desta vez os óculos permaneceram no lugar. — Porém, permita-me perguntar, sua excelência, e quanto aos amigos dela? Em especial, esse rapaz desengonçado não faz parte dos nossos negócios.

Ele apontou para Adam.

— De fato — concordou Merlin. — Isla, antes de embarcar, por favor, acompanhe o conhecido da garota para a casa dele no mundo desperto.

— Na verdade, não, obrigado — retrucou Adam, raspando o tapete cintilante com a ponta do tênis sujo. — Eu gostaria de ir com a Lily.

— Você não tem nenhum papel aqui, meu jovem — rebateu Merlin. — Você estará muito mais seguro em seu próprio mundo.

— Eu sei. Mesmo assim, eu gostaria de ficar e ajudar.

— E eu pretendo acompanhá-la também, mestre Merlin — acrescentou Cedric, mancando para a frente, apoiando-se na cauda ferida. — Prometi que a levaria para casa em segurança e não tenho intenção de quebrar minha promessa.

Merlin suspirou.

— Muito bem. Este assunto está terminado. Vamos passar adiante.

— Eu também vou com eles — anunciou Nyssinia, suas asas dobradas em um arco gracioso.

Antes que Merlin pudesse responder, Isla ergueu a mão.

— Estimados membros do Conselho, se mal podem me poupar, decerto não podem poupar Nyssinia. Ela é valiosa demais para a causa.

— Meu valor não é determinado por aqueles que se sentam a mesas — revidou Nyssinia.

— Então o que determina? Suas ações?

— Chega! — bradou Merlin, esfregando a testa com a mão ossuda. — Nyssinia, sua intuição pode ajudar nessa busca. Obrigado. Você pode acompanhá-los.

Isla fez uma careta.

— Mestre, é sério, eu...

— Este assunto está terminado! — repetiu Merlin, socando a mesa. — Toggybiffle, cuide de seu grupo. Que a memória de Pax e de tudo o que é bom acelere o cumprimento dessa missão. Agora, devo pedir que todos saiam, para que possamos retornar à situação mais premente em mãos.

Toggybiffle os guiou para fora. Enquanto deixava a sala, Lily notou Isla e Nyssinia trocando olhares furiosos. Os olhos de ambas as mulheres faiscavam com desprezo.

CAPÍTULO 18

A missão começa

— Octavia! Oslo! Venham, por favor!

Toggybiffle bateu as mãos e a enorme porta de madeira se abriu com um rangido. Lily, reclinada em um sofá sob uma janela de vitral, se empertigou de súbito quando dois polvos gigantes, com os braços sobrecarregados com pratos, toalhas e um bule fumegante, deslizaram para dentro do escritório. Cada um tinha a cabeça gelatinosa coberta por uma bolha de plástico, como o capacete de um astronauta, mas cheia de água.

— Srta. Lily, quero lhe apresentar Octavia e Oslo, meus assistentes. Se precisar de alguma coisa, basta pedir, e eles garantirão que seja atendida.

Lily nunca julgou possível que um polvo se curvasse em uma reverência, mas Octavia ofereceu um floreio com três de seus oito braços. Rigel, aninhado no assento ao lado de Lily, inclinou a cabeça para o lado, surpreso.

— Ela precisará ter suas feridas tratadas, e também necessita de um banho quente, roupas frescas, chá e biscoitos — listou Toggybiffle. — E esta noite, um assado para o jantar. Jovem curadora, você prefere coelho, javali ou veado? Ou todos os três?

— Hã, apenas frango, por favor, se não for problema.

— Um apetite tão modesto! Bem, seja como quiser. Frango assado, Octavia! E traga-o bem quente, não como da última vez!

Octavia dobrou dois tentáculos diante dela em um gesto ofendido, depois colocou o bule e uma leiteira sobre a mesa ao lado do sofá onde Lily estava sentada. Enquanto Oslo partia para cumprir as ordens de Toggybiffle, Octavia deslizou atrás de Lily e lhe examinou o ombro. Lily recuou ao primeiro toque de um tentáculo, mas Octavia foi tão gentil que logo ela ignorou a sensação viscosa.

— Ah, o chá — anunciou Toggybiffle.

Ele ergueu várias porções de barba do chão, separando os cabelos ao meio e retirou duas xícaras com pires. Ele repuxou vários metros de barba até encontrar um açucareiro e um par de pinças.

— Um torrão ou dois? — ofereceu ele, depois de servir uma xícara a Lily.

— Um, por favor.

— Certo. Dois soa perfeito.

Ele largou dois cubos na xícara dela, espirrando-lhe chá no rosto. Flint, até então dormindo no colo dela, subiu para enxugar o rosto de Lily com o colarinho da camisa.

— Grandes caracóis! — exclamou Toggybiffle, recostando-se em uma cadeira e apoiando a xícara de chá sobre a ampla barriga. — Aí está esse pequenino de novo. Ele é novo, suponho? Lembro-me de quando o pássaro chegou ao reino anos atrás. Criatura fascinante, se quiser minha opinião. Porém, nunca antes vi esse sujeito chamejante por minhas lentes de campo.

— Ele é um incandescente — observou Lily com um sorriso. Ela descansou a mão sobre a mesa e Flint subiu-lhe na palma.

— Eu sonhei com ele quando estávamos acampados junto às Cascatas. Ele tem sido um bom amigo desde então.

Toggybiffle derrubou a xícara, respingando chá para todos os lados.

— Você acabou de dizer que sonhou com ele?

Lily acariciou a cabeça de Flint com um dedo.

— Hm-hum. Perto do lago. Ele reacendeu nossa fogueira quando Cedric se feriu.

— Mas você o *imaginou?* Não no passado, mas naquele momento? E ele apareceu na sua frente?

Lily assentiu.

— Ora, grandes caracóis! Temos uma artesã em nosso meio! Você é mesmo cheia de surpresas, não é, minha jovem?

— Cedric mencionou essa palavra, *artesã*. O que significa?

— Oh-ho-ho! — gargalhou Toggybiffle. — Significa que você é especialmente talentosa, minha querida! Veja bem, os curadores dos sonhos podem usar as pedras da verdade para invocar os seres do reino Somnium que já existem. É assim que controlam e protegem os que estão em seu rebanho. Mas um artesão! Um artesão pode criar *novos* seres, bem onde estão.

Ele apanhou uma das metades da xícara quebrada e, com a colher, mexeu a poça de chá que havia sobrado nela.

— Eu lhe devo um pedido de desculpas, srta. Lily. Há muito mais em você do que aparenta, isso está claro.

Ele sorveu o chá e Lily tentou ignorar os resíduos que se agarravam ao bigode dele.

— O que pensa que está acontecendo, *sir* Toggybiffle? — indagou ela. — Se meu pai está vivo, por que a pedra está comigo?

— Suspeito que apenas a Caverna das Luzes tenha a resposta para esse mistério. No entanto, se quiser que eu arrisque um palpite...

Ele secou a boca com o manto e franziu a testa em concentração.

— Aposto que ele legou a pedra — concluiu ele.

— Legou?

— Isso, legou. Ele cedeu a posse dela, liberando-a para que passasse para o próximo curador de direito. É raro que aconteça, pois isso coloca a pedra da verdade nas mãos de um protetor sem nenhum treinamento. No entanto, quando se está em apuros, é uma opção.

— Então quer dizer que ele a cedeu para mim?

— Não exatamente. Ele a cedeu para seu próximo dono, isso é certo. Porém, ele não teria como saber que seria você. Somente as próprias pedras da verdade conhecem a linha de sucessão dos protetores dos sonhos, embora eu suspeite que a pedra em si nunca teve a intenção de chegar até você quando ainda tão jovem.

— Então, por que ela fez isso? E por que meu pai a cederia em primeiro lugar?

O rosto de Toggybiffle se fechou.

— Temo a resposta para essa pergunta, srta. Lily. Quase tanto quanto temo o exército se reunindo nas cavidades das Terras Subterrâneas.

O coração de Lily acelerou. Ela queria saber mais, mas tinha medo do que poderia descobrir.

Um estrondo arrancou Lily de seus pensamentos, e, com uma enxurrada de tentáculos a se contorcer, Oslo irrompeu na sala carregando uma bandeja de biscoitos. Robin Hood e Isla entraram atrás dele.

— Ah, está se recuperando bem, eu vejo! — celebrou Robin.

— Você tem a melhor enfermeira em todo o reino Somnium, minha senhora.

Ele se inclinou para a frente e sussurrou bem alto:

— Ela faz um pouco de meleca, mas ninguém se compara em termos de habilidades.

Octavia borbulhou, ofendida. Depois de limpar e medicar as feridas no ombro de Lily, ela aplicou bandagens frescas como um toque final e depois enrolou um tentáculo em torno de Rigel. O francelho estava dormindo e piou assustado quando ela lhe cutucou a asa quebrada.

Lily riu, mas se aquietou quando vislumbrou Isla. Ela parecia levitar quando caminhava, cada movimento gracioso e elegante. *Eu gostaria de ser como ela,* pensou Lily.

— Obrigado por sua ajuda, princesa Isla — disse Lily.

Isla riu.

— Chame-me apenas de Isla. O prazer é meu. Seu pai é um professor paciente e talentoso, e devo a ele meu aprendizado. Ajudá-lo agora é o mínimo que posso fazer.

— Eu lhe trouxe algo — disse Robin a Lily com um sorriso brincalhão.

Ele tirou um pano encardido do bolso e o entregou a ela. Lily desdobrou os cantos, e, no centro da trouxa, brilhava a concha de um mexilhão de vidro. Bolhas de ar brotavam do centro, e fios de ouro rosa contornavam as bordas. Lily perdeu o fôlego ao vê-la e girou-a nas mãos como se o mais leve toque pudesse quebrá-la. Os contornos da concha, tão perfeitos, transportaram Lily de volta aos dias à beira do mar com sua família, com a água batendo em seus tornozelos e a areia que não largava de seus dedos depois de uma tarde construindo castelos na praia.

— É um ricoxilhão — explicou Robin. — Seu pai queria que você o tivesse.

— É lindo! Muito obrigada!

Robin dobrou os braços.

— Bem, vá em frente. Jogue-o.

Lily apertou a concha entre as duas mãos.

— O quê?

— Dê um arremesso.

— Não, eu não posso! Se eu fizer isso...

— Ele não vai quebrar. Confie em mim — garantiu Robin com um sorriso.

Embora arremessar um tesouro tão frágil desafiasse a lógica, a bondade nos olhos de Robin a convenceu. Lily curvou o braço para trás. Toggybiffle fugiu correndo da sala, derramando o resto de seu chá no processo. Octavia deslizou para debaixo do sofá e Isla se apoiou contra uma parede.

Lily lançou a concha e se preparou para o impacto e a chuva de cacos de vidro quando ela atingisse o chão. Nada poderia tê-la preparado para o que aconteceu.

A peça de vidro traçou um arco pelo ar, atingiu o chão e depois quicou. Ela disparou em direção ao teto a mais de cem quilômetros por hora, estilhaçando os cristais do lustre enquanto acelerava. Em seguida, ricocheteou no teto, correu em direção à porta e se reorientou direto para a cabeça de Lily. Ela se abaixou, apenas para ver o ricoxilhão esmagar o bule de Octavia. Rigel guinchou e se esquivou do projétil quando este passou voando pela lareira.

De um lado para o outro, o ricoxilhão atravessou a sala como uma bola de raquetebol, destruindo tudo em seu caminho, até que Robin, com uma risada calorosa, apanhou a concha na mão. Ele devolveu o ricoxilhão a Lily, e ele estremeceu na palma da mão dela, mas nenhum arranhão lhe marcava a superfície.

— Seu pai o guardou para você, mas estava preocupado que sua mãe não aprovasse até que você fosse mais velha — revelou Robin, ainda rindo. — Imagino que ele estivesse certo.

— Estava mesmo! — concordou Lily com uma risada nervosa.

Ela imaginou os danos que ela teria infligido à porcelana da mãe com um objeto como aquele.

— Seu pai venceu um bando de rufiões com ricoxilhões como este certa vez — recordou Robin. — Ele os atraiu para uma praia onde havia espalhado dezenas de conchas na areia. Quando os patifes invadiram a costa, seus passos acionaram todos os ricoxilhões de uma só vez. Foi genial.

Lily sorriu. Histórias sobre o pai lhe davam a sensação de um cobertor em uma noite de inverno.

— Grandes caracóis! Minha nossa! Espero que esteja preparado para me indenizar pelos danos, *sir* Robin! — vociferou Toggybiffle ao retornar para a sala. — Você destruiu meu escritório!

Robin deu uma piscadela a Lily, depois se virou para Isla.

— Você fará as honras, minha senhora?

— Muito bem, mas faça o favor de se controlar — pediu Isla. — Minha presença aqui não é desculpa para palhaçadas. E Lily, por favor, mantenha essa coisa escondida. Nossa busca já é perigosa sem a ajuda de conchas voadoras.

As mãos de Isla dançaram no ar como um par de pombas, e uma névoa cor de lavanda se materializou entre as palmas das mãos dela. Com um retorcer de pulsos, ela enviou a nuvem em direção ao teto, onde envolveu o lustre. Em seguida, a névoa se estendeu até a mesa onde estava o bule quebrado. Para o espanto de Lily, à medida que a névoa recuava, cada caco de vidro e cerâmica se remontou, sem uma única rachadura ou remendo.

— É assim que nos preparamos para uma missão?

Todos eles se viraram. Junto à porta estava Nyssinia com as asas dobradas contra as costas.

— Garanto-lhe que Eymah não está brincando com bules e jogos de bola.

— A jovem curadora está ferida, madame Nyssinia — retrucou Toggybiffle. — Ela precisa de uma noite para descansar e sarar.

Nyssinia não respondeu; em vez disso, estudou cada um deles com seus olhos penetrantes.

— Obrigada por vir conosco — agradeceu Lily, reunindo coragem para falar. — E por descobrir a verdade sobre meu pai.

Nyssinia inclinou a cabeça para o lado, como um falcão examinando um movimento nos arbustos.

— Eu sou uma sirena — disse ela, como se isso explicasse tudo.

— Como... como sabia que meu pai estava vivo?

— Como acabei de dizer, sou uma sirena. Eu lido com canções. É o que eu faço.

— Conte a ela o que mais você faz, Nyssinia — instou Isla, o tom de voz drenado da simpatia anterior e com gelo nos olhos ao fitar Nyssinia. — Conte a ela mais sobre o poder de suas canções.

— Não me desafie, Isla. Você venceu antes, mas não vencerá de novo.

— O tempo dirá.

Enquanto Lily observava a conversa, viu Isla cerrar os punhos. Nyssinia estalou a língua e voltou a pousar seu olhar penetrante em Lily.

— Descanse e se recupere bem, curadora. Partiremos quando o sol raiar.

— Obrigada. E, mais uma vez, obrigada pela ajuda.

Nyssinia suavizou o tom de voz.

— É meu privilégio — replicou ela.

Então, com um murmúrio de asas, ela se virou e deixou a sala. Mesmo depois de ela ter partido, Isla continuou a fitar a porta, o rosto congelado em uma expressão de desprezo.

— Por que você não gosta dela? — indagou Lily.

Sem olhar para ela, Isla arqueou uma sobrancelha.

— Você não está familiarizada com a mitologia grega?

Lily não respondeu. Anos antes, ela havia lido algumas histórias sobre Zeus e Hera, e também sobre Pégaso e Belerofonte, mas, depois de se aprofundar nas histórias de Camelot, sua memória sobre sirenas era vaga.

— As sirenas atraem muitos marinheiros à morte com suas canções — explicou Isla. — Não se pode confiar nelas.

— Mas a senhora Isla sabe que Nyssinia é de um clã diferente — rebateu Robin Hood. — A família dela tem servido ao reino com lealdade por gerações.

Isla não respondeu. Ela se inclinou em direção a Lily.

— Apenas fique perto de mim. Eu a manterei a salvo — sussurrou ela, depois sorriu. — Nyssinia está certa sobre uma coisa: quanto mais cedo partirmos, melhor. Partiremos amanhã ao amanhecer.

Ela acenou para Robin, que deu a Lily uma última piscadela antes que os dois deixassem a sala.

Horas depois, depois que Lily desfrutou de um banho, algumas roupas frescas e um bom tempo admirando a beleza dos vales abaixo do castelo, Toggybiffle lhe bateu à porta e a chamou outra vez. Antes que ela pudesse responder, a porta se abriu e Octavia e Oslo se arrastaram para dentro da sala equilibrando pratos em braços agitados.

Lily se aproximou para ajudá-los, mas Oslo borbulhou em protesto e insistiu em servi-la sem ajuda. Com um floreio de tentáculos, uma bela refeição logo adornava a mesa central, e os aromas de frango assado, batatas com ervas, pudim de castanha e suflê de chocolate perfumavam a sala. Lily tinha comido pouco desde que haviam deixado as Cascatas, e seu estômago rosnou ao ver o banquete.

— Ah, aqui estamos! — exclamou Toggybiffle.

Ele revistou a barba em busca de um guardanapo de pano. Quando encontrou um, ele o amarrou ao redor do pescoço, mas era pequeno demais — uma mera aba debaixo do queixo, em comparação com os metros e metros de barba que se arrastavam atrás dele no chão. Ele avaliou a mesa e depois bateu as mãos em aplauso.

— Muito bem, Octavia, muito bem! Fez um trabalho excelente desta vez!

Oslo grunhiu em desaprovação.

— Ah, claro! Você também, Oslo! Você fez... hã, a gelatina, suponho?

Oslo resmungou e depois deslizou para fora da sala com um suspiro. À porta, ele trombou com Cedric, que se inclinou para a frente para perguntar se o jantar incluía algo que ainda estivesse se contorcendo. Oslo respondeu com um *blub* e depois prosseguiu em seu caminho, deixando uma mancha oleosa na camisa de Adam ao esbarrar nele.

Cedric entrou coxeando ao lado de Adam. Uma bandagem ocultava seu olho esquerdo e ataduras limpas cobriam suas feridas, mas mesmo esses curativos não conseguiam esconder que ele estava alquebrado e machucado, a cauda torta, as escamas surradas e arranhadas.

Lily esqueceu a fome por um momento. Ela se ajoelhou e colocou os braços em volta dele.

— Cedric, muito obrigada — disse ela. — Se você não tivesse me trazido até aqui, nunca teríamos descoberto que meu pai está vivo.

Cedric enrijeceu quando ela lhe pressionou um dos ombros com muita força.

— Apenas cumprindo meu dever, srta. Lily — respondeu ele, afastando-se e evitando-lhe o olhar. — Foi uma honra.

— Chega de bla-bla-blá! — censurou Toggybiffle. — Estou faminto! Vamos comer.

Adam se sentou ao lado de Lily. Não falou nada a princípio, devorando, calado, duas coxas de frango e um grande pedaço de pão. Por fim, depois de tomar uma xícara de chocolate quente, ele se voltou para ela.

— Seu pai parece muito legal — comentou ele, estudando um osso de frango e girando-o entre os dedos como um palito.

— É mesmo — concordou ela.

— Quer dizer que ele sabia mesmo tudo sobre este lugar? Ele já tinha lhe contado sobre isso?

— Ele me contou muitas histórias e desenhou esboços deste castelo em meu livro favorito. Mas eu não sabia que era tudo real.

Adam jogou o osso de frango em seu prato e respirou fundo.

— Sinto muito por ter jogado seu livro em uma poça. Foi muita estupidez da minha parte.

— Tudo bem. Acredite, eu faço coisas estúpidas o tempo todo. Mas tem certeza de que não há problema se você vir comigo? Sua mãe vai ficar bem?

Ele deu de ombros.

— Ah, eu nunca passo muito tempo em casa de qualquer jeito. É provável que eu cause mais dor de cabeça quando estou lá.

— Bem, obrigada. É bom ter um amigo aqui.

Adam assentiu com a cabeça e, sem fazer contato visual, sorriu.

Eles comeram e riram, saboreando a comida e compartilhando memórias até que o sol afundou por trás das montanhas e as estrelas acordaram de suas camas sombrias. Quando a sala se revigorou com o frio, Flint acendeu um fogo crepitante na lareira, e Rigel pousou na mesa junto a Lily para bicar a carne de alguns ossos de frango que havia deixado de lado. Lily persuadiu Cedric a experimentar o suflê e, embora ele protestasse contra comida estacionária, o brilho nos olhos revelou que ele havia adorado. Quando a tarde se tornou noite, eles se despediram e, pela primeira vez em meses, Lily dormiu profundamente.

Na manhã seguinte, eles se encontraram do lado de fora do Castelo Iridyll, nas encostas de granito do Pico Calvo, que refulgia em azul sob a luz matinal. As poças de água refletiam o céu como espelhos e, quando Isla acenou com a mão sobre uma delas, uma névoa se reuniu sobre a água. Ao se dissipar, um mapa do reino bruxuleava na superfície plana da poça.

— A Caverna das Luzes está aqui, na fronteira da Floresta Petrificada — descreveu Isla, apontando para uma marca na beira de um bosque. — Para chegar lá, atravessaremos o Ermo dos Esquecidos.

— Esse território é parte das Terras Médias, e nenhum explorador tem relatado atividades de mortalhas por lá — acrescentou Toggybiffle. — Quando chegarem à caverna, no entanto, estarão às portas de Eymah. Esperem se deparar com o perigo, meus amigos.

— Concordo — replicou Isla. — É melhor nos apressarmos. A pé, a jornada levará vários dias. Pelo ar...

Ela olhou para o céu claro.

— ... estaremos lá ao pôr do sol.

— A escolha é simples — afirmou Nyssinia, abrindo as asas como uma faixa de ouro. — Você pode voar tão longe?

Lily se virou para seguir o olhar de Nyssinia e viu Cedric se aproximar da poça. Ao vê-lo, o queixo de Lily caiu. As ataduras e o curativo no olho haviam desaparecido, e nenhum sinal de ferida ou cicatriz lhe marcava a pele. Como ele havia se curado tão rápido?

Cedric pôs-se em posição de sentido.

— Sim, minha senhora — garantiu ele. — Prefiro perder a vida a falhar com a causa.

Isla colocou a mão no ombro de Lily, bem sobre suas feridas, e Lily recuou.

— Eu não ia machucá-la — retrucou Isla.

— Desculpe. É só que meu ombro está machucado.

— Está?

Lily franziu a testa e depois percebeu que não sentia nenhuma dor. Ela olhou para o ombro e, pela gola da camisa, puxou para o lado as ataduras. Seus ferimentos haviam se curado por completo.

Isla riu.

— Você parece surpresa. Por que pensa que Octavia tratou suas feridas ontem?

— Mas... eu nunca tinha visto...

— Você está no reino Somnium, Lily McKinley — Isla lembrou-a. — Você deveria estar preparada para ver coisas que nunca testemunhou antes. Agora...

Isla apontou para a pedra da verdade de Lily.

— Você já teve alguma prática com esse brinquedo?

— Eu fiz coisas acontecerem, mas não sei como.

— O segredo é pedir ajuda e saber que ela virá.

Isla ergueu o punho para o céu, e sua própria pedra da verdade, afixada em um anel de ouro em um dos dedos, cintilou em tons de rosa. Emitiu um lampejo, e Lily e Adam cambalearam para trás quando um grifo empinou diante deles. Seu guincho ecoou pelas montanhas, e suas garras gravaram linhas nas encostas de granito do Pico Calvo. Isla apontou para Lily.

— Agora, tente você.

Lily fechou a mão sobre a pedra, suando. O que ela deveria fazer? *Por favor, me ajude*, orou ela.

Nada aconteceu.

— Você está pedindo, mas não acredita — reprovou Isla. — Você precisa *saber* que uma resposta virá, mesmo que seja uma que você não espera.

Lily tentou de novo, mas a ansiedade se agitou dentro dela. A pedra permaneceu opaca.

— Estamos perdendo tempo — queixou-se Nyssinia. — Precisamos ir!

— Nunca é perda de tempo treinar um curador dos sonhos — argumentou Isla. — Você com certeza aprecia o valor da aprendizagem?

Ante esse comentário, as asas de Nyssinia tremeram de raiva.

— Alteza, Nyssinia tem razão — interrompeu Toggybiffle. — O sol sobe cada vez mais alto. Vocês não podem se demorar.

Isla soltou um suspiro.

— Muito bem. Talvez durante a jornada surjam oportunidades para você praticar suas habilidades. Você e seu companheiro podem vir comigo.

Ela montou as costas do grifo e mergulhou as mãos nas penas dele, depois gesticulou para que Lily e Adam se juntassem a ela. Rigel executou uma rápida pirueta e um freio prateado com rédeas longas desceu flutuando. O grifo se debateu quando Rigel lhe passou o arnês pela cabeça, mas, a uma carícia e um sussurro de Isla, ele se acalmou.

— Minha jovem, você criou mesmo algo especial — elogiou Toggybiffle quando Rigel pousou no ombro de Lily.

Lily sorriu para Rigel, depois subiu nas costas do grifo e agarrou as rédeas. Adam montou atrás dela, resmungando sobre alturas.

— Você está bem? — sussurrou Lily.

— Estou. Mas gostei mais do seu navio pirata. O risco de cair parecia menor.

— Em frente, meus amigos! — bradou Toggybiffle. — Para o norte!

Eles se lançaram no céu. Nyssinia liderou o caminho, com a luz do sol resplandecendo em suas asas douradas. O grifo logo a seguiu, com Cedric e Rigel atrás, e Flint espiava de vez em quando do bolso de Lily. Quando Lily olhou por sobre o ombro e viu o Castelo Iridyll recuar ao longe, suas torres e muralhas espalhando prismas como chamas pela paisagem, sentiu uma pontada no coração.

O vento chicoteava os cabelos de Lily enquanto voavam. Abaixo, florestas rolavam em ouro e verde, pontuadas por cidades com chalés, torres de sino assomando-se como sentinelas sobre praças de aldeias, e rodas de moinho agitando arroios e rios em espuma. Enquanto ela admirava cada detalhe cintilante da terra, Lily imaginou o pai andando pelas ruas de paralelepípedos e mergulhando as mãos nos regatos. Ela se perguntou quanto do terreno exuberante ele havia explorado, quantos troncos retorcidos de árvores ele era capaz de reconhecer por sua casca ondulada.

Aos poucos, as árvores se dispersaram e o território musgoso deu lugar à grama murcha. Após algum tempo, mesmo essa folhagem esparsa esmoreceu, e o solo abaixo se estendeu em um vasto pergaminho empoeirado de terra rachada. As dunas de areia ondulavam à distância e, além delas, as Terras Subterrâneas apareceram contra o horizonte, suas sombras invadindo a paisagem como uma maré turva.

De repente, tanto o grifo quanto Rigel guincharam. Nyssinia berrou algo ininteligível, e Cedric, voando ao lado deles, parou no ar. A pedra da verdade de Lily reluziu em vermelho como sangue, e o céu diante deles, límpido e brilhante há apenas um instante, de repente escureceu com a fumaça que se acumulava.

Uma frota de harpias, suas asas negras cortando o ar, emergiu da fumaça e abarrotou os céus.

CAPÍTULO 19

Fogo no ar

As harpias bloqueavam o sol como uma praga de gafanhotos. Ao ver a horda, Lily se lembrou da harpia junto ao lago, de como o fedor da fera imunda encheu seus pulmões e de como as feridas que perfuraram seus ombros fervilharam e arderam. Aquela havia sido apenas uma harpia. Agora, o céu inteiro estava repleto delas.

— Segurem-se! — bradou Isla.

Lily sentiu Adam lhe agarrar os ombros e ela apertou as rédeas. Isla esporeou o grifo, que gritou e acelerou em direção ao exército que se aproximava. Cedric e Rigel, minúsculos contra a maré escura, bateram as asas logo atrás, enquanto Nyssinia sacou uma espada e se preparou para o ataque.

Os monstros atacaram Nyssinia primeiro. Duas harpias a golpearam ao mesmo tempo, tentando lhe cortar o torso e as asas. Ela girou para ir ao encontro delas e, com um único golpe de sua lâmina, derrubou as duas. Elas tombaram rápido, espiralando como um par de insetos despedaçados antes de desaparecerem no ermo.

Ela mal havia erguido a espada novamente quando mais três harpias desceram sobre ela. Nyssinia cantou uma única e bela nota, e a onda de choque resultante arremessou as feras para longe. No momento em que essas foram afastadas, outra mergulhou na direção dela com um grito hediondo, e depois outra, e outra ainda. Quando uma harpia furtiva com um pescoço retorcido a atacou, suas garras atingiram o alvo, rasgando uma das asas da sirena. Nyssinia berrou de dor e rodopiou desequilibrada pelo ar.

Isla incitou o grifo adiante, e, com um guincho, ele irrompeu à frente. As harpias arranharam o rosto do grifo enquanto ele golpeava e chutava. Com um movimento brusco da mão, Isla liberou uma espessa massa de névoa que engoliu a legião, e um clamor surgiu quando harpias confusas colidiram umas com as outras dentro da cerração. Então, a névoa se dissipou, e as feras emergiram rosnando e rangendo os dentes. Isla tentou de novo, desta vez obtendo uma nuvem de tempestade que lançou raios contra a frota de harpias. Algumas se incineraram e caíram do céu, mas o resto irrompeu da tempestade e avançou em ondas.

Nyssinia recuperou o controle e sacou uma adaga do cinto para se defender com ambas as mãos.

— Dragãozinho! — chamou ela. — Precisamos de você!

Cedric se juntou a ela e chicoteou uma harpia com a cauda farpada.

— Não é isso que eu quero dizer! — gritou Nyssinia. — Precisamos do fogo em sua barriga!

Cedric hesitou e, enquanto hesitava, uma harpia três vezes maior que ele brotou da multidão e o atingiu no estômago. Cedric girou fora de controle e desapareceu sob uma nuvem.

— Cedric! — exclamou Lily, os olhos fixos no local onde ele havia desaparecido.

A pedido de Isla, o grifo se afastou da luta e mergulhou atrás dele. O ar lhes estapeou o rosto à medida que desciam cada vez mais rápido, e os nós dos dedos de Lily empalideceram com a força com que agarrava as rédeas e lutava para se segurar.

Justo quando Lily temeu que o vento forte a arrancaria das costas do grifo, eles despontaram abaixo de Cedric. O grifo se inclinou e se nivelou enquanto Cedric despencava. O dragão passou voando como um borrão vermelho, e, por um momento angustiante, Lily temeu que eles o tivessem perdido. Então, o grifo cambaleou, e, com um grito, Cedric emergiu no campo de visão dela, as pernas se debatendo como se ele fosse um besouro virado tentando se endireitar. Com as garras, o grifo pegou Cedric pela cauda, e o dragão pendeu abaixo deles, batendo as asas.

Adam brandiu o punho, e Lily riu de alívio, mas a celebração terminou de forma abrupta. As nuvens acima escureceram e as harpias surgiram de rompante, brotando como larvas de frutas podres. Nyssinia mal conseguiu ultrapassá-las.

— Não conseguiremos escapar delas! — alertou ela acima dos bramidos das aves.

Isla levantou a pedra da verdade em seu dedo, e esta refulgiu e emitiu um lampejo cintilante de cor magenta. Um par de fênices de plumagem iridescente e com caudas em chamas juntou-se à briga. Em seu rastro, uma fila de harpias pegou fogo e uivou ao tombar do céu. Outra frota as substituiu, mas essas também queimaram. Enquanto caíam, Lily ousou ter esperança. *Talvez dê tudo certo*, pensou ela. *Quem sabe a gente consiga superar isso.*

Sua esperança logo se esvaiu. Um regimento de mortalhas flanqueou as fênices e, mesmo enquanto pegavam fogo, seus números sobrepujaram o par de pássaros. Lily, Adam e Isla assistiram horrorizados enquanto as harpias as engoliam, como formigas enxameando e consumindo uma migalha de pão. Com uma fúria de penas e fumaça, a última das fênices desapareceu.

Nyssinia brandiu a espada e a adaga e se lançou contra a maré de garras e presas que se aproximava. O suor encharcava seus cabelos, e a exaustão retardava seus movimentos. Em uma manobra desesperada, Rigel lançou uma rede prateada no céu, mas as garras afiadas das harpias a rasgaram.

Elas continuavam a atacar.

Mais uma vez, Isla levantou sua pedra da verdade, e, com outro clarão, uma águia apareceu. Ela seguiu o mesmo destino das fênices e sucumbiu à torrente assassina.

E as harpias continuavam a atacar.

Lily agarrou sua própria pedra da verdade e se esforçou para focar a mente em uma fonte de ajuda, para acreditar que ela existia em algum lugar, à espera, e que responderia se fosse chamada. Contudo, a menina foi tomada de pavor diante da visão do temido exército avançando cada vez mais, cada harpia rangendo as mandíbulas horríveis em sua sede por sangue. *Como pode haver alguma ajuda contra isso?*

Lily sentiu uma cutucada no braço. Ela olhou para baixo e viu que Flint havia saído do bolso dela. Ele apontou para si mesmo e depois para a multidão de harpias.

— Não entendi — respondeu Lily. — O que você quer dizer?

Flint repetiu a pantomima de novo, e de novo. Por fim, frustrado, ele pulou no lugar e gesticulou como se estivesse lançando uma bola de beisebol.

— Arremesse-o — gritou Adam detrás dela. — Ele quer que você o arremesse.

Uma harpia atingiu o grifo no pescoço, e o choque fez com que todos balançassem, prestes a cair no ar. Flint implorou para que Lily agisse.

— Flint, não posso fazer isso. Como vamos ajudá-lo depois? Você vai...

Outro golpe. Isla gritou para o grifo se firmar enquanto ele tropegava sob o impacto.

Quando eles se endireitaram, Adam estendeu a mão para Lily e agarrou Flint.

— Não, Adam, não! Você vai matá-lo!

Adam curvou o braço para trás. Lily tentou impedi-lo, mas ele segurou Flint bem alto, fora do alcance dela. Então, com um arremesso rápido, lançou Flint pelo espaço vazio.

Flint atingiu uma harpia em cheio, incendiando a fera em uma bola de chamas. Onde as fênices haviam falhado, o incandescente teve sucesso, desencadeando uma reação em cadeia que consumiu cada mortalha com um fogo furioso. Um único uivo angustiado cortou o ar, obrigando Lily e Adam a cobrirem os ouvidos.

— Para o ermo! Agora! — comandou Nyssinia.

— O quê? Não! Flint ainda está lá trás! Não podemos deixá-lo! — implorou Lily.

— Ele nos deu uma chance — rebateu Isla. — Temos que ir.

— Não! Ele nos salvou! Não podemos abandoná-lo!

— Devemos usar a oportunidade que ele nos deu! — insistiu Nyssinia. — Não deixe que a morte dele seja em vão!

Isla esporeou o grifo, e eles mergulharam para longe do calor escaldante e pousaram em um planalto de terreno ressecado. A poucos metros de distância, um monte de pedras se amontoava em torno de uma série de grutas.

— Para as cavernas! — ordenou Nyssinia.

Eles correram pela boca de uma caverna enquanto uma chuva de cinzas e detritos em chamas caía e iluminava a terra seca.

Do frio da caverna, Lily espiou o céu repleto de fumaça e o viu clarear e desanuviar. Aos poucos, as línguas de fogo espalhadas pelo chão tremeluziram e se apagaram.

Flint não estava visível em lugar nenhum.

CAPÍTULO 20

Perdidos no ermo

Lily deslizou para o chão e enterrou a cabeça nas mãos. Cedric, com a asa aleijada torta, se aproximou devagar e colocou uma pata em suas costas.

— Ele era um sujeito corajoso, srta. Lily — ele disse. — Estou feliz por tê-lo conhecido.

— Ele merecia mais do que isso — replicou Lily entre lágrimas.

— Parar aquelas harpias foi decisão dele, srta. Lily. Se não fosse por sua bravura, nossa missão estaria acabada. Na verdade, não estaríamos vivos.

— Cedric, você diz que eu sou curadora dos sonhos e que, de alguma forma, fui escolhida para cuidar das coisas daqui — recordou ela, levantando a cabeça e mirando-o por um véu de lágrimas. — Como isso pode ser verdade, quando eu não consigo nem proteger alguém tão pequeno quanto Flint?

Um tilintar os interrompeu. Adam estava sentado em um

canto da caverna, jogando pedras na parede oposta. Ao vê-lo, toda a tristeza de Lily transbordou.

— Adam, eu falei para não arremessá-lo! — censurou ela, marchando em sua direção. — Por que não me deu ouvidos?

Adam reagiu como se ela tivesse acabado de lhe dar um tapa na cara.

— Era a única maneira de escaparmos — argumentou ele. — Flint sabia disso. É por isso que ele nos pediu para fazer isso.

— Você não se importa que ele tenha morrido?

— Eu me importo, mas...

— Não, você não se importa. Claro que não! Você nunca se importa com ninguém!

Adam se levantou para encará-la.

— Ei. Eu nem deveria estar aqui. Eu poderia estar em casa agora, mas eu vim para ajudar.

— Eu preferiria que você não tivesse vindo. Eu preferiria que você apenas me deixasse em paz e voltasse a bater em Atish Patel!

Ela apanhou um punhado de cascalho do chão da caverna e jogou contra o rosto dele.

— Srta. Lily! — protestou Cedric, colocando-se entre ela e Adam.

— Lily. Isso não vai nos ajudar a encontrar seu pai — disse Isla.

Lily olhou para Adam através das lágrimas.

— Ele era meu amigo, Adam. Você pelo menos sabe o que essa palavra significa? *Amigo?*

O rosto de Adam corou, mas ele não disse nada. Lily virou as costas para ele e se recostou na parede.

— Chega dessa infantilidade, por favor — criticou Nyssinia. Ela se postou à entrada e examinou o horizonte em chamas. — Precisamos ir. Não vejo nenhuma mortalha agora, mas mais virão se nos demorarmos.

— Não creio que eu consiga voar — admitiu Cedric, gesticulando para sua asa retorcida.

— Mesmo que conseguisse, o céu não é seguro — retrucou Nyssinia. — Essas harpias significam que há sentinelas em patrulha. Teremos chances melhores no ermo.

— O ermo? — repetiu Isla, franzindo a testa para Nyssinia.

— Nossas defesas decerto são melhores no ar do que no solo.

Nyssinia abanou a cabeça.

— Enquanto estivermos no solo, o inimigo se manterá distante. Há coisas no Ermo dos Esquecidos que até as mortalhas temem.

Isla se juntou a ela à entrada e estudou a paisagem. O calor fazia o ar tremeluzir, e o rangido de um único inseto soou do outro lado da planície sem vento.

— Precisaremos de proteção contra o sol. E água — observou Isla. — Posso chamar um corcel para acelerar nossa travessia.

— Deveríamos limitar o uso das pedras da verdade — opinou Nyssinia. — As mortalhas são atraídas por elas como mariposas por uma lâmpada.

Isla levantou a mão, e sua pedra da verdade inundou a caverna com luz, então lampejou e se apagou. Lily esperava ver um grifo na caverna, mas tudo permaneceu imóvel e quieto, exceto pelo inseto zumbindo, distante.

Nyssinia e Isla saíram da caverna e procuraram nos arredores ensolarados por pegadas ou pelos rastros de uma cauda. Ainda assim, tudo permaneceu quieto. Adam se levantou, e Cedric se aproximou da entrada.

— Cuidado! — Nyssinia gritou de repente.

Ela se abaixou, arrastando Isla para dentro da caverna com ela enquanto algo aterrissava diante deles com um estrondo enorme. O impacto sacudiu a caverna, e pedras e estalactites choveram do teto.

Um pé colossal cheio de garras e coberto de escamas da cor de um mar noturno havia se plantado à entrada da caverna. O grupo ousou se aproximar e viram, elevando-se acima deles, um réptil do tamanho de uma casa, sua cauda grossa criando nuvens de poeira. Um padrão alaranjado lhe pintava as costas, e sua língua bifurcada lambia o ar.

— Precisamos de um corcel. Por que você invocou um dragão? — perguntou Nyssinia a Isla.

— Isso não é nenhum dragão — corrigiu Cedric.

Adam se espremeu entre eles.

— Não, não é. É um monstro-de-gila!

— É óbvio que é um monstro! — replicou Nyssinia.

— Não, não, um monstro-de-*gila*. Um lagarto do deserto. Cuidei de um quando fui voluntário em um centro natural durante um verão — revelou Adam, saindo para a luz do sol e se maravilhando com a criatura que o estudava com outro estalar de língua. — Eu nunca vi um tão grande antes, isso é certo!

— Ele vai nos atacar? — perguntou Nyssinia.

— Eles *são* venenosos, mas só mordem quando se sentem ameaçados — respondeu Adam. — Costumam ser bem lentos, por isso não tenho certeza se consegue nos levar rápido aonde precisamos ir. Mas talvez um grande como esse seja mais rápido?

— É o que a pedra da verdade chamou para nós — retrucou Isla disse. — Então deve ser o que devemos montar.

Adam estendeu a mão, e a fera abaixou a cabeça como se estivesse se curvando a ele.

— Não há mal nenhum em tentar — supôs Adam.

Ele escalou a pele frisada da perna dianteira da criatura, usando as saliências e as linhas marmóreas como apoio para os pés. Depois de alguns pulos e dois ou três alongamentos desajeitados, ele se sentou sobre as costas do lagarto e acenou para que os outros o seguissem.

— Vamos! — bradou ele para baixo. — Está tudo bem!

O resto se juntou a ele, com exceção de Nyssinia, que assistia ao espetáculo do chão, e Rigel, que voava de um lado para outro logo acima deles.

— Vou planar ao seu lado — disse Nyssinia. — Confio mais em minhas asas do que em um monstro.

Isla se inclinou para a frente e sussurrou para o lagarto. Com um grunhido, ele se pôs em movimento, sua espinha serpenteando em um padrão sinusoidal à medida que ele vagava pelo ermo.

Isla formou uma ampla massa de névoa para flutuar no ar acima deles e protegê-los do sol escaldante. De vez em quando, caía chuva dessa nuvem, e Isla encorajou Lily e Adam a colocarem as mãos em concha e coletarem algumas gotas para beber.

Embora a tristeza pela perda de Flint ainda a angustiasse, a aparição da estranha fera e o presente de uma névoa que os protegia e os refrescava levantaram o ânimo de Lily. Ela se inclinou para Isla, ansiosa por sua mentoria.

— Você poderia me ensinar a criar nuvens, como você faz? — pediu ela.

Isla olhou para Lily com uma sobrancelha arqueada.

— Esse é um dom do meu povo. Não é um talento que eu possa lhe ensinar.

— Ah. Entendo. Obrigada, de qualquer forma.

Isla não acrescentou mais nada, e Lily tentou pensar em algo melhor para dizer para convencer Isla de seu potencial.

— Então, o que você acha de ser curadora dos sonhos?

Isla mirou Lily com curiosidade, como se o embaraço do comentário a divertisse, e Lily sentiu o rosto corar. Por sobre o ombro, Lily viu Nyssinia observando-as.

Isla se inclinou para Lily.

— Não ligue para ela — sussurrou ela. — Ela perdeu o papel de curadora para mim.

— Quer dizer que era para ela ser curadora também?

— Bem, *se fosse* para ela ser, ela seria. Por um momento, o Conselho pensou que ela poderia ser a próxima na linha de sucessão de minha pedra da verdade, e informou isso a ela, apenas para retirar a promessa quando a pedra me escolheu. A amargura corrói o coração dela.

— Ainda assim, estou feliz por ela ter vindo conosco. Ela foi tão corajosa contra aquelas mortalhas.

Isla lançou-lhe um olhar severo, e a esperança de Lily de obter aquela mentoria se esvaiu. Ela se arrependeu de ter aberto a boca.

O calor aumentava conforme o dia se arrastava. Não importava quantas vezes Lily tentasse saciar a sede com a ajuda da nuvem que pairava sobre eles, momentos depois sentia a garganta queimar e a língua grudar no céu da boca. Ventos quentes varriam o planalto e levantavam poeira que lhe ardia os olhos e lhe arranhava o rosto. Ao examinar o horizonte trêmulo com o ar bruxuleante no calor crescente, Lily avistou formas estranhas: primeiro uma poça d'água, depois uma figura sombria espreitando ao longe.

Miragens, pensou ela a princípio. No entanto, quanto mais o monstro-de-gila marchava, mais numerosas as sombras se tornavam. Elas vagavam como fantasmas, flutuando pelo chão enquanto o lagarto pisava com força. Elas sempre desapareciam de vista antes que Lily conseguisse lhes discernir as formas.

Sem aviso, o monstro-de-gila parou, jogando seus passageiros de cabeça na terra. Lily tossiu por causa da areia em sua garganta, e Cedric gritou de dor quando sua asa aleijada bateu no chão.

— Cuidado! — alertou Adam, arrastando Lily para fora do caminho pouco antes que uma onda de areia caísse sobre ela.

Cedric se afastou de quatro, e Isla correu com um braço protegendo os olhos. Todos assistiram, estupefatos, ao monstro-de-gila cavar a terra com suas garras enormes e lançar uma chuva de areia no ar.

— O que ele está fazendo? — indagou Nyssinia ao pousar junto deles.

— Está se enterrando — explicou Adam. — Os monstros-de--gila não gostam do calor extremo.

— Isso é alguma piada? Um lagarto do deserto que não gosta de calor?

— Eles vivem em lugares quentes, mas passam muito tempo no subsolo e longe do sol. Esquentou muito, então aposto que ele está cavando uma toca para se refrescar.

— Cuidado! — gritou Cedric.

Eles quase foram atingidos por um golpe da cauda bulbosa do lagarto quando este se contorceu, como uma cobra, para dentro do túnel que havia cavado. Um movimento da cauda levantou um último jato de areia, e o monstro-de-gila desapareceu.

— Quando ele volta? — inquiriu Nyssinia, seus olhos penetrantes focados em Adam.

— Talvez ao pôr do sol?

Nyssinia chutou a terra.

— Faltam horas até lá!

— Podemos pedir ajuda com uma das pedras mais uma vez? — sugeriu Cedric.

Isla ponderou a questão dessa vez.

— É arriscado demais. Talvez devêssemos esperar até que ele volte depois do anoitecer.

— Temos certeza de que ele vai voltar? — perguntou Nyssinia.

Todos os olhares de repente se voltaram para Adam.

— Hã... talvez?

Cedric gemeu, e Nyssinia chutou a terra de novo.

— Sinto muito — desculpou-se Adam. — É que os monstros-de-gila passam muito mais tempo no subsolo do que ao ar livre. Não sei dizer com certeza quando ele vai voltar.

— Bem, se não temos garantia de que a besta retornará — disse Isla — e nenhuma outra opção de transporte, a resposta parece óbvia. Continuaremos a pé.

O silvo de um abutre solitário ecoou sobre a planície.

— Com esse calor? — protestou Cedric. — A srta. Lily e Adam já estão exaustos. Decerto não podemos forçá-los a percorrer quilômetros do ermo.

— Suponho que isso dependa de quantos quilômetros. Nyssinia, quanto ainda falta?

Nyssinia pairou acima deles.

— Só mais dezesseis quilômetros — calculou ela depois de examinar a paisagem.

— Lily e Adam, vocês conseguem andar por dezesseis quilômetros?

— Eu consigo, se Lily conseguir — asseverou Adam.

Lily não respondeu de imediato. Seu rosto ardia, e estrelas pareciam nadar diante de seus olhos. Sentiu o estômago se embrulhar ao pensar em caminhar quilômetros sob o sol escaldante, com apenas gotas de chuva esparsas para saciar sua sede. O que ela mais queria fazer era deitar e dormir durante horas. Rigel, sentindo-lhe o cansaço, roçou-lhe o queixo.

— Está bem. Eu também consigo — ela se forçou a dizer.

Isla assentiu com a cabeça. Sem outra palavra, eles avançaram a pé em direção a um mar de areia. Quando Lily se virou para partir, uma figura fantasmagórica com trapos esfarrapados lhe pesando sobre o corpo desapareceu de sua visão.

CAPÍTULO 21

Os Esquecidos

Horas e quilômetros se estendiam atrás deles. A nuvem de Isla continuava a lhes enevoar os rostos de vez em quando, mas o caminho à frente ainda era uma vasta e escaldante extensão de terra árida. O calor opressivo e o vento abrasador queimavam qualquer sinal de vida.

Cedric passou a Lily pedaços de frutas que ele havia guardado, cada uma com um sabor mais estranho (jambalaia era dos mais surpreendentes). Ele propôs charadas e cantou canções espirituosas para animá-la. De vez em quando, seus esforços arrancavam um sorriso dela, mas era inevitável que o calor a derrubasse e voltasse a abalar seu estado de espírito.

As miragens distantes brincavam com sua mente quanto mais eles caminhavam. Às vezes, uma sombra bruxuleante da cor da terra lhe chamava a atenção, mas, quando ela se virava, via apenas o brilho metálico de uma miragem disfarçada de água. Aos poucos, as figuras fantasmagóricas se multiplicaram e se aproximaram.

Os viajantes encontraram um salgueiro solitário do ermo e pararam para comer e descansar sob seus galhos. Suas folhas haviam murchado em tiras frágeis de papel, deixando apenas seus membros esqueléticos como sombra. Cedric se deitou ao lado do tronco e adormeceu. Nyssinia se afastou do grupo e vasculhou o horizonte, enquanto Isla distribuía pedaços de pão e frutas secas.

Enquanto Lily mastigava sua porção, ela sentiu o ricoxilhão em seu bolso. Ela o retirou e estudou as linhas suaves e detalhes delicados. Aquele momento em que Robin Hood lhe entregou a concha, quando saboreou pilhas de comida e a companhia de amigos, parecia estar a oceanos de distância agora.

Lily ouviu o ruído de sapatos ao lado dela e, ao erguer a cabeça, viu que Adam havia se aproximado.

— Uau, que legal! Isso é uma concha de mexilhão?

Lily o ignorou. Ela não conseguia perdoá-lo por ter sacrificado Flint.

Adam esfregou a ponta do pé na areia.

— Eu costumava colecionar conchas o tempo todo, quando minha mãe me levava à praia no Cabo quando eu era pequeno. Fiz um livro de colorir sobre todos os tipos diferentes. Meu pai disse que tentaria publicá-lo, mas... você sabe. Isso nunca aconteceu.

Quando Lily não respondeu, Adam abanou a cabeça e tirou algo do bolso.

— Eu entendo por que você está zangada, e sinto muito por Flint. Eu não queria machucá-lo. E eu me importo, sim, com as pessoas.

Ele lhe estendeu um quadrado de papel. Quando Lily continuou a não demonstrar nenhuma reação, ele largou o papel ao lado dela e se afastou com passos pesados.

O quadrado se abriu, e Lily percebeu que era na verdade um velho cartão de aniversário, tão gasto de leituras repetidas que sua imagem frontal havia desbotado e o papel se degradara. Ela abriu as dobras, tomando cuidado para não rasgar os vincos frágeis. O cartão dizia o seguinte, em uma caligrafia apressada:

Feliz 8º aniversário, garotão! Eu o levarei de novo ao zoológico em breve para ver os répteis. Enquanto isso, peça para sua mãe lhe dar algo especial com isso. Com amor, Papai.

Uma pontada de culpa se apoderou de Lily. Ela caminhou até Adam, que estava sentado contra a árvore e rabiscava na poeira com um galho de salgueiro. Lily se juntou a ele no chão e abriu a palma da mão.

— É um ricoxilhão. Se você arremessar, ele ricocheteia em tudo feito louco — explicou ela, estendendo-lhe a concha. — Eu gostaria que você ficasse com ele.

— Não, está tudo bem.

— Por favor, é sério — insistiu ela, agarrando-lhe a mão e depositando o ricoxilhão sobre a palma, junto com o cartão estimado. — Fique com ele. Eu não entendo muito de conchas de mexilhão de qualquer maneira.

Adam girou o ricoxilhão na mão, admirando as faixas metálicas entrelaçadas em sua superfície.

— Obrigado — ele lhe agradeceu com um sorriso. Então seu sorriso desapareceu. — O que foi isso?

Lily lhe seguiu o olhar, mas não notou nada incomum.

— O quê? — perguntou ela. — O que você viu?

Adam se levantou.

— Algo passou voando. Era da cor da areia, mas... se movendo.

Ele estudou a terra e se concentrou em uma pilha de pedras a vários metros de distância.

— Lá — indicou ele, apontando um dedo. — Está vendo aquela nuvem de poeira? Estava lá.

Uma coluna de poeira rodopiava em torno das rochas e depois se dissipou ao vento.

— Eu também tenho visto coisas estranhas — revelou Lily.

— Embora com esse calor, suponho que sejam apenas miragens. Talvez até minha imaginação.

— Não é sua imaginação — retrucou Isla, caminhando na direção deles. —Estamos sendo seguidos.

— Por quem? — perguntou Lily.

— Pelos Esquecidos.

— Quem são os Esquecidos? O que eles querem conosco?

— O ermo é onde moram os nascidos dos sonhos abandonados. O mais provável é que eles estejam atrás de você e Adam.

A pele de Lily se arrepiou.

— *Nós?* Por quê?

— De vez em quando, os nascidos dos sonhos rejeitam o reino — explicou Isla. — Eles se apegam demais a seus criadores e, por isso, se agarram a eles, pairando como sombras no mundo desperto. Na maioria dos casos, os criadores são crianças.

Ela se abaixou para pegar uma pedra irregular do chão.

— Quando essas crianças crescem e esquecem as fantasias da juventude, os Esquecidos ficam presos aqui — continuou ela. — Eles estão separados do reino, mas não têm como retornar aos criadores pelos quais anseiam.

Ela jogou a pedra, que tilintou contra a pilha de pedras, e então um gemido ecoou da pilha.

— E alguns estão aqui agora.

Duas figuras sombrias emergiram de trás das pedras. Uma delas era um menino, magro e imundo, as roupas rasgadas em trapos que lhe pendiam do corpo como musgo de um galho de árvore. O outro era um robô, parecido com um brinquedo em suas dimensões quadradas, mas enferrujado e gasto, com um olho faltando, uma lâmpada quebrada na cabeça e o corpo corroído e esburacado.

Ao vê-los, a cor sumiu do rosto de Adam.

— Willie? — sussurrou ele, horrorizado. — Cyber?

Ele sacudiu a cabeça, incapaz de compreender as figuras decrépitas diante dele.

— Como isso é possível?

— Você os conhece? — perguntou Lily.

— Eu os inventei quando era pequeno. Willie era meu amigo imaginário no jardim de infância. Eu desenhei Cyber na segunda série.

O robô gemeu, suas juntas congeladas rangendo e guinchando à medida que ele se arrastava para a frente. O garotinho, os olhos vazios nas cavidades do rosto, esticou os braços como se quisesse abraçar Adam.

Nesse momento, outra figura emergiu da areia — um ursinho de pelúcia encardido, o rosto meio carcomido por traças. Ao lado dele, curvava-se um antigo super-herói, seu cabelo grisalho e a capa em farrapos.

Mais figuras surgiram na areia, como se emergissem de seus túmulos. Animais, pessoas, fadas, gnomos. Trens, carros, alienígenas voadores. Eles tremeluziam como as miragens que Lily havia visto ao longe, transparentes como fantasmas, seus contornos discerníveis, mas fluidos.

Logo um pequeno exército de Esquecidos cercava o salgueiro. Com rangidos e gemidos, eles se aproximaram do pequeno grupo.

Lily acordou Cedric com um cutucão, e Nyssinia sacou uma lâmina. Sentindo o perigo crescente, Rigel lançou uma rede sobre um grupo de figuras decrépitas que avançavam. As aparições passaram direto por ela, como se passassem por uma entrada, e deixaram a rede cintilando em uma pilha no chão.

— Dragãozinho, você já consegue voar? — indagou Nyssinia.

Cedric esticou a asa e estremeceu quando a dor disparou da ponta à raiz.

— Sinto muito, madame Nyssinia. Ainda sou uma pedra no chão.

Isla balançou a mão no ar, e a névoa que os havia protegido durante a travessia do ermo escureceu em uma nuvem de tempestade. Com um estrondo ensurdecedor, um raio estalou no ar e atingiu um grupo de Esquecidos. Deixou um círculo carbonizado no chão, e o ar crepitou, elétrico.

O bando continuou marchando, incólume.

— Todos vocês, tampem os ouvidos — ordenou Nyssinia.

Ela respirou fundo e cantou uma nota que agitou a terra em uma tempestade de areia. O vento soprou contra o rosto de Lily, atingindo-a com grãos que lhe irritaram a pele.

A poeira baixou e, imperturbável, a multidão de Esquecidos continuou sua marcha.

— Não temos como derrotá-los — constatou Nyssinia. — Temos que fugir.

— O pequeno, ali — indicou Isla, gesticulando para um rato com uma orelha mastigada. — Imagino que dê para passar por ele.

Nyssinia concordou e Lily cravou a ponta do pé no chão, preparando-se para correr.

— Vou contar até três — avisou Isla. — Um.

Um cão sarnento rosnou para eles. Eles se aproximaram ainda mais.

— Dois.

Uma cobra com uma cauda carcomida por vermes sibilou.

— Três.

Isla, Nyssinia e Cedric atravessaram correndo a primeira coluna de Esquecidos e saltaram por sobre o rato quando este golpeou o ar, tentando alcançá-los. Lily correu para segui-los, mas uma preocupação angustiante a deteve bruscamente. *Adam*, pensou ela. Ela se virou. Adam mantinha-se de pé com as mãos levantadas, recuando à medida que um grupo de Esquecidos fechava o círculo em torno dele.

— Oi, pessoal — saudou ele, com a voz trêmula. — Willie, faz uma eternidade que não o vejo. Você também, Cy. Vocês estão bem?

Eles não responderam. O robô estalou as mandíbulas manchadas. Willie enxugou um fio de saliva com as costas da mão cheia de cicatrizes.

— Desculpe por ter parado de brincar com vocês dois. Não foi minha intenção.

Ambos esticaram os braços, os dedos retorcidos em garras.

— Vocês conseguem me responder? Ainda somos amigos, certo?

Um inseto gigante, com as antenas dobradas em um ângulo perturbador, avançou de maneira furtiva e prendeu as mandíbulas no tornozelo de Adam. Adam tombou no solo, então se apoiou nos cotovelos bem a tempo de ver Willie e Cyber atacá-lo.

Lily disparou contra os Esquecidos que enxameavam Adam e lhe rasgavam as roupas e arranhavam o rosto. Ela os chutou, mas seu pé passou direto através deles e varreu o ar.

— Lily, precisamos ir embora! — bradou Isla. — Você não tem como salvá-lo!

Um rugido soou, como se as Cascatas de repente houvessem ressurgido às suas costas. A areia se moveu e cedeu, e Lily ficou boquiaberta de horror quando uma cratera se abriu no chão aos pés de Adam. Hostes dos Esquecidos emergiram do buraco, agarraram Adam pelas pernas e o arrastaram em direção ao abismo.

Lily agarrou o braço de Adam e gritou por socorro. Com a mão livre, Adam estapeou Willie e Cyber, que zombavam e cuspiam enquanto ele se debatia. Ele fincou os dedos no chão para ganhar apoio e se libertar, mas sua mão apenas afundou na areia. Mais Esquecidos o cercaram e o arrastaram em direção às entranhas do ermo.

Cedric e Nyssinia retornaram às pressas ao combate. Cedric puxou um dos braços de Adam junto com Lily, enquanto Nyssinia agarrava Adam pelo tronco e alçava voo. Uma corrente de monstros pendeu das roupas de Adam enquanto Nyssinia o erguia no ar, mas um por um eles foram se desatrelando e caindo no chão. Apenas o robô ainda se atracava ao menino. Ele havia prendido as mandíbulas de metal em torno da perna de Adam em um último e desesperado esforço para recuperar o que tinha perdido havia muito tempo. Adam reagiu com um último chute, e Cyber se soltou e desabou no chão.

Cedric ainda se agarrava ao braço de Adam, mas, quando Nyssinia ascendeu, Lily não conseguiu se segurar. Ela deslizou para a areia e, antes que conseguisse se levantar, os Esquecidos a cercaram.

Lily chutou e se debateu, mas as garras em torno de seus tornozelos apenas apertaram mais, firmando-se com uma força que lhe cortou a pele. Eles puxaram seus cabelos, rasgaram suas roupas e arranharam seu rosto. Lily socou e esperneou, mas seus punhos golpearam nada além do ar carregado de gemidos e hálito fétido à medida que a horda a arrastava pela areia.

Sua cabeça bateu em uma pedra e, com o impacto, o som emudeceu e luzes nadaram diante de seus olhos. Sua visão turvou. Ela se sentiu desconectada, como se o clamor em redor fosse apenas um sonho.

Cedric lhe chamou o nome, mas sua voz soou distante. Ela vislumbrou o céu acima dela, azul brilhante, um oceano sem mácula. Por um momento, ela pensou que estava mais uma vez na canoa naquele verão nas Montanhas Brancas nos Apalaches, sua mãe e seu pai remando enquanto ela se reclinava no barco, olhando para cima para aquele mesmo pergaminho azul. Ela ouviu a risada da mãe como o canto de pássaros ao vento, seguida pela do pai, uma oitava mais profunda.

Mamãe. Papai.

Lily voltou à consciência. Seus pés balançavam sobre a caverna. Não. *Eu tenho que salvar meu pai.*

Ela se debateu de novo e se arrastou para trás na areia. Ainda assim, os Esquecidos rastejaram sobre ela, rosnando e gemendo.

Por favor, não. Por favor, me ajude. Eu preciso sobreviver. Preciso encontrar meu pai.

Seus joelhos passaram pela borda do precipício. Um vento quente e fétido, como a expiração de um monstro, se elevou das profundezas da cratera.

Lily cerrou os dentes. Ela chutou o ar, mas não encontrou nada que impedisse sua queda no poço.

Por favor! Por favor, me ajude!

Ela não tinha certeza a quem estava pedindo auxílio. Então, em sua mente, ela o viu: o unicórnio do penhasco mirando-a com olhos sábios.

De repente, um clarão ofuscante de luz obscureceu sua visão. Todos os Esquecidos gritaram de terror e debandaram como baratas ante o facho de uma lanterna. Ela se sentiu flutuando, afundando. Ela se agarrou ao solo, mas a areia lhe escorregou pelos dedos. Outra rajada daquele hálito quente e monstruoso encheu seus pulmões e queimou sua garganta.

Ela ouviu Cedric chamá-la pelo nome mais uma vez. Talvez ele estivesse correndo para resgatá-la. Talvez ele estivesse dizendo adeus. Antes que ela conseguisse decidir, o contorno de um pássaro com as asas abertas emergiu através da luz.

Lily sentiu o chão desaparecer sob ela, e o mundo se apagou.

CAPÍTULO 22

A Caverna das Luzes

Lily acordou em uma cama de areia. A princípio, pensou que ainda jazia no ermo, prestes a cair no poço. Então, ela se sentou e viu que Adam, machucado e arranhado, estava sentado ao lado dela.

— Pegue. Sua cabeça está sangrando um pouco de novo — disse ele, dobrando uma das bandagens prateadas de Rigel e oferecendo-a a Lily como um pano.

— Estou feliz em vê-la acordada, srta. Lily — afirmou Cedric, aproximando-se. — Você foi muito corajosa lá trás.

Ela pressionou o pano contra a testa. A superfície abaixo dela parecia granulada, como areia, mas seus dedos não afundavam no chão. Ela piscou algumas vezes e percebeu que todos eles — ela, Cedric, Adam, Isla e até mesmo Rigel — se encontravam sentados nas costas de uma ave de rapina gigante forjada em areia. O pássaro projetava uma larga sombra sobre o ermo abaixo, e, à medida que voava, riscava o céu atrás de si com uma poeira fina como o rastro de um jato.

— Estamos quase lá, srta. Lily — assegurou Cedric, como se estivesse lendo seus pensamentos.

A escuridão das Terras Subterrâneas assomava à frente, seus picos irregulares subitamente visíveis por entre um manto de fumaça. Relâmpagos verdes se entrelaçavam entre os penhascos.

— Como saímos de lá? — perguntou Lily. — Isla decidiu usar a pedra da verdade dela, afinal?

— Não. Você usou a sua.

— O quê?

— Você invocou um gavião-de-areia, srta. Lily.

— Essa não! Não deveríamos usar as pedras da verdade! Sinto muito, não foi minha intenção. E estamos voando! Nyssinia falou que o céu não é seguro. Espero não ter atraído...

— Calma, calma, está tudo bem. Está tudo bem. Nós também estávamos preocupados, mas não vimos nenhuma mortalha desde que decolamos. Elas parecem estar ocupadas em outro lugar.

— Eu não gosto disso — admitiu Nyssinia, enquanto planava ao lado deles com algumas batidas de asas.

— Ora, madame Nyssinia, vamos celebrar as pequenas bênçãos. A srta. Lily utilizou a pedra no momento certo. Por enquanto, estamos a salvo.

— Eu não sou ingrata. Mas por que as mortalhas não nos perseguem? Estou preocupada que algo tenha desviado a atenção delas. Algum mal maior está em ação.

O gavião se inclinou, e Lily viu o Ermo dos Esquecidos terminar de forma abrupta em um penhasco. Uma rajada de vento derramou areia sobre a borda, que rodopiou em uma nuvem e desapareceu. O gavião mergulhou de cabeça e se desviou em direção ao penhasco de forma tão veloz que Lily temeu que eles fossem se chocar contra a rocha íngreme.

Pouco antes do impacto, ele se ergueu e pairou sobre uma saliência. Nyssinia pousou na plataforma e acenou para eles.

— O que estamos fazendo? — indagou Lily.

— Chegamos — respondeu Isla. — Esta é a Caverna das Luzes.

Lily estremeceu. A beirada estreita prefaciava uma caverna escavada na face do penhasco. Ela havia imaginado uma caverna em algum bosque encantado, ladeada pelas coisas bonitas que o pai havia descrito em suas histórias. Aquele abismo em um penhasco a enervava. Até mesmo sua entrada alertava sobre o perigo.

— É muito estreita para o gavião-de-areia pousar — notou Isla, inclinando-se para examinar a situação. — Precisamos pular para a beirada.

— Pular? — repetiu Adam, alarmado. — Lily está machucada. Acho que ela não vai conseguir pular.

— Você tem alguma ideia melhor? — replicou Isla com a voz ríspida de nervosismo.

O estresse finalmente acabou com seus nervos, pensou Lily.

Antes que a discussão continuasse, Rigel se lançou no ar. Uma escada de corda prateada logo deslizou até a superfície da beirada, e todos desceram em segurança. Depois que todos desembarcaram, Lily acenou para o gavião, que guinchou em resposta, voou para o céu e desapareceu por cima penhasco.

— Eu ficarei de guarda — afirmou Nyssinia, dobrando as asas e se posicionando do lado de fora da boca da caverna.

Rigel se empoleirou ao lado dela e sinalizou que também serviria de sentinela.

Lily hesitou à boca da caverna.

— Vá em frente — encorajou Nyssinia. — Vá até ele. Chame se precisar de ajuda.

Lily deu um passo à frente, mas Nyssinia a surpreendeu ao pousar a mão em seu ombro.

— E tome cuidado — acautelou ela, os olhos acobreados bem sérios.

A entrada da caverna estava escura como breu. Lily estendeu a mão para Cedric para se firmar no escuro, mas, em vez disso, encontrou a mão de Adam, que ela agarrou. Seu coração batia forte em seus ouvidos.

A primeira coisa que Lily notou foi a música. Ela ecoava das profundezas da caverna e ressoava em tons baixos e tristes, como o toque dos sinos do porto sob um vento fraco. Então, Lily avistou uma luz turquesa oscilando pelo chão de pedra.

Ele está aqui, pensou ela ao caminhar na direção do som. *Ele tem que estar aqui.* O suor lhe escorria pela testa, e ela lutou para estabilizar a respiração acelerada. Dois meses antes, ela havia pensado que perdera o pai para sempre. Ela suportou ferimentos, monstros e o medo no escuro para encontrá-lo. E em apenas alguns instantes, ela o veria de novo, e de novo desabaria em seus braços. Só mais um minuto. Só mais alguns passos. Apenas um corredor esculpido na rocha e iluminado por magia.

O túnel se abriu em um grande abismo, com estalactites pingando do teto e depositando gotas ricas em minerais em uma vasta e nebulosa lagoa. A água — se é que era mesmo água — refulgia com a mesma luz turquesa que se derramava no túnel. Lily girou em um círculo e arquejou. Milhares de pontos de luz espalhavam-se pelo abismo como vagalumes. Alguns suspensos no ar, enquanto outros se erguiam da piscina para girar e cintilar.

Ela tentou falar, mas nenhum som saiu. Ela entendeu, por fim, por que seu pai se esconderia naquele lugar quando o perigo o ameaçava.

— O que são? — sussurrou ela quando encontrou sua voz.

— São sonhos embrionários, srta. Lily — explicou Cedric. — São as sementes que nosso Criador sussurra nas mentes de seu povo. Você decerto já os conheceu antes, quando teve uma ideia que parecia vir de fora de você?

— Inspiração, você quer dizer.

— Exato, srta. Lily. A Caverna das Luzes é uma espécie de berçário para os sonhos.

— E meu pai costumava vir aqui? — indagou ela, estendendo a mão para uma das luzes, mas esta se arqueou para longe de seu toque. — Não é de admirar que ele sempre tivesse histórias tão incríveis.

— Falando do seu pai — interrompeu Adam. — Onde ele está?

Lily olhou além da interação de luz e sombra. Adam estava certo. Além deles, a caverna estava vazia.

— Papai? — chamou Lily.

Sua voz ecoou por toda a caverna e agitou a superfície da lagoa. Quando o som desapareceu, apenas o toque assustador do sino invisível e o gotejar de minerais na água quebravam o silêncio.

Ela correu ao redor da borda da lagoa. A caverna era uma câmara única, com o túnel pelo qual haviam entrado sendo a única passagem para dentro ou para fora. Lily não encontrou nenhum recanto secreto em que seu pai pudesse se esconder.

O pânico apertou a garganta de Lily. *Ele tem que estar aqui. Ele* tem *que estar.*

— Papai, onde você está? — chamou ela.

Ela tateou as paredes de pedra e até se abaixou na terra para procurar algum sinal dele. *Por favor, não permita que ele tenha morrido. Não depois de tanta coisa. Não depois de tudo isso.*

— Lily...

— Me deixe em paz, Adam. Ele tem que estar aqui. Tem que estar.

— Lily, eu...

— Eu disse para me deixar em paz! Ele tem que estar aqui! Temos que encontrá-lo!

— Há sangue no chão.

Lily prendeu a respiração. *Não. Ai, por favor, não.* Com o coração acelerado, ela se virou para ver para onde Adam apontava. Cedric também correu para examinar a cena.

Uma poça de sangue havia se infiltrado na terra, manchando-a com uma intensa cor de ferrugem, quase preta.

Os joelhos de Lily cederam, e ela caiu no chão com a cabeça entre as mãos. Adam se ajoelhou ao lado de Lily e passou um braço em volta de seus ombros, mas ela nem percebeu. Seu coração, que havia primeiro se partido em pedaços quando soube da morte do pai, agora rachava e se estilhaçava mais uma vez.

Cedric se abaixou para estudar a mancha, e seus olhos se arregalaram.

— Espere, srta. Lily. Nem tudo está perdido.

A terra ao redor da mancha havia se amontoado e rodopiado por causa de alguma perturbação, e Cedric traçou as linhas com uma só garra.

— Ele lutou, antes que o ferissem. Antes dessa luta, porém...

Ele seguiu as pegadas até uma parede da caverna, então correu a pata dianteira por sua superfície. Sua garra afundou em uma depressão na face da rocha. Com cuidado, como se fosse um tufo de sementes de dente-de-leão que pudesse se desintegrar ao menor toque, Cedric apalpou dentro da reentrância.

— Srta. Lily, seu pai tentou nos deixar uma mensagem.

Lily enxugou as lágrimas dos olhos.

— O quê?

— Olhe para esta marcação aqui. Ele fez isso logo antes de ser atacado. Ele deveria saber que estava em perigo — deduziu ele, traçando a reentrância. — A pedra! É do mesmo formato da pedra! Traga-a aqui, srta. Lily!

Lily tirou o pingente do pescoço e o segurou contra a reentrância na parede. A pedra encaixou com perfeição, como uma peça de um quebra-cabeça. Ela colocou a pedra na impressão, então pulou para trás quando um raio de luz emanou da pedra e projetou uma imagem no chão da caverna.

Era o pai dela.

Lily se ajoelhou e esticou os dedos em direção à imagem, como se, de alguma forma, pudesse recapturá-lo ao tocá-la. A imagem se movia e se deslocava como um filme, assim como o registro dos curadores projetados na parede do escritório de Toggybiffle.

— Meu nome é Daniel McKinley, e eu sou um dos curadores do reino Somnium — disse ele. — Se você está assistindo a esta mensagem, está correndo perigo.

O coração de Lily martelava no peito.

— As forças de Eymah estão caçando os protetores dos sonhos e destruindo as pedras da verdade e, eu não sei como, elas romperam a barreira e me encontraram no mundo desperto — prosseguiu ele. — Eu fugi das mortalhas por dias, mas elas me rastrearam e, se não me matarem, vão me trancar nas Catacumbas com os outros. Eu leguei a pedra, e, se você a estiver segurando, você é o próximo portador legítimo. Você *precisa* mantê-la sob guarda.

Um rosnado abafado soou ao fundo, e os olhos dele dispararam para a entrada da caverna.

— Elas virão atrás de você em seguida. Você precisa manter a pedra a salvo. Encontre Merlin no Castelo Iridyll e confie nele, mas não confie em mais ninguém. Há um traidor no Conselho.

Então houve um clamor de aço e botas, e a mensagem se apagou.

Lily desmoronou no chão. *Cheguei tarde demais. Eu o perdi de novo.*

Cedric se sentou ao lado dela, compartilhando sua dor em silêncio, e Adam voltou a passar um braço à volta dela.

— Eu sinto muito, Lily — disse o menino.

De repente, um trovão quebrou o silêncio. Uma nuvem de tempestade pairava sobre eles, crepitando com o fulgor de um raio se formando.

— Passe-me a pedra, garotinha.

Isla bloqueava o túnel, os braços estendidos, seus olhos ardendo com maldade.

CAPÍTULO 23

Traição

— Isla, o que você...?

— Entregue-me a pedra, ou vou matá-la.

Lily olhou para a tempestade iminente. *Esse raio é para mim?*

— Isla, o que... o que você está fazendo?

— Quieta! Sua gagueira é quase tão insuportável quanto sua incompetência. Que uma pedra da verdade tenha chegado até você é uma vergonha.

Isla esticou as palmas das mãos, e a eletricidade dentro da nuvem se intensificou.

— Ela nunca foi realmente sua — continuou ela. — Você não a merece. Remova-a da parede e passe-a para mim.

— Por que você está fazendo isso?

— É simples. O futuro pertence a Eymah. Alie-se a ele, e meu povo florescerá; oponha-se a ele, e nós morreremos. Assim como todos vocês.

Cedric deu um passo à frente.

— Alteza, não precisa fazer isso. Isso não é...

Com um movimento brusco da mão, Isla comandou que um raio disparasse da tempestade. Ele atingiu Cedric, que convulsionou, cambaleou contra a parede e caiu.

Lily correu para ajudá-lo, mas outro trovão a deteve.

— Agora — disse Isla, dando um passo à frente. — Remova a pedra da parede e passe-a para mim. Ou devo torrar outro de seus companheiros patéticos?

Lily olhou com raiva para Isla em meio às lágrimas.

— Você é a traidora, não é? — acusou Lily. — Era você de quem meu pai estava falando. Você o traiu também?

Isla não respondeu, mas estreitou os olhos em uma expressão glacial.

Lily cerrou os punhos. Uma força que nunca havia sentido antes brotou em seu peito.

— É verdade — concluiu ela. — Entendo agora. Você o entregou. Você entregaria todos a Eymah, se pudesse.

— Entregaria, sim! — vociferou Isla, e a beleza que sempre florescera em seu rosto se tornou terrível e sinistra. — Por eras meu povo tem guardado a sabedoria das tempestades, mas vocês tratam nossos dons como truques de circo! Vocês mancham tudo que tocam e ainda esperam que os sigamos, até mesmo que nos curvemos a vocês. Chega. O reinado dos humanos acabou. Seu tempo acabou!

Pelo canto do olho, Lily viu Adam se mover e enfiar a mão no bolso.

Continue falando, pensou ela.

— Sinto muito se meu povo a machucou.

— Machucar? — gargalhou Isla. — Não se iluda. Ofender-me, sim, mas vocês, porcos mortais, não têm o poder de me machucar.

Isla arqueou uma sobrancelha, e um novo ar de crueldade lhe sombreou o rosto.

— A captura de seu pai é prova de que você não tem como me machucar.

A raiva de Lily explodiu.

— Então, você admite. Você o traiu.

— Ele causou seu próprio destino!

— Mas ele a ensinou. Ele confiou em você. Eu confiei em você!

— Ensinou? Ele me tratou com *condescendência*. A própria noção de que ele teria algo a me ensinar é uma afronta. No entanto, nada disso importa — acrescentou Isla quando outro estrondo de trovão rebimbou. — Tudo será consertado. Agora, me entregue a pedra.

Lily viu Adam olhando para ela, como se a estivesse encorajando. Ele tinha algo na mão, e, de repente, ela intuiu seu plano. Ela passou por cima da mancha de sangue do pai e agarrou a corrente da pedra da verdade.

— Isso mesmo — sussurrou Isla. — Vocês, despertos, são tão previsíveis. Jogue-a aqui, garotinha.

— Jogar? — repetiu Lily, retirando a pedra da parede.

— Sim, sua imbecil! Jogue!

Naquele momento, Rigel voou para dentro da caverna e atacou Isla com as garras. Quando Isla se virou para bloquear o assalto, Adam deu um pulo à frente, se curvou para trás e lançou o ricoxilhão.

Lily mergulhou para se proteger, e Isla se dobrou quando o projétil a atingiu no abdômen. A concha abriu sulcos nas rochas atrás dela, depois derrubou estalactites de suas fundações. Antes que Isla pudesse reagir, o ricoxilhão bateu em uma parede distante, depois a atingiu na cabeça e ela tombou no chão. Adam pulou e agarrou a concha, abanando a mão para aliviar a dor do impacto com a palma.

— Suponho que haja vantagens em ser sempre escalado como defensor externo no beisebol — comentou ele com um sorriso tímido.

Lily correu para ajudar Cedric e fez uma oração de agradecimento quando ele se sentou e sacudiu a cabeça para se livrar da tontura.

— Essa doeu — queixou-se ele. — Por sorte, quando você tem uma barriga cheia de fogo, faíscas são de pouca consequência.

Passos ecoaram pelo túnel, e Nyssinia surgiu, suas asas opalescentes na luz etérea. Ela examinou a cena — Isla inconsciente no chão, Lily com um braço à volta de um Cedric chamuscado — e balançou a cabeça ao tirar suas conclusões.

— Quer dizer que ela enfim revelou a quem é leal — reprovou ela, olhando para a forma inerte de Isla. Ela mirou Lily nos olhos. — Seu pai não está aqui, está?

Lily abanou a cabeça.

— Ele foi levado pelas mortalhas.

Nyssinia estalou a língua, e seu rosto se suavizou com simpatia.

— Sinto muito, jovem curadora. É tão difícil perder um dos pais.

— Mas ele não está perdido para sempre, está? — questionou Adam, ainda retorcendo a mão. — Você disse na sala do Conselho que ele ainda está vivo.

— Ele está vivo, mas ainda está perdido. Se as mortalhas o capturaram, elas o trancaram nas Catacumbas. Com os guardiões desaparecidos e Eymah comandando as Terras Subterrâneas, é impossível resgatá-lo.

— Não posso abandoná-lo — protestou Lily. — Não posso desistir dele.

— Entendo sua dor, jovem curadora, e a respeito. Contudo, hoje em dia, ninguém que entre nas Catacumbas consegue sair. Mesmo que você consiga sobreviver, não chegará lá sem um guia, e eu não posso ser essa pessoa. Sou necessária em outro lugar.

— Mas você disse que a ajudaria — lembrou Adam. — Você não pode voltar atrás agora, quando prometeu ajudá-la a encontrá-lo.

Nyssinia respirou fundo, como se estivesse tentando juntar paciência.

— Enquanto vocês estavam procurando aqui, eu cantei uma canção para as montanhas. Elas me mostraram o Castelo Iridyll — relatou ela, olhando para Cedric, que se empertigou à menção do castelo. — Ele está sitiado.

— O quê? — disse Cedric, horrorizado.

— As forças de Eymah atacaram logo depois que partimos. É por isso que atravessamos o ermo sem sermos perturbados. As mortalhas estão todas lá — explicou Nyssinia, caminhando em direção à luz da entrada da caverna. — Devo me juntar às forças do Castelo.

— Mas Lily veio até aqui — reclamou Adam. — Ela quase morreu no ermo. Ela não pode apenas desistir quando está tão perto. Além disso, se as mortalhas estiverem todas lá, teremos mais facilidade para entrar nas Catacumbas.

Nyssinia o estudou, e um sorriso irônico lhe adornou o rosto.

— Admiro sua determinação, meu jovem — admitiu ela. — Posso levá-los até a Floresta Petrificada. Depois disso, porém, preciso partir. Tive a honra de auxiliá-los nesta missão, mas sou antes de tudo uma guerreira. Onde a batalha pelo bem se desenrola, em especial pelo bem do reino, é lá que devo ir.

Lily agradeceu a Nyssinia e pendurou a pedra em volta do pescoço. Isla se remexeu, e Nyssinia os incitou a descer o túnel até a beirada que se projetava da face do penhasco.

— Eu terei que levá-los um de cada vez — ressaltou ela, observando a inclinação íngreme que despencava até o vale abaixo. — Nunca revelem isso ao minotauro, mas não sou forte o bastante para levar todos vocês de uma vez.

— Suponho que ficaremos bem — assegurou Lily.

— Sim, mas vai levar tempo.

— Não, quero dizer que não creio que vai precisar nos carregar.

Lily estendeu a pedra da verdade, e sua mente retornou àquele momento no ermo, com os Esquecidos se arrastando sobre ela e arrastando-a para a cratera. Posicionando-se na borda da saliência na rocha, Lily fechou os olhos e buscou a mesma segurança a que havia se agarrado em meio aos gemidos e gritos, a agitação de membros e garras. Ela procurou em sua mente o mesmo perfil pálido e reluzente de Pax contra o pano de fundo do Deserto.

Ajude-me, por favor. Ajude-nos a chegar às Catacumbas. Ajude-me a salvar meu pai.

A luz familiar azul-esbranquiçada brotou da pedra, borrifando o vale abaixo. Do alto, o grito de um gavião-de-areia rasgou o ar, e enormes asas bloquearam o sol.

CAPÍTULO 24

A Floresta Petrificada

Quando pousaram, a primeira coisa que Lily notou foi o ar. Era frio e enjoativo, como se andassem por um lago coberto por uma densa camada de algas. Apesar do céu sem nuvens e iluminado pelo sol acima, a escuridão os envolvia, e sombras estranhas obscureciam o solo.

Eles se encontravam diante de uma parede de árvores retorcidas. À frente, uma única entrada se abria, retangular como se alguém a tivesse esculpido na floresta com uma faca. Lily não conseguia ver nada além de sua boca preta e escancarada.

— É aqui que devo deixá-los — disse Nyssinia. Ela tirou a adaga do cinto e a entregou a Lily pelo punho. — Fique com ela, por favor. A floresta abriga muitos perigos, e você talvez precise dela.

— Que lugar é esse? — perguntou Lily com um arrepio.

— A Floresta Petrificada.

— Espere — pediu Adam. — Não há florestas petrificadas no ermo? Com madeira que virou pedra há eras?

— No seu mundo, talvez — retrucou Nyssinia. — Aqui no reino, a Floresta Petrificada é um labirinto. As Catacumbas se encontram do outro lado do labirinto.

— Do outro lado? — repetiu Adam. — Não poderíamos simplesmente voar sobre a floresta? E você poderia nos deixar bem nas Catacumbas?

— Bem que eu gostaria, mas a floresta não permitirá. Ela é encantada, e o céu acima está envenenado. No entanto, solucionar o labirinto não será seu maior desafio — alertou Nyssinia, tocando a face de Lily. — A floresta conhece seus medos, jovem curadora. Se você não for forte, ele os usará para tirar sua vida.

— Quer dizer que a floresta vai me matar?

— Ela a transformará em pedra.

Lily estremeceu, e Rigel trinou com ansiedade.

— Gostaria de poder acompanhá-la — lamentou Nyssinia. — Sinto muito por ter que deixá-la aqui, mas meus compatriotas precisam de mim. O Castelo Iridyll está em chamas.

Lily sentiu que ia vomitar, mas se forçou a assentir.

— Obrigada, Nyssinia. Por tudo. Eu nunca teria chegado aqui sem você.

— Que nosso Alto Rei, o Criador de tudo, apresse seu caminho, jovem curadora — disse ela, e depois se voltou para Cedric. — E que ele realize seus desejos, dragãozinho.

Uma expressão de vergonha cruzou o rosto de Cedric.

Nyssinia abriu suas asas e, com uma corrida e um salto, levantou voo. Lily a observou até que ela se reduziu a um pontinho no horizonte e desapareceu sobre o ermo. Quando Nyssinia desapareceu de vista, Lily remexeu os punhos das mangas e repetiu as palavras de Nyssinia em sua cabeça: *Ela a transformará em pedra*. Como ela poderia arriscar a vida de seus amigos em um lugar assim?

— Talvez eu devesse ir sozinha — propôs ela, virando-se para

Cedric e Adam. — Esta é minha missão. É meu pai que estou procurando. Vocês não precisam arriscar a vida.

— Nós já a arriscamos muitas vezes, srta. Lily — retrucou Cedric. — Não tenho nenhuma intenção de voltar atrás agora.

— Eu sei, Cedric, mas algo... algo parece diferente desta vez — rebateu ela, sentindo o medo se aprofundar ainda mais. — Acho que é para eu ir sozinha.

— Fora de questão, srta. Lily. Eu prometi que a levaria para casa. E até que eu cumpra essa promessa, meu lugar é ao seu lado — afirmou Cedric, colocando a pata em seu ombro. — E mesmo depois disso, minha querida.

— Eu também vou — garantiu Adam. — De jeito nenhum você deve entrar aí sozinha.

Rigel pousou em seu ombro e lhe acariciou o rosto.

Lily mordeu o lábio para não chorar. Ela agarrou a pedra, centrando-se em seus contornos suaves.

— Obrigada a todos — disse ela, e adentrou a floresta.

No momento em que entraram, o céu desapareceu. Um espesso dossel de folhas cinzentas bloqueava o sol, com apenas a luz mais fraca penetrando até o chão da floresta. Lily havia esperado que Rigel pudesse voar à frente e lhes mostrar o caminho, e talvez tecer um fio para que seguissem, como um herói havia feito em uma história grega da qual ela se lembrava vagamente. Porém, ela agora percebia que os galhos entrelaçados com firmeza bloqueavam qualquer visão do caminho adiante.

Eles se aproximaram da primeira bifurcação no labirinto, uma junção de três caminhos distintos. Lily examinou as trilhas e forçou os olhos para encontrar alguma diferença entre elas, mas não conseguiu ver nenhuma. Cada uma desaparecia nas sombras sem nenhuma pista sobre seu destino.

— Por qual caminho vamos? — perguntou ela aos companheiros. — Rigel, você consegue ver alguma coisa?

O francelho-estrela não respondeu. Ele voou de um caminho para o outro e então repetiu o exercício. Após quatro ciclos, ele voltou a pousar no ombro dela com a cabeça baixa em derrota. Lily percebeu quando ele pousou que os olhos da ave estavam vidrados, e ele tremia como uma folha quebradiça ao vento.

— Vejo neblina junto ao solo naquele caminho — observou Adam, apontando para o terceiro caminho. — Talvez seja algo a se evitar.

Duas opções, então. Lily estudou cada uma e procurou por alguma dica sobre o caminho certo. Sentiu a cabeça doer de concentração.

— Um palpite é tão bom quanto o outro, srta. Lily — opinou Cedric.

Ela escolheu o caminho do meio, e eles mergulharam na escuridão. Logo chegaram a outro cruzamento. E outro. E ainda outro. Cada um parecia igual ao anterior, mergulhando no breu total, sem um raio de sol ou um único ponto de referência para lhes guiar o caminho.

Após a quarta ou quinta junção, os outros perderam o interesse em escolher caminhos. Adam se arrastava no fim da fila em silêncio. Cedric caminhava ao lado de Lily, mas suas asas pendiam inertes, e ele havia perdido a centelha que sempre havia incutido esperança em Lily. Rigel nem sequer a acariciava; em vez disso, aninhou-se em seu ombro e tremia.

Nunca vamos sair daqui, pensou Lily consigo mesma. *Meu pai está trancado em alguma masmorra, e, depois de tudo isso, nós nunca o salvaremos.* Chegaram a outra bifurcação na estrada, e Lily seguiu em frente em desânimo e escolheu seu caminho sem escrutínio, jogando os braços para o ar em exasperação enquanto andava.

— Afinal, qual é o sentido disso tudo? — ela deixou escapar, virando-se para os outros.

Todos haviam desaparecido.

Lily olhou em volta, apavorada. Ela procurou em cada margem da floresta, cada folha moribunda, por algum sinal de vida. Entretanto, todos eles — Cedric, Adam, até mesmo Rigel empoleirado no ombro dela — tinham sumido sem deixar vestígios. Seu primeiro pensamento foi que ela havia se afastado deles enquanto estava perdida nos próprios pensamentos. Lily chamou seus nomes um por um, presumindo que eles deveriam estar por perto. A única resposta que recebeu foi o eco da própria voz.

Ela vasculhou o caminho e as cascas das árvores em busca de algum sinal de onde poderiam ter ido, mas o chão da floresta estava limpo, e a cortiça fina dos troncos das árvores não ajudou em nada. O pânico lhe empoçou na garganta, e ela voltou a lhes chamar os nomes. *Onde eles podem estar? O que aconteceu?* Quando de novo ninguém respondeu, sentiu o estômago afundar com a compreensão de que estava sozinha.

Seus dentes batiam. *No que foi que eu os meti?*, Lily se perguntou, engasgando-se com a sensação de culpa. Ela começou a correr. *Isso não pode estar acontecendo. Não posso estar aqui sozinha.*

Então, ela parou de repente.

Na junção dos caminhos adiante jaziam três caixões, cada um adornado com um único lírio branco. Lily ouviu choro, embora não conseguisse localizar a voz. Ela olhou para os caixões, horrorizada. *Três caixões. Cedric, Rigel e Adam?* Não, não poderia ser. Eram grandes demais. Então ela teve certeza: *Papai, mamãe e vovó.*

O medo a penetrou como gelo. *Não, por favor,* orou ela. *Não pode ser.* Conforme ela se aproximava dos caixões, cada passo parecia lhe sugar mais vida e calor. *Isso não pode ser verdade. Por favor. Eles não podem ter morrido.*

Ela se aproximou o suficiente dos caixões para passar a mão pelo mogno polido. Ouviu um coração batendo, um baque surdo como um relógio sinistro. Sobrepujada pelo medo, não entendia que aquele era o som de seu próprio coração.

Com o peito arfando, ela se postou diante do primeiro caixão e vislumbrou seu reflexo na superfície. *Estou sozinha*, pensou. *Estou* completamente *sozinha*. Então, outro pensamento se esgueirou sobre ela como uma aranha, assaltando-a e despertando-a para um novo horror: *A culpa é minha. Não sei como, mas isso é minha culpa.*

Lily se virou e desceu por um caminho aos tropeços. Galhos de árvores invadiram a trilha de súbito e lhe estapearam o rosto enquanto ela corria, mas seu pânico a compelia a seguir em frente, assim como a adrenalina estimula um cervo depois que ele é ferido.

De repente, seus movimentos diminuíram de velocidade, por mais que ela se esforçasse para correr mais rápido. Seus pés pareciam ser de chumbo. Também sentia as mãos pesadas, como se carregassem pesos.

Lily parou e olhou para baixo. Uma mancha em profundos tons de cinza escorria das bordas dos tênis onde seus pés tocavam o chão e avançava, sobre a estrela enlameada bordada no sapato direito, para os cadarços. Conforme a cor se espalhava, seus pés se tornavam dormentes. Ela tentou se livrar da sensação estranha, mas, para seu horror, não conseguia se mover.

Seus pés estavam cimentados ao chão.

A mesma sensação arrepiante e mortal lhe tomou conta dos dedos. Lily ergueu a mão e descobriu outra onda cinza se esgueirando ao longo das pontas dos dedos para lhe engolir a palma. Ela tentou gritar, mas nenhum som saiu.

Ela estava se transformando em pedra.

Conforme a rocha reivindicava cada vez mais de seus membros, seu medo se aprofundou em desespero. Aquele era o fim. Não havia saída. Ela sentiu o mármore frio e morto lhe tomar os joelhos, e ansiou por um último abraço de seus pais. Um último vislumbre do céu. Um último indício de bondade no mundo.

Uma luz branca inundou o caminho. Lily baixou o olhar para a pedra da verdade, mas esta pendia opaca e silenciosa de seu pescoço. Ela apertou os olhos contra o fulgor.

Pax.

Ele estava parado à distância, envolto em brilho. Ao vê-lo, os medos de Lily se dispersaram como insetos fugindo da luz do sol quando ela preenche um aposento esquecido. Seus pés e mãos ainda pareciam chumbo, mas, na presença de Pax, ela não temia coisa alguma. Nada poderia machucá-la. Nada poderia arrancá-la do amor que se derramava naquele terrível caminho da floresta.

Pax não falou nada, mas, em sua mente, Lily lhe ouviu a voz. *Você não está sozinha, minha filha. Siga-me.* No momento seguinte, a pedra que lhe havia coberto os membros se dissolveu. Granito líquido pingou no chão, silvou e evaporou.

Lily esticou os dedos e chutou a ponta dos tênis contra a terra para sentir que os dedos dos pés ainda existiam. Depois, ela correu em direção a Pax. Distante, mas nunca se afastando dela, ele a guiou por caminhos tortuosos pelos quais ela nunca teria conseguido navegar sozinha. Quando ele parou, Lily diminuiu o ritmo. Ela ouviu sons de briga.

Cedric se encolhia contra uma parede de espinheiros, chorando e coçando as patas dianteiras.

— Eu não tive intenção! Eu não tive intenção! — gritava ele sem parar.

Lily se abaixou ao lado dele e lhe chamou o nome, mas ele não respondeu. Hesitando, como se um toque muito forte pudesse despedaçá-lo, ela colocou a mão em suas costas.

Cedric rugiu e recuou. Sua cabeça se virou de forma brusca, primeiro em uma direção, depois em outra.

— Afaste-se! Afaste-se! Eu não aguento! — vociferou ele.

— Cedric, o que está acontecendo?

Ele se encolheu em uma bola.

— Eu não tive intenção! — gemeu ele. — Ai, por favor, por favor, perdoe-me. Eu não posso consertar isso. Eu não queria machucar ninguém. Eu sinto muito. Eu nunca quis ser um dragão. Por favor, perdoe-me. Eu sinto muito.

— Cedric, está tudo bem. Você não machucou ninguém. Você está imaginando tudo isso.

Ele uivou, então continuou a se arranhar, espalhando escamas na terra.

— Por favor, não, Cedric! — protestou Lily entre lágrimas.

Ela o envolveu em seus braços, então se afastou, alarmada. De repente, os espinhos coriáceos às costas dele tinham se tornado frios e duros. Diante dos olhos de Lily, uma maré cinza desceu aos poucos pelo pescoço de Cedric.

— Não, Cedric, não! Isso não é real! Você não machucou ninguém! Não ceda ao medo!

Ela segurou a cabeça dele com ambas as mãos, e os olhos de Cedric lhe pareceram selvagens. Ele se afastou dela e se debateu, jogando-a no chão. Ainda assim, ela o conteve e lhe dirigiu o olhar ensandecido para a trilha, para a luz que emanava de Pax, que os vigiava.

— É Pax, Cedric! É ele! Ele está aqui!

A aura refletiu no rosto de Cedric, mas os olhos do dragão não focaram. Lily olhou para o caminho. Pax, brilhando como o luar, ainda estava ali de pé, observando-os, mas Cedric não dava nenhuma indicação de que conseguia enxergar o príncipe.

— Cedric — insistiu Lily, ainda lhe segurando o rosto entre as mãos. — Você precisa confiar em mim. Pax está aqui. Não precisa ter medo. Temos ajuda, o melhor tipo de ajuda.

Cedric olhou para ela com olhos bravios e cegos.

— Não se esqueça de sua promessa — lembrou ela. — Você prometeu me levar de volta para casa. Você não pode desistir agora.

O olhar enlouquecido do dragão se suavizou e deu lugar à agonia. Lily o soltou, e Cedric caiu de bruços no chão, tremendo enquanto a luz de Pax se derramava sobre ele.

— Não consigo escapar, srta. Lily — chorou Cedric. — Eu tento e me esforço, mas o fogo ainda arde em minha barriga.

Ela apoiou a cabeça contra a dele.

— Creio que Pax pode ajudar até nisso, Cedric.

Aos poucos, os músculos tensos relaxaram, e a pedra que lhe envolvia os espinhos rachou e caiu no chão.

Cedric jogou a cabeça para trás e enxugou os olhos com a pata dianteira. Ele olhou para suas garras e as virou, como se as visse pela primeira vez.

— Sinto muito, minha querida. Eu pensei que... Eu estava com tanto medo de ter machucado alguém de novo.

Lily olhou para o caminho. Pax estava parado ao longe, seu resplendor iluminando o caminho.

— Você não consegue vê-lo? — perguntou ela a Cedric.

Cedric seguiu o olhar dela e estreitou os olhos, então abanou a cabeça.

— Não, srta. Lily. Eu não vejo ninguém — admitiu ele. Em seguida, respirou fundo, e sua voz tremeu. — Mas acredito que você o veja.

Antes que Lily pudesse responder, outro grito cortou a escuridão.

Adam.

Lily agarrou Cedric e correu pelo caminho em direção ao som. Depois de alguns passos, ela descobriu Adam escondido atrás de uma raiz deformada de árvore. Ele se encontrava em posição fetal, chorando e gemendo.

— Não, pai, por favor, não vá embora! — gritava ele. — Seja lá o que for que eu fiz, me desculpe! Eu prometo que vou melhorar! Prometo que vou deixá-lo orgulhoso! Por favor, fique!

Ele rastejou, encostou a testa na terra e cobriu a parte de trás da cabeça com as mãos.

Antes que Lily pudesse implorar por ajuda, Pax sacudiu a cabeça e relinchou. Sua crina balançou contra a escuridão como uma onda quebrando contra a praia, e Adam se sentou. Ele descerrou os punhos e piscou várias vezes.

— Lily? — disse ele, surpreso ao vê-la. — Meu pai...

— Não era real, Adam. Não aconteceu, e você está bem. Pax salvou você.

— Quem?

— Pax.

Ela apontou para o caminho, mas Adam a mirou sem entender.

Pax bateu os cascos, chamando Lily para segui-lo. Ela ajudou Adam a se levantar.

— Onde está Rigel? — indagou ela.

Cedric, ainda abalado, apenas piscou. Adam deu de ombros.

Lily chamou por Rigel e esperou que um guincho ou gorjeio familiar ressoasse, como sempre acontecia. Ele sempre vinha quando ela chamava; com certeza ele viria agora, quando amigos eram tão vitais quanto o ar.

Ela chamou de novo. Sua voz ecoou pelas árvores contorcidas, mas, além disso, ela ouviu apenas o sussurro do vento.

Ela começou a correr. *Onde ele está?*, Lily perguntou a Pax, que tinha se movido mais adiante. Ela conseguia lhe discernir a presença apenas como um brilho distante, como uma estrela tremeluzindo ao longe na trilha.

Pax não respondeu, e a preocupação de Lily cresceu à medida que vasculhava o caminho estreito e as árvores azul-negras emaranhadas em ambos os lados. Ela forçou as pernas a correrem mais rápido.

— Rigel! — chamou ela.

O ar gelado e denso era como lodo contra seu rosto, e seu corpo estava exausto, mas ela os incentivou a continuar.

— Rigel! — chamou ela outra vez.

Ela se chocou contra algo duro.

Lily deu um passo para trás e massageou a canela onde havia colidido com um objeto sólido. Ela olhou para baixo. Então ela gritou de tristeza.

Rigel estava diante dela no meio do caminho, com as asas abertas, o pescoço curvado em um chamado, talvez por medo, talvez para implorar por ajuda. O brilho azul-prateado de suas penas havia se apagado. Das garras à cauda, ele havia se transformado em pedra sólida.

Cedric chegou até ela e conteve o fôlego ao ver o amigo preso para sempre na rocha.

— Ai, não. Não. Ele era um companheiro tão bom.

Lily tocou a cabeça de Rigel e se agarrou à lembrança de sua penugem macia contra a mão dela. Apoiou a face contra a dele, pressionando o rosto contra o francelho como ele tantas vezes havia se aninhado a ela. Onde antes havia sentido calor e a penugem de penas que cheiravam a pinho, ela agora sentia apenas mármore frio e duro.

Ela olhou para Pax. *Você pode trazê-lo de volta?*, Lily perguntou.

Nenhuma resposta flutuou no vento ou rompeu os pensamentos que lhe entulhavam a mente. Havia apenas silêncio e o peso de sua tristeza. Todavia, a luz de Pax ainda ardia, acenando para que ela o seguisse.

Ela beijou seu amado amigo e gesticulou para que Cedric e Adam a seguissem. À medida que andavam atrás de Pax, as trilhas enroscadas se desentrelaçaram como barbantes emaranhados. O caminho à frente se endireitou em um corredor longo e escuro, sem curvas ou desvios, até chegar às Catacumbas.

CAPÍTULO 25

As Catacumbas

O labirinto terminava no sopé de uma montanha. Lily, Adam e Cedric saíram tropegando do labirinto e giraram em círculos para admirar boquiabertos os imensos penhascos pontiagudos que se estendiam para o céu em torno e raspavam as estrelas como os dentes de uma fera selvagem. Uma cerração negra engolfava os picos, e a luz das estrelas piscava por trás de seu manto.

Lily olhou ao redor procurando por Pax, mas ele havia desaparecido. Em sua ausência, a escuridão a oprimia, e ela se sentiu vazia por dentro.

— Cara, estou feliz por ter saído de lá — comentou Adam, tirando folhas que haviam lhe caído nos ombros.

Lily não conseguia compartilhar do alívio dele. Um poço fumegando com fogo alaranjado se abria como uma boca voraz no chão diante deles, gelando o sangue de Lily.

— O que é isso? — indagou ela, aproximando-se de Cedric.

— É para lá que estamos indo, minha querida — respondeu ele com voz grave. — Aquela é a entrada para as Catacumbas, srta. Lily.

— Meu pai está *lá?*

Ela avançou e mirou o abismo, mas não conseguiu ver a fonte da luz bruxuleante nem avaliar a distância até o fundo do poço.

— Junto com muitas outras coisas, decerto — respondeu Cedric. — Estamos à porta de Eymah. Mantenham-se atentos, vocês dois. Aonde vamos, não se pode confiar em nada.

Cedric farejou a borda do buraco e, de repente, desapareceu nele. Lily arquejou, mas, em um instante, sua cabeça reapareceu na entrada.

— Por aqui — indicou ele, acenando com uma pata para chamá-los.

Então, ele sumiu de vista. Lily preparou a adaga que Nyssinia havia lhe dado e seguiu Cedric por uma escadaria em espiral que serpenteava sob a montanha.

Enquanto caminhavam, o ar fervia com vapores rançosos. O suor lhes escorria pela testa enquanto o vapor fétido os envolvia. Lily não conseguia se livrar da ideia de que estavam descendo para um submundo, muito distante de tudo que era bom e verdadeiro.

Depois de uma era descendo os degraus de pedra, prendendo a respiração às vezes quando os vapores sulfúricos os sufocavam, eles chegaram a um longo corredor. Lá, Lily avistou a fonte do brilho alaranjado e assustador: em vez de tochas, jatos de lava cobriam as paredes do túnel de pedra, jorrando e borbulhando antes de desaguarem em uma trincheira que mergulhava sob a rocha. O calor era insuportável.

Cedric parou à entrada do túnel, e seu olhar passou de uma parede para a outra. Uma expressão sombria lhe obscureceu o rosto.

— O que foi? — indagou Lily.

— Está muito quieto — disse ele. — Eu estive aqui apenas uma vez, srta. Lily, mas, naquela visita, as Catacumbas fervilhavam com todo tipo de gritos e uivos, e o gorgolejo de seres hediondos.

Ele estremeceu, deu um passo à frente e espiou para dentro do longo túnel.

— Entenda, ficarei feliz de não ouvir aqueles barulhos terríveis de novo... mas para onde eles foram? Eu pensei que este lugar estaria cheio de mortalhas.

— O castelo? — sugeriu Adam. Distraído, ele encostou a mão contra uma parede de pedra e pulou para trás quando ela emitiu um chiado de fervura. — Nyssinia não falou que todas as mortalhas estavam atacando o Castelo Iridyll?

— É verdade. No entanto, Eymah reivindicou as Catacumbas como sua fortaleza. Com certeza ele não a deixaria totalmente indefesa?

Lily olhou de volta para a escadaria, que subia em espiral na escuridão como uma serpente. Ela se esforçou para localizar algum movimento nas sombras, mas não viu nenhum. Em algum lugar em uma caverna distante, uma única gota d'água pingou no chão e ecoou por todas as Catacumbas, mas, depois disso, tudo ficou em silêncio.

— Sugiro que a gente entre correndo — ofereceu Adam. — Estamos sozinhos agora, mas quem sabe quanto tempo isso vai durar?

— Cedric, você sabe o lugar exato onde meu pai pode estar? — questionou Lily.

Cedric abanou a cabeça.

— As Catacumbas são uma vasta colmeia de celas e câmaras. Somente os guardiões têm um mapa.

Com outro estalar de garras, ele gesticulou para que o seguissem pelo corredor. Adam tossiu, e Lily também lutou para não espirrar com os vapores sufocantes. Cedric parou em frente a uma entrada esculpida na rocha, trancada com uma grade de ferro.

— É uma cela — constatou ele.

Lily espiou pela grade. Uma corrente jazia em um montinho no chão, e manchas escuras marcavam a terra onde estava. Algumas cascas de batata mofavam em um canto. Fora isso, estava vazio.

— Se seu pai está mesmo nas Catacumbas, Eymah sem dúvida o trancou em uma dessas celas — afirmou Cedric. — À sua maneira corrompida, seria justiça poética: os protetores dos sonhos, em especial os guardiões, trancados nas mesmas celas de prisão que eles supervisionavam.

Cedric balançou a cabeça e estremeceu.

— Tanta maldade congela os ossos — murmurou ele.

Lily pensou no pai acorrentado ao solo, com raízes podres como alimento, e sentiu o estômago se revirar em um nó.

— Como encontraremos a cela dele? — perguntou ela, tentando se concentrar.

Com uma baforada de vapor saindo das narinas, Cedric gesticulou para o túnel.

— Procurando.

Lily olhou na direção do gesto dele e viu que as celas se alinhavam nas paredes em ambos os lados até onde a vista alcançava.

Eles continuaram sua marcha lenta pelo corredor. A cada poucos passos, passavam por um par de celas de prisão, uma de cada lado, e o coração de Lily saltava ao pensar que aquela, desta vez, poderia revelar seu pai. Então ela encontrava a cela vazia, a terra no chão perturbada, mas abandonada, e suas esperanças afundavam.

Depois de meia hora de busca, o calor e o fedor nublavam o pensamento de Lily. O corredor começou a girar, e ela viu aparições que não estavam lá. Um cão sarnento, faminto e ensanguentado fez uma careta para ela de dentro de uma cela e então desapareceu. Em outra câmara, uma névoa rodopiava, e Lily recuou com medo de se deparar com outra mortalha, ou talvez com Isla, mas, no instante seguinte, a fumaça desapareceu.

Enquanto sua mente era atormentada com pensamentos e temores estranhos, sentiu os membros pesarem como chumbo. Adam também diminuiu o ritmo, e Cedric arrastava a cauda pelo chão. Lily estava prestes a pedir uma pausa para beber água e descansar, quando um novo som rompeu o silêncio.

Passos.

Cedric correu para uma parede, e Adam e Lily se agacharam ao lado dele contra a rocha fumegante. A princípio, os passos soaram distantes, como o *plim* oco de uma pedra lançada em um poço. No entanto, depois de alguns momentos, sua trajetória era inconfundível. Com uma cadência constante e medida, os passos se tornaram mais altos.

Estavam se aproximando.

Adam retirou o ricoxilhão do bolso e, com a palma suada, Lily agarrou o punho da adaga de Nyssinia. Cedric se colocou em posição de sentido como um cachorro farejando o ar, prevendo problemas.

Uma sombra surgiu no caminho. Lily conseguia discernir um tufo de cabelo rebelde, ombros caídos e um andar manco. À medida que a figura se aproximava, a sombra encolheu e se fundiu com seu dono. Lily prendeu a respiração.

Ali, no fulgor assustador da rocha derretida, com o rosto abatido e os olhos avermelhados, estava o pai de Lily.

— Papai! — bradou ela.

Lily deixou cair a adaga com um estrondo, e antes que Cedric ou Adam pudessem impedi-la, ela correu para abraçá-lo. Ele cambaleou alguns passos para trás quando ela jogou os braços ao redor dele e chorou em seu peito. Enfim, ela conseguiu abraçá-lo e lhe ouvir a voz e o batimento cardíaco sob seu ouvido. Enfim, ele estava com ela. Tudo ficaria bem. Ela estava a salvo.

Então, Lily abriu os olhos. Por razões que não conseguia compreender, sentiu os cabelos na nuca se arrepiarem.

Ele não retribuiu o abraço. O que era mais preocupante é que não havia nada em seus braços, ou em seu cheiro, que lembrasse Lily de casa. Lily se afastou dele e lutou para se firmar contra a tontura que a assaltou.

Algo estava muito errado.

A princípio, ela pensou que o brilho vermelho em sua visão fosse outro jorro de lava, talvez partindo do chão. Então ela olhou para baixo e viu a pedra da verdade queimando em vermelho contra o peito.

— Lily, para trás! — gritou Adam. — Os olhos dele... são como os do meu pai na cachoeira!

Ele estava certo. Eram olhos rubros, penetrantes, como os das mortalhas quando haviam personificado a avó no Deserto e o pai de Adam junto ao lago. Lily deu um passo para trás.

— Lily, o que há de errado? — perguntou a mortalha, abrindo bem os braços. — Você me encontrou! Venha aqui, deixe-me abraçá-la!

Não. Este não é meu pai.

A expressão da mortalha endureceu, e seus olhos brilharam com uma malevolência que Lily nunca, jamais, havia testemunhado no pai. Quando Lily lhe retribuiu o olhar, sentiu o coração disparar de terror.

— Venha aqui, Lily — chamou a mortalha. — Você não sentiu minha falta? Não quer ir para casa?

— Lily! Afaste-se! — berrou Adam.

Ela deu outro passo para trás.

— Você não tem como escapar, Lily, você sabe disso. Ninguém consegue escapar da ira dele — declarou a mortalha, estendendo a mão. — Entregue-me a pedra, Lily. Então você poderá ir para casa, e tudo isso ficará para trás.

Adam continuou a gritar, e a voz de Cedric se juntou à dele, mas ela não conseguia decifrar nenhuma das palavras que diziam.

Ela queria berrar, ou correr, mas enquanto os olhos da mortalha a fitavam — tão parecidos com os de seu pai, mas tão horrivelmente errados — suas juntas a mantinham paralisada no lugar.

— Entregue-a para mim, Lily. Você sabe que não era para você. Você sabe que não é uma curadora *de verdade.*

Lily estremeceu. O túnel se revirou ao redor dela.

— Você não é páreo para nós, Lily. Você não é páreo para ele. Agora dê a pedra para mim. Ela não pertence a você. Você é apenas uma garotinha.

— Chega de suas mentiras, mortalha imunda! — vociferou Cedric ao surgir ao lado dela, brandindo um punho no ar. Fumaça lhe saía das narinas. — Volte para seu mestre pavoroso, ou nós a incineraremos!

A mortalha jogou a cabeça para trás e gargalhou, uma risada grotesca e diabólica que soou perversa na voz do pai. Então, seu rosto se abriu em um sorriso maligno, e a mortalha atingiu Cedric com um golpe que lançou o dragão girando pelo túnel. Cedric tombou no chão.

— Não! — protestou Adam, correndo para a frente com o ricoxilhão na mão.

Ele deixou o projétil voar, mas a mortalha se abaixou, socou Adam e o arremessou ao chão. O ricoxilhão bateu em uma parede, reverteu a direção e desapareceu pelo túnel.

A mortalha voltou seu olhar furioso para Lily.

— Você não vê? Você não tem como vencer, criança patética e chorona.

A mortalha estendeu a mão de novo, mas, desta vez, os dedos se contraíram, contorcendo a mão em uma garra. Sua voz soou menos como a do pai de Lily e mais como o rosnado de uma fera.

— Dê-me a pedra, e você e seus amigos sobreviverão.

Lily fechou os dedos em torno do pingente. Ela refulgia em vermelho através da palma, iluminando-lhe as veias da mão.

— Isso mesmo, garotinha. Entregue-a e tudo vai ficar bem. Passe-a para mim e tudo isso acabará.

— Não, srta. Lily! — exclamou Cedric após um ataque de tosse. — Não faça isso! Não ceda a ele!

Lily deu um passo à frente.

— Você sabe que isso não lhe pertence. Dê para mim e tudo será consertado. Passe-a para mim e tudo será perdoado.

Com a palma da mão ainda fechada em volta dela, Lily ergueu a pedra. A mortalha salivou e seus olhos faiscaram. Cedric gritou mais uma vez.

Lily estreitou os olhos através da fumaça que agora espiralava ao seu redor. Ela respirou fundo e se lembrou da luz que a havia guiado pela Floresta Petrificada, como ela nunca havia se afastado dela. Ela se lembrou das palavras de Pax: *Você nunca está sozinha.*

Seus ombros se endireitaram. Cedric gritou em desespero quando ela abriu os olhos e levantou a pedra.

— Aqui está.

Um clarão preencheu a caverna, e uma luz azul-esbranquiçada emergiu da pedra da verdade e afugentou as sombras e o fogo. Uma grande fera, na forma de um jaguar, mas cercada por uma chama branca e resplandecente, apareceu no túnel. Sua cauda chicoteou, lançando labaredas pálidas que pontilharam o chão imundo.

O jaguar empinou-se sobre as patas traseiras e rosnou para a mortalha, que levantou as duas mãos e recuou. Com um rugido que sacudiu a caverna e derrubou Lily, o jaguar saltou.

A mortalha uivou um grito vulgar que parecia ter brotado das profundezas da terra. Então, em uma explosão de fogo branco e fumaça, ela desapareceu. Em seu lugar, centenas de ratos surgiram de repente.

Lily recuou em pânico enquanto eles cobriam o túnel, guinchando e correndo pelo chão e para dentro das celas. Lily tentou rastejar para longe, mas em todos os lugares em que ela colocava a mão ou o pé, ela encontrava, em vez de terra firme, ratos que chiavam e a mordiam. Eles emitiam fumaça enquanto corriam.

Movimentos nas paredes chamaram a atenção de Lily, e ela estreitou os olhos para ver uma massa se contorcendo que, de repente, se espalhou por todo o túnel como uma praga saindo de uma ferida. Para seu horror, ela percebeu que se tratava de ondas vivas repletas de cobras, baratas, escorpiões, todo tipo de criaturas rastejantes, enxames partindo dos lados do corredor para ir de encontro à enxurrada de ratos abaixo.

Lily lutou para se manter de pé, mas os ratos de novo a arrastaram para o chão como uma correnteza. O jaguar rugiu e os golpeou quando o atacaram às centenas, mas logo eles o subjugaram em uma multidão negra e macabra. Suas chamas tremeluziram e se extinguiram, e ainda assim as criaturas se juntaram, empilhando-se umas sobre as outras, amontoando-se cada vez mais alto na caverna vermelho-sangue.

Logo, uma massa negra se formou, o topo se aproximando do teto de pedra. Então essa massa ferveu com uma fumaça preta e espessa.

A fumaça sacudiu e se debateu, como a mortalha havia feito naquele primeiro dia na casa da árvore de Lily no bosque. A menina foi tomada pelo terror ao ver a fumaça tomar a forma da mortalha mais monstruosa que já tinha visto. Era cinco vezes maior do que aquela que a havia perseguido no bosque.

— É ele! — berrou Cedric. — É Eymah!

Da escuridão, com olhos como duas poças de lava, um enorme dragão negro se materializou, empinou-se nas patas traseiras e rugiu.

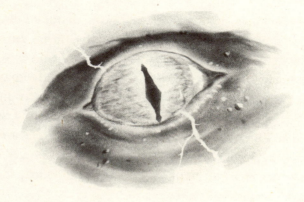

CAPÍTULO 26

Eymah

Eymah se assomava sobre eles em uma montanha de fumaça, fogo e escamas pretas oleosas. Cedric correu para a frente e cuspiu uma rajada de fogo, mas, contra a circunferência maciça de Eymah, as chamas morreram como velas sopradas. Eymah soltou um riso irônico e golpeou Cedric com as garras. O impacto lançou Cedric contra uma parede como uma mosca afastada com o piparote de um dedo, e Cedric gemeu ao deslizar para o chão.

— Não! — gritou Lily.

Ao se levantar, ela ouviu um grito. Adam correu atrás dela, atacando o monstro, brandindo a adaga descartada de Lily.

Antes que Adam se aproximasse o suficiente para atingi-lo, Eymah o abalroou com um movimento da cauda. Um estalo nauseante ressoou, e Adam gritou, segurando o próprio braço. Eymah desferiu outro golpe, contra o abdômen do menino dessa vez, e Adam se dobrou, tossindo.

Lily conteve as lágrimas e fixou o olhar na fera enorme e hedionda diante dela. Respirou fundo e fez uma oração. Em seguida, levantou a pedra da verdade até o nível dos olhos.

Nenhuma luz pulsou da pedra. Enquanto o desespero pesava sobre Lily, um som nauseante reverberou pela caverna: Eymah estava rindo. Todo aquele horror era apenas um jogo para ele. Ele se deliciava com o sofrimento deles e se alegrava com sua sensação de impotência.

— Puxa, você é bem ambiciosa, não é, garotinha?

Ele deu alguns passos mais para perto, e o chão sob Lily tremeu a cada movimento das garras do monstro. Eymah se curvou, e seu rosto horripilante pairou a centímetros do dela. Seu hálito fedia a decomposição.

— O que você pretende fazer com esse brinquedo? — provocou ele. — Conjurar Lancelot outra vez? Ele seria um lanche saboroso, mas você sabe que ele não tem como ajudá-la.

Lily fechou os olhos, tentou ignorar a fumaça e o fedor, e se concentrou em Pax. Ao se agarrar à memória dele, sua respiração desacelerou, e o rangido de metal retorcido atravessou o ar. Lily abriu os olhos e viu a pedra emitindo um halo de luz azul, e uma das grades de ferro que selava uma cela de prisão se contorceu como algo vivo, desvencilhando-se dos arcos de pedra que a prendiam e correndo em direção a Eymah como um inseto. Ao rastejar, aumentou de tamanho múltiplas vezes e deu o bote, pousando no chão com um estrondo e prendendo Eymah dentro de uma rede de ferro.

Lily foi tomada de alívio, que morreu rápido quando ela ouviu Eymah rir outra vez. O monstro inspirou fundo e exalou uma pluma de fogo que engoliu a caverna.

Lily correu para trás para evitar o calor e agachou-se atrás de Cedric, que, apesar da dor, abriu as asas para que servissem de escudo para Lily e Adam contra as chamas. Mesmo com a proteção de Cedric, bolhas afloraram na pele dos braços de Lily quando ela cobriu o rosto. Quando o fogo diminuiu, a treliça que detinha Eymah jazia em uma pilha de metal derretido.

Lily voltou a erguer a pedra e, com outro lampejo de luz, surgiu uma fênix, duas vezes maior que aquelas que Isla havia invocado. Gavinhas de fogo caíram em cascata de sua plumagem. Com um grito, ela cercou Eymah e o prendeu em amarras de chamas.

Eymah empinou-se sobre as patas traseiras, levantou a cauda e atacou. Com uma explosão como a de um rojão, a fênix desapareceu, e suas penas luminosas choveram e cobriram o chão da caverna.

Em seguida, Lily invocou um leão. Eymah o eliminou com um único golpe das garras dianteiras. Então, ela chamou um centauro, mas ele teve o mesmo destino. Assim como uma águia e um lobo gigante de gelo esculpido. Por fim, com o coração batendo forte, Lily criou uma bola ardente de luz e chamas, como uma estrela que desceu dos céus. Ela fervilhava com fogo e, a mando de Lily, inflou para engolir o dragão negro. No entanto, assim como os outros, Eymah a cortou com as garras e a golpeou com a cauda, eliminando o orbe em uma chuva de brasas.

Lily caiu de joelhos. Sentiu-se tomada pela confusão e sua visão começou a enturvar. Um zumbido lhe perturbava os ouvidos.

A risada sinistra de Eymah voltou a ressoar na escuridão.

— Muito impressionante, impressionante mesmo — elogiou ele, avançando com passos trovejantes e fixando Lily com um olhar penetrante. — Isla a subestimou. Ela disse que você era uma trapalhona. Uma fracota. Uma pulga para esmagar com um pisão.

Um sorriso irônico lhe curvou a boca repugnante.

— Agora vejo, no entanto, que ela me enganou. Você não é uma pulga. Você é uma artesã, não é? E bem talentosa.

Lily piscou e engasgou com a fumaça que se espalhava ao seu redor. A sala começou a girar.

— Por outro lado, não é nenhuma surpresa que Isla não a tenha visto pelo que é, não é mesmo, srta. McKinley? Ninguém a enxerga. Pobre criança negligenciada. Sempre ignorada. Sempre infantilizada. Não está na hora de alguém valorizar seu verdadeiro potencial?

O mundo rodopiava. Lily lutou para se manter de pé em meio à fumaça e ao calor sufocante. Seus pensamentos se emaranhavam.

— Não dê ouvidos a ele, Lily! — instou Cedric com uma voz fraca e rouca. —Ele a está alimentando com mentiras. Não acredite nele!

— Papai... — murmurou Lily, sem nem perceber que havia falado.

— Seu pai? Sim, ele está aqui. Você pode ficar com ele, se quiser. Embora, para ser sincero, eu possa lhe oferecer algo muito mais digno de seus talentos do que aquele traidor patético que você chama de *pai*.

— Traidor? — repetiu Lily. A palavra a despertou. — Meu pai não é traidor.

— Não quero dizer que ele seja um traidor do reino, Lily McKinley. Foi *você* que ele traiu.

As palavras dele eram veneno nos ouvidos de Lily. *Meu pai me traiu? Como?*

— Veja tudo o que você sofreu por ele. Quando ele veio em seu auxílio? Você foi espancada, arranhada e talhada por harpias por amor a ele. No entanto, você já se perguntou, enquanto suportava tanta dor, se ele a ama de fato?

— Claro que ama — afirmou Lily, cambaleando para se pôr de pé.

— Como pode ter certeza?

— Ele é... ele é meu pai. Ele sempre me amou.

— Então por que ele a abandonou? Por que permitiu que você e sua mãe acreditassem que ele estava morto?

— Não foi culpa dele. Você o capturou!

— Foi mesmo? Ou será que foi ele quem veio até mim voluntariamente?

Lily abriu a boca para falar, mas, de repente, suas palavras se embaralharam. Tudo o que sabia estava se desintegrando.

— Por que ele a deixou, Lily McKinley? Ele não deveria tê-la mantido a salvo, em vez de desaparecer e arrastá-la para o perigo? Ele a abandonou, Lily McKinley. Se ele a amasse de verdade, ele nunca a teria deixado.

Lily lutou contra as lágrimas. Na fumaça e no fogo, no calor e no desespero, as palavras daquela criatura sombria soavam plausíveis, até mesmo corretas.

Eymah ergueu uma garra preta do comprimento de antebraço de Lily e acariciou a face da menina.

— Você sabe que o que estou falando é verdade, não sabe?

Cedric mancou para a frente com angústia nos olhos.

— Não toque nela!

Eymah lançou-lhe um olhar irritado.

— Estou ficando entediado com você, anão — zombou ele.

Eymah voltou a agredir Cedric. Lily viu Cedric cair, e, por um instante, sentiu uma pontada de culpa, mas logo sua mente foi engolfada por uma névoa e ela se viu presa no transe de Eymah mais uma vez.

— Eu enxergo o que você é de verdade, Lily McKinley — ronronou Eymah. — Enxergo seu potencial. Eu posso lhe oferecer o que seu pai não pôde. O que você merece.

— O quê?

— Respeito. Mais do que isso, adoração. Eu poderia fazer de você uma rainha, Lily McKinley. Pense nisso! Com sua criatividade e meu poder, poderíamos governar o reino juntos! — propôs Eymah, aproximando-se de mansinho. — Tudo o que peço é por essa bijuteria em seu pescoço. Uma coisinha tão boba, não acha? Um preço tão pequeno por tamanha glória.

Lily mirou a pedra, e as palavras de Eymah penetraram em seu ser. Quanto mais olhava para a pedra da verdade, mais ela começava a desprezá-la. Ela não lhe trouxera nada além de problemas? Ela não a ignorou quando Lily pediu por ajuda?

Suas mãos vagaram até a corrente em torno do pescoço. Sem perceber o que estava fazendo, ela tirou o colar por sobre a cabeça. A corrente parecia frágil e sem peso em suas mãos.

— Isso mesmo, minha rainha. Passe-me a pedra, e você será adorada. Entregue-me a pedra, e tudo isso acabará.

— Não! — gritou Cedric, reunindo suas últimas forças. — Srta. Lily, não dê a pedra a ele!

Lily estendeu as mãos. *Que bem ela me trouxe, afinal?* O pingente oscilava como um pêndulo das pontas dos dedos dela.

— Todo o reino será seu. Todo o reino, só por essa pedrinha.

Lágrimas cintilaram nos olhos de Lily. *Eu só quero que isso acabe. Eu só quero ir para casa.*

— A sua é a última, e preciso tê-la, Lily. Entregue-a para mim.

Ela estendeu o colar para Eymah e o soltou. Quando a corrente lhe escorregou dos dedos, ela ouviu Cedric gritar, mas a risada gélida e vazia de Eymah lhe abafou a voz.

Com um rosnado, Eymah apanhou o colar. Seus olhos emitiram um brilho de ódio, e, aterrorizada, Lily percebeu seu erro. A fera chicoteou a pedra no ar pela corrente e a arremessou. O pingente atingiu uma parede rochosa e, com uma explosão de luz e o tilintar de vidro quebrado, a pedra da verdade se estilhaçou em dezenas de cacos.

Lily mergulhou para reunir os fragmentos, mas todos lhe escaparam das mãos, com exceção de um tão pequeno quanto uma bolinha de gude. Ela ergueu o pedaço quebrado e, entre lágrimas, pediu que trabalhasse para ela. *Por favor, traga-nos ajuda. Por favor, funcione.*

A pedra permaneceu opaca.

A risada horrorosa de Eymah ecoou de novo pelas cavernas.

— Menina tola! Pensou mesmo que eu dividiria meu poder com uma pulga como você? — bramiu ele, erguendo-se em sua altura máxima e preenchendo todo o túnel com fumaça e escamas trêmulas. — Vou gostar de matá-la. Assim como vou gostar de queimar os ossos de seu pai e de seus companheiros protetores dos sonhos, agora que suas preciosas pedras não podem mais ajudá-los. Eu devorarei todos no reino que ousarem resistir a mim... e depois disso, devorarei seu mundo também!

Ele recuou e, com um rugido, arrotou uma cortina de chamas. O desespero deixou Lily enraizada onde estava enquanto ela se preparava para o fim. Ela fechou os olhos quando as chamas dispararam em sua direção.

Algo a atingiu. Ela caiu de lado e derrapou no chão, depois rolou de costas. Quando levantou a cabeça, viu Cedric, curvado dentro das chamas, seus membros se debatendo. Assim como naquele primeiro dia na floresta, antes que ela tivesse qualquer indício da existência do reino Somnium, Cedric de novo empurrou Lily para fora da linha de perigo. Ele a salvou.

O fogo diminuiu, e Cedric caiu no chão em uma pilha fumegante. Embora suas escamas houvessem sempre parecido imunes ao fogo, as chamas de Eymah as incineraram.

Lily correu para o lado dele, e Adam, suando e estremecendo de dor, rastejou para ir ao encontro deles. O corpo de Cedric chiava e exalava vapor. Lily colocou a mão nas costas dele, mas logo a retirou quando o calor de suas escamas carbonizadas lhe chamuscou a palma.

— Cedric — chamou ela entre lágrimas, as mãos pairando sobre ele.

Ela queria acalmá-lo e se desesperou por não conseguir fazê-lo. Ela observou o peito dele subir e descer no ritmo que ela havia aprendido a reconhecer durante sua longa aventura juntos. Ele permaneceu imóvel, como se esculpido em pedra.

— Cedric! — gritou ela. — Por favor, Cedric, não. Acorde! Você não pode morrer! Não pode!

Ela pressionou as mãos contra ele, ignorando a dor que lhe ardia os dedos. As escamas escaldavam as palmas e, quanto mais ela o tocava, mais as queimaduras penetravam, mas ela não se importava. Ela o sacudia para a frente e para trás e gritava para que ele abrisse os olhos, respirasse, permanecesse com ela. *Por favor, não me deixe sozinha*, implorou ela. *Ai, isso é tudo culpa minha. Por favor, não se vá.*

Uma sombra os engoliu, e Lily ergueu a cabeça para ver Eymah se assomando sobre ela, seu rosto contorcido em um sorriso cruel.

— Agora, com isso fora do caminho — rosnou ele.

Eymah respirou fundo, e Lily compreendeu o horror que viria a seguir. Ela olhou para Adam, que ainda se encontrava caído no chão próximo com o braço quebrado. Ela olhou para Cedric, cujos olhos cor de âmbar estavam semicerrados. Em sua palma, o fragmento da pedra da verdade permanecia opaco e escuro.

Ela fechou os olhos, bloqueando a fumaça, o enxofre e o fogo. Ela forçou a mente para além das Catacumbas amargas e ardentes, além da monstruosidade diante dela. Ela lançou seus pensamentos, suas esperanças, suas alegrias para fora, através da escuridão, além do calor, para os lugares de sua mente que ainda permaneciam verdes, límpidos e bons.

Lá, naqueles lugares, ela encontrou Pax outra vez. Ele surgiu em silhueta contra a luz do sol, branco refulgente, tão luminoso como naquele primeiro dia no penhasco e depois também na

Floresta Petrificada quando ele a guiou para fora do perigo. *Você é nossa esperança*, pensou ela.

Uma única nota, arrancada de uma ária de soprano, reverberou pelas Catacumbas. Mesmo através das pálpebras fechadas, Lily percebeu uma luz ofuscante afugentando a escuridão. Ela abriu os olhos.

O resplendor de Pax inundava cada fenda escura do túnel.

Eymah recuou e protegeu os olhos contra a claridade. Ele abriu as asas e provocou um furacão, cuja força pressionou Lily e Adam contra a parede de rocha escaldante. Pax permaneceu imóvel, sua crina chicoteando ao vento, e pisoteou a terra, cada batida de seu casco ecoando pelo abismo como um trovão.

Eymah gritou e se debateu contra Pax com suas garras e cauda, mas cada golpe ricocheteava no unicórnio, cavava trincheiras nas paredes e no chão do túnel e espalhava escombros pelo ar. Pax empinou, seu chifre luzindo como ferro recém-saído da forja. Quando tocou o chão, uma rachadura rasgou a terra diante dele e se alongou sob o corpo monstruoso de Eymah como uma vasta teia de aranha. O chão estilhaçado cedeu e se abriu para revelar uma poça fumegante de lava abaixo dele.

Eymah não se renderia. Ele respirou fundo, a fornalha em sua barriga rugindo e brilhando enquanto ele inalava. A seguir, ele atingiu Pax com uma barragem de fogo. Lily gritou o nome de Pax e lhe estendeu a mão, mesmo quando as labaredas lhe fustigaram a própria pele.

O fogo diminuiu, e fiapos de fumaça subiram como fantasmas do chão carbonizado. Os olhos de Eymah se estreitaram com uma fome cruel à medida que o nevoeiro de cinzas se dissipava.

Pax estava no centro de um anel de terra queimada. Ele relinchou e deu um passo em direção a Eymah através da fumaça. O fogo não o havia tocado.

Eymah uivou de raiva e investiu às cegas com as garras contra o unicórnio. Pax evitou cada golpe e empinou de novo. A luz de seu chifre se intensificou em um feixe incandescente.

Então ele atacou.

Uma faísca disparou do chifre de Pax como um raio e atingiu Eymah no coração. Fios de luz enredaram Eymah como uma rede elétrica, e, à medida que o dragão se contorcia e se debatia, seu rugido se transformou em um grito borbulhante.

Pax pousou, e o impacto de suas patas dianteiras alargou a fenda na terra em uma ravina profunda. Eymah cambaleou sobre a fissura, as garras raspando a beirada de forma frenética, mas a luz o sobrepujou. Com um grito final, ele despencou pela fenda.

Um segundo depois, um vento fétido irrompeu do inferno abaixo, seguido por uma multidão de mortalhas. Elas emergiram da fenda como um enxame de gafanhotos, guinchando ao se espalharem. Enquanto Lily protegia o rosto, elas se dispersaram em uma névoa para depois, por fim, desaparecer.

Quando a última mortalha sumiu, um gemido de aço fendeu o ar. Ao longo do túnel, as grades das celas da prisão se abriram, e de muitas delas se aventuraram homens e mulheres, alguns em trapos, alguns imundos e cobertos de cicatrizes, e todos eles espiando o corredor como se vissem a luz do sol pela primeira vez.

— Venham, meus amigos! — Pax os chamou. — Venham, protetores do reino! Vocês estão livres!

Ele sacudiu a cabeça, gesticulando para que o seguissem até a escadaria e saíssem das Catacumbas. Atordoados, os homens e mulheres sacudiram a cabeça para afastar a confusão e começaram a correr, disparando pelo abismo ainda repleto de vapor.

Uma última porta para uma das celas se abriu. De lá saiu mancando um homem desgrenhado, em roupas esfarrapadas, os olhos avermelhados e o rosto coberto de sujeira.

Era o pai de Lily.

CAPÍTULO 27
A fuga

— Papai!

O rosto dele estava magro, as cavidades das faces afundadas e escuras, mas, ao som da voz de Lily, ele se iluminou. Lily correu contra a maré de cativos, que alternavam entre correr atrás de Pax e caminhar sem rumo com expressões estupefatas.

O último da multidão se afastou, e lá estava ele, os olhos arregalados de descrença. O coração de Lily ameaçou voar para fora do peito. Ela não se preocupou em cumprimentá-lo com palavras, mas, em vez disso, enterrou a cabeça contra ele. Ele estava imundo, exalando um cheiro intenso de terra endurecida, mas, quando ele retribuiu o abraço, os braços eram dele, familiares e maravilhosos.

— Lily, como você...? — perguntou ele, segurando-lhe o rosto entre as mãos, estudando-a como se ela fosse uma invenção de sua imaginação.

— Você, papai — respondeu Lily. — Você me trouxe aqui.

Ele abriu a boca para falar, mas Pax encerrou a conversa.

— Curadores, não podemos nos demorar — bradou ele.

Ele galopou até Adam, que ainda se encolhia no chão em posição fetal, e o tocou com a ponta do chifre. Um fulgor passou por Adam como um cobertor, e a cor lhe retornou ao rosto. Ele se sentou com vigor repentino.

— Venha — instou Pax, e ele voltou a chamar Lily.

O pai de Lily lhe agarrou a mão e a conduziu pelo túnel. As paredes se partiram em redor enquanto corriam, e as Catacumbas inteiras retumbavam ao se despedaçar. Rochas despencavam do teto. Lava escorria de fissuras nas paredes.

Ao passarem pela ravina, Lily vislumbrou o corpo de Cedric, inerte e esquecido. Ela se afastou do pai.

— Lily, o que você está fazendo?

— Não podemos deixá-lo aqui! — gritou ela, correndo para o lado de Cedric.

Ela colocou a mão em seu pescoço e sentiu uma pontada de angústia com o quão frio ele lhe parecia sob seus dedos. Ela se abaixou para levantá-lo.

O pai dela se aproximou por trás.

— Lily... um dragão morto? Não temos tempo para isso. As Catacumbas estão se desintegrando!

— Não posso deixá-lo, papai. Ele é meu amigo. Ele me salvou.

Ela tentou erguê-lo, esperando conseguir carregá-lo como havia feito no lago, mas as Catacumbas estavam cobrando seu preço. Em sua exaustão, ela tropeçou sob o peso de Cedric.

— Você precisa me ajudar! — berrou ela, em uma voz que nunca havia usado com o pai antes. — Por favor, você *precisa!*

Ele a estudou, e, por um momento, Lily temeu que ele se recusasse. Contudo, para sua surpresa, ele se curvou e levantou Cedric em seus braços.

— Guardiões dos sonhos! Temos que ir! Agora!

Pax galopou pelo túnel, e Lily e seu pai o seguiram. A ravina atrás deles se alargou, e a chuva de pedras se intensificou em um temporal. Lava borbulhava de cada fenda aberta nas paredes.

O calor queimava a pele de Lily enquanto ela corria, e o ar se tornava cada vez mais sufocante. Seu pai corria logo à frente, a cabeça de Cedric balançando sem vida da dobra de seu cotovelo. Em meio ao nevoeiro, ela avistou Adam correndo atrás de Pax.

— Venham, agora! — encorajou o unicórnio. — Não parem e não olhem para trás!

Lily forçou as pernas para se impulsionar para a frente, mas o cansaço as tornava pesadas como chumbo. A escadaria de pedra ascendia adiante, espiralando em direção à luz do sol, em direção ao ar fresco e à promessa da volta ao lar. No entanto, cada passo lhe minava a força e, a cada respiração, seus pulmões se enegreciam com a cerração esfumaçada.

Ela tropeçou e fez uma careta ao esfolar o joelho. A dor lhe percorreu a perna, e lampejos de cor nadaram diante de seus olhos quando ela caiu no chão. A caverna começou a girar.

— Lily, levante-se! Você precisa se levantar!

Ela reconheceu a voz do pai, mas esta soava distante. Em sua visão periférica, ela viu fogo caindo do teto.

— Levante-se!

Um puxão em seus braços. Um baque, e a forma sem vida de Cedric tombou ao lado dela.

— Você *tem* que se levantar! Lily, não desista agora!

Ela sentiu os braços do pai ao redor dela, erguendo-a. Então, um estrondo ensurdecedor ecoou, e ela voltou a cair no chão. Mais fogo, mais pedras. O pai dela gemeu.

Ela rolou e estendeu a mão para ele, mas não conseguiu encontrá-lo. O fogo continuava a cair. Cascalho do teto em ruínas lhe atingiu o rosto.

Então tudo ficou preto.

CAPÍTULO 28

Princípios e fins

Os olhos de Lily se abriram. A princípio, ela não enxergou nada, mas aos poucos sua visão clareou para revelar um vasto céu com alguns farrapos desfiados de nuvens flutuando pelo azul. Ela se espreguiçou. Sentiu grama lhe roçando as costas dos braços.

— Você está bem, minha pequena exploradora?

— Cedric é o explorador. Eu sou curadora — murmurou Lily.

— Liriozinho. Você está bem?

Lily reconheceu a voz. Ela se sentou ereta, e o mundo rodopiou a seu redor por um momento antes de entrar em foco. Ali, diante dela, com vincos nos cantos dos olhos, estava sentado seu pai.

Ela desabou em seus braços e memorizou cada segundo em que ele lhe acariciou a cabeça.

— Está tudo bem, Liriozinho — assegurou ele. — Estamos a salvo agora. Está tudo bem.

— O que aconteceu? As Catacumbas? Cedric...

— Está tudo bem, Lily. Acabou — replicou ele, apertando-a por um momento, e ela se deleitou com o abraço. — Minha menina corajosa.

Lily se levantou. A vários metros de distância, a entrada das Catacumbas fumegava, preta como uma mancha na terra. Tudo o mais, no entanto, havia se transformado.

A Floresta Petrificada se espalhava como um bosque verde e agradável, com a luz do sol salpicando sobre carvalhos e bordos antigos. A terra desolada ao pé dos penhascos agora florescia com grama e flores, e os picos se erguiam majestosos e imponentes em direção ao céu ensolarado.

O que aconteceu aqui?, Lily se perguntou com admiração.

— Oi.

Lily se virou e lá estava Adam, sorrindo para ela. Ele chutou a grama com a ponta do sapato, e seu topete se projetava como as penas de uma cacatua, mas os arranhões de seu rosto haviam cicatrizado.

— Seu braço — notou Lily. — Você está bem? Estava quebrado...

— Não está mais. Ele consertou. Junto com a dor de quando o dragão me deu um soco no estômago.

— Quem consertou? — perguntou ela, virando-se para o pai. Ele cruzou os braços e sorriu.

— Não olhe para mim — respondeu ele.

Então ele apontou.

No topo de uma colina, resplandecente como uma pérola, estava Pax.

Lily correu em sua direção e caiu de joelhos diante dele.

— Obrigada — sussurrou ela.

Pax riu com uma voz tão profunda quanto o oceano.

— Por favor, levante-se, brava curadora — pediu ele com gentileza. — Você verá que muito foi sarado.

Lily se lembrou de suas palmas escaldadas e percebeu que a dor havia desaparecido. Ela examinou as mãos — a pele se encontrava lisa e intacta, sem nenhum sinal de ferimento.

— Obrigada, Pax — disse ela com um sorriso.

Pax riu outra vez.

— De nada, mas não foi isso que eu quis dizer.

Ele acenou em direção à floresta, e um farfalhar de folhas lhe chamou a atenção. Lily rastreou os sons até um aglomerado de plantinhas que dançavam e se sacudiam. Logo os galhos se separaram, e um raio prateado disparou de dentro da folhagem, fez uma pirueta e pousou no ombro de Lily.

— Rigel?! — exclamou Lily. —É você mesmo?

Ele se aninhou contra ela, como fizera tantas vezes durante aquela jornada sombria. Quando ela retribuiu o gesto, outra luz, perto do chão dessa vez, irrompeu do mato. Lily se agachou para receber Flint em sua palma aberta.

— Como isso é possível? — indagou ela com lágrimas escorrendo pelo rosto. — Você está vivo! Vocês estão todos vivos!

— Não só eles — observou Pax.

Com um olhar cúmplice, ele voltou a gesticular para a floresta. Algumas árvores balançaram, e galhos estalaram no solo à medida que algo caminhava em direção a eles.

Uma criatura diferente de tudo que Lily já havia visto deslizou para a luz do sol. Movia-se com a fluidez de uma pantera, mas andava sobre duas pernas, com seu longo pescoço curvando-se em um arco gracioso. Duas asas como seda iridescente flutuavam de suas costas, e sua pele reluzia como cobre polido.

— Olá, srta. Lily.

Um arrepio percorreu a espinha de Lily. *Cedric?* Ela deu um passo em direção à criatura. Embora fosse do mesmo tamanho de Cedric, nenhuma escama ou garra lhe marcava o corpo. Ela o estudou e abanou a cabeça em descrença. Então, ela o mirou nos olhos. O olhar enervante e reptiliano de Cedric havia sumido, mas a cor âmbar dos olhos era inconfundivelmente dele.

— Cedric! É você! — exclamou ela, abraçando-lhe o pescoço.

Tudo que havia de áspero e pontiagudo nele havia sumido, e ela o sentia quente em seus braços.

— Sou eu, srta. Lily. Pelo menos, uma versão de mim, creio eu — confirmou Cedric, olhando em redor. — Isso significa que conseguimos?

Lily riu e apontou para seu pai, que o saudou.

— Brilhante! Simplesmente brilhante! — celebrou Cedric com uma risada. Então seus olhos se arregalaram, e Lily viu seu corpo inteiro tremer. — Meu senhor...

Ele se jogou no chão e estremeceu na grama.

— Cedric, você também consegue ver Pax?

Ele tentou responder, mas as palavras lhe falharam. Em vez disso, ele assentiu com a cabeça.

Pax sacudiu a crina e trotou em direção a eles.

— Levante-se, explorador. Você tem servido com lealdade.

Cedric sacudiu a cabeça.

— Eu não sou digno, Alteza — protestou ele.

— Seu valor foi determinado antes mesmo de você nascer, meu amigo — refutou Pax.

Cedric balançou a cabeça com ainda mais fervor.

— Sangue negro me mancha, meu senhor. Não posso encará-lo.

— Cedric. Eu lavei seu sangue.

Cedric ousou erguer a cabeça, e Pax olhou para ele com os mesmos olhos benevolentes que cativaram Lily na primeira vez que ela o viu.

— Você foi renovado, bravo explorador. Não precisa mais temer seu passado.

Cedric se levantou e respirou fundo. Ele abriu as asas e as bateu uma única vez, lançando uma rajada de ervas daninhas e sementes de dente-de-leão no ar.

— Uma nova era amanheceu — anunciou Pax. — Eymah não reivindica mais este mundo. Os grilhões que por tanto tempo estrangularam o reino Somnium foram desfeitos.

Ele se voltou para Lily e seu pai.

— E agora, fiéis curadores, é hora de partirem.

Lily prendeu a respiração. *Partir? O que ele quer dizer?*

— Mas, Alteza, nós com certeza podemos ajudar... — seu pai começou a argumentar.

— Eymah destruiu as pedras da verdade, mestre Daniel. Com as Catacumbas em ruínas e as pedras da verdade perdidas, os guardiões dos sonhos têm pouco a fazer aqui agora. É hora de irem para casa.

— Mas não podemos ir embora, não depois de tudo — rebateu Lily com a voz embargada. — Não há algo que possamos fazer? Alguma maneira de ajudar? O Castelo Iridyll estava cercado, e deve haver muitos que precisam de ajuda...

— Você empregou seus talentos em prol de um bem tremendo aqui, minha filha. Entretanto, é hora de seus dons como curadora dos sonhos, e em especial como artesã, ajudarem aqueles em seu próprio mundo.

— Eu não entendo. Por que está nos expulsando? Por que está nos forçando a ir embora? — perguntou ela com o queixo tremendo. — Este é o nosso lar. Nós pertencemos a este lugar.

Pax a cutucou com o focinho, e ela se acalmou sob seu toque. *Você nunca está sozinha, Lily,* ela o ouviu dizer em sua mente, como ele havia feito na Floresta Petrificada. *Você deve confiar em mim, mesmo que não entenda. Estou com você. E você me verá de novo.*

— É hora de ir, Lily — disse seu pai. — O príncipe está certo. Deixamos a mamãe sozinha por muito tempo.

Lily não respondeu, mas olhou para Pax com o coração dolorido.

— Com licença, Alteza — disse Cedric, dando um passo à frente e fazendo uma reverência. — Eu ficaria honrado em escoltar os curadores para casa. Fiz uma promessa à srta. Lily e, por sua graça, meu senhor, ainda posso cumpri-la.

Pax concordou.

— Como quiser. Vou mandá-lo de volta com eles. Quando você os tiver escoltado com segurança, me chame, e eu o trarei de volta para casa a salvo.

Lily estudou a grama do campo que ondulava como o mar e as montanhas em vigília sobre eles. Ela absorveu tudo, não querendo esquecer um único detalhe.

Então, ela sentiu um cutucão na perna e olhou para baixo para ver Flint lhe repuxando a bainha das calças.

— Obrigada, amiguinho — disse ela, agachando-se até ele. — Você nos salvou no ermo. Eu nunca o esquecerei.

Um toque em sua orelha lhe atraiu a atenção para Rigel, a quem ela beijou. Com um adejar de asas prateadas, ele decolou de seu ombro. O pai de Lily estendeu a mão a ela, e Pax relinchou.

— Curadores. Explorador. Adam — chamou Pax. — Estão prontos?

O pai de Lily assentiu, mas ela não conseguiu dizer nada.

Pax empinou, um raio iluminou o céu, e a mesma luz branca que salvou Adam no penhasco os envolveu. No momento seguinte, a luz retrocedeu, e os quatro se viram diante da casa de Lily.

O crepúsculo lançava um fulgor alaranjado sobre o revestimento de tábuas e projetava reflexos dourados nas janelas. Ervas daninhas se espalhavam pela entrada da garagem. Uma pilha de envelopes vazava da caixa de correio amassada.

Era como se ela nunca tivesse ido embora.

Cedric se virou para Adam.

— Desculpe, amigo, parece que não conseguimos chegar à sua casa.

— Está tudo bem. Não é longe daqui. Vou a pé.

Cedric fez que sim com a cabeça.

— Então, a gente se vê na escola? — perguntou Adam a Lily.

Lily assentiu.

— Obrigada, Adam. Por... você sabe. Tudo.

Para a surpresa de Lily, ele se inclinou e lhe deu um abraço. Então sorriu para Cedric uma última vez e desceu a rua.

— Srta. Lily.

Lily mordeu o lábio. Ela não queria se virar. Um nó se formou em sua garganta.

— Sou grato por tê-la conhecido, srta. Lily McKinley — disse Cedric.

Ela se virou e viu que os olhos de Cedric estavam marejados de lágrimas. Ela jogou os braços ao redor dele e lhe ouviu o coração martelando em seu ouvido. Depois de um longo momento, ele se afastou e baixou o rosto para recuperar a compostura. Em seguida, ele se curvou com seu decoro habitual, que sua nova forma tornava ainda mais gracioso.

— Foi uma honra e um privilégio servir com vocês, caríssimos amigos.

O pai de Lily passou um braço em volta dos ombros dela, e ela se inclinou contra ele. Cedric fechou os olhos, murmurou algumas palavras e, com um lampejo, desapareceu. Lily fitou o lugar onde ele havia estado, como se fixar os olhos naquele ponto de alguma forma pudesse trazê-lo de volta.

No silêncio que se seguiu, o pai de Lily abriu a porta da varanda. As dobradiças enferrujadas rangeram e, quando Lily se arrastou para a frente, ela tropeçou nos degraus da entrada.

Ela se pôs na ponta dos pés para verificar sua imagem no espelho do saguão.

Eles caminharam pelo corredor. Vovó estava sentada em sua cadeira na sala de estar, a cabeça inclinada para um lado, a boca aberta enquanto roncava. A televisão vociferava sobre um produto de limpeza.

Mamãe se inclinava sobre a mesa da cozinha com a cabeça enterrada na dobra de um cotovelo. Papéis e anotações, todos rabiscados com uma caligrafia apressada, se espalhavam pela mesa, e uma xícara de café meio vazia descansava em sua mão. Lily queria correr até ela, mas se conteve.

Seu pai colocou a mão nas costas da mãe dela, e ela acordou assustada.

— Dan? Dan!

Ela se levantou num pulo, a cadeira rangendo atrás dela, e se agarrou a ele enquanto ele a tomava nos braços. Através das lágrimas, ela vislumbrou Lily e, com um movimento de mão, puxou-a para dentro daquele abraço. Na luz minguante, eles se abraçaram com força, juntos enfim.

Em sua alegria, ninguém percebeu que um fragmento de pedra no bolso de Lily começou a brilhar. Ninguém viu um pássaro prateado sair voando pela janela como um cometa.

CONTINUA...

Sobre a autora

Kathryn Butler é formada em Medicina pela Universidade Columbia. Atuou por anos como cirurgiã traumatologista, até que se afastou da prática médica para educar os filhos em casa, trocando o bisturi por terrários para lagartas e manteiga de amendoim. Escreve regularmente sobre fé, medicina e o poder das narrativas para veículos como Gospel Coalition, Desiring God e Story Warren.

Compartilhe suas impressões de leitura,
mencionando o título da obra, pelo e-mail
opiniao-do-leitor@mundocristao.com.br
ou por nossas redes sociais

Esta obra foi composta com tipografia EB Garamond
e impressa em papel Snowbrigth Creme 70 g/m² na gráfica Santa Marta